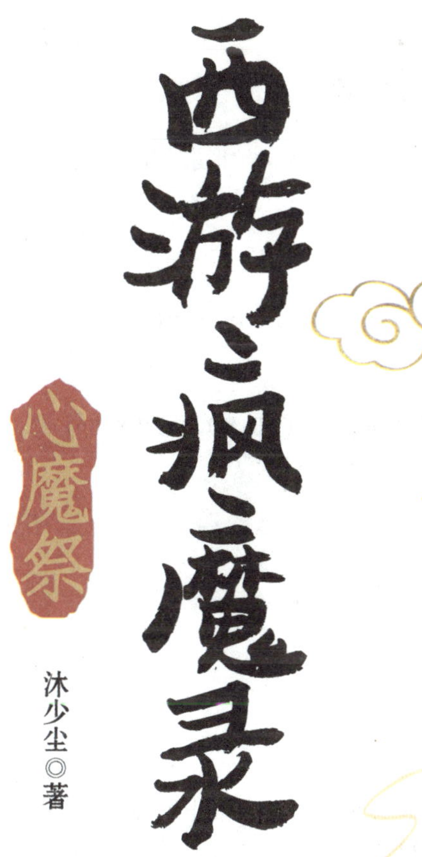

西游之疯魔录

心魔祭

沐少尘◎著

华龄出版社
HUALING PRESS

责任编辑： 李英卓
责任印制： 李未圻
封面设计： 颜　森

图书在版编目（CIP）数据

西游疯魔录. 心魔祭 / 沐少尘著. -- 北京 : 华龄出版社, 2018.12
ISBN 978-7-5169-1310-9

Ⅰ. ①西… Ⅱ. ①沐… Ⅲ. ①长篇小说 – 中国 – 当代 Ⅳ. ①I247.5

中国版本图书馆CIP数据核字（2018）第250898号

书　　名： 西游疯魔录 · 心魔祭
作　　者： 沐少尘　著

出 版 人： 胡福君
出版发行： 华龄出版社
地　　址： 北京市东城区安定门外大街甲57号　**邮编：** 100011
电　　话： 010-58122246　**传真：** 010-84049572
网　　址： http://www.hualingpress.com

印　　刷： 三河市东兴印刷有限公司
版　　次： 2020年5月第1版　2020年5月第1次印刷
开　　本： 710×1000　1/16　**印　　张：** 15
字　　数： 200千字
定　　价： 32.00元

（如出现印装质量问题，调换联系电话：010-59625116）

偏偏那和尚把这里看了一遍又一遍，哪怕是山洞顶上也没见到半座佛像。和尚不甘心，跪在地上转着身子又把这里看了又看，忽然见到斗战胜佛背后的墙上刻着三个大字：

贪 嗔 痴

等到天色不再那么朦胧的时候，猪妖也刚好走到村口。它体格太大了，就像小山一样，总有一些睡过了头的站岗的人被它的肚子顶飞。但是更多的情况是他们还没来得及被顶飞，就已经被猪妖走路时的震动给震倒。

老三儿的眼睛从他落到这个沙漠的中心那天就没有合上过，现在看着手中的沙子已经两眼血红。可是，沙子还是那些沙子，就像他还没有落下来的时候那样。只是那些原本安分的沙子现在开始被老三儿推动着流动起来。

梵孟天问过之后，白马没有再说话，他骑在马上，回过头远远地望着通天河的下游，雾蒙蒙的一片不甚清楚。白马既然不说，梵孟天也不再询问，他此时想，如果有机会的话，自己会去一探究竟。

目 录

第一章　事了凡尘西行路

我叫梵孟天，行于人世间。为入魔的佛，成妖的人。

于人间穿行，纵观人生百态。不疾不徐，平平淡淡，一步一步向西方而去，去见这万世轮回的解脱。

我本是佛，历三千九百劫，小成佛身，却被天庭蟠桃心虫毁灭，佛祖怜我，惜我，引我渡江下凡寻劫，劫过百，归人元，劫过千，向佛善；劫过万，终可归灵山。

于是，我便在人间游荡，每百年轮回一次人生，用不同的身份、不同的地位、不同的眼界，去领略人间冷暖。渐渐地，我发现佛祖为什么让我成凡。我经历千千万万年，称帝，成王，封官，拜将，为商，做盗，行乞，积恶，扬善。看尽世态炎凉，人情冷暖。

若说人情冷暖，最多、最苦便是那诸多秦楼楚馆，倾城倾国罪，一笑皆红颜。

最后一生，最后一世。

当我醒来，便已经知晓这一世我的终点，向西方，去灵山。

于是，我就这样缓步而行，一路向西，一身向佛，一心向善。我不是唐三藏，没有那匹龙马，没有那只会说话的猴子和那头会飞的猪，我没有遇到任何不平凡，我只见到了一切的平凡，一切的人间。

一路上，没有妖精物怪，有强匪兵官。

一路上，没有行尸走肉，有美女恶男。

我不问不管，不理不睬。

佛说，我心不善。

“我只知你令我向西，历万世，佛心可善？”我问苍天，却没有回音。

于是，这一路上没有了强匪兵官，有了妖精物怪。

这一路上，没有了美女恶男，有了行尸走肉。

而我，仍然是不问不管，不理不睬。向西，向佛，向灵山。

一路走来，我踏遍江河湖川，尸山血海。

妖可阻我一时，不可阻我一世，我历万世劫，只为了那个灵山？

“既心善，何来尸山，何来血海？”

“阻我者，不善。不善者，斩！”

苍天无声。

在人间的万世，我的善早已经不是当初的善。

“唉……”我听见，佛祖在叹。

我本以为会这样一路走下去，直到此生终点。我看着灵山的影子，志在必得。

佛说：“汝，可敢再度一劫。”

“何劫？”

没有回答，我也不屑去追问。我以为这世间再没有什么可以阻挡我的脚步。

直到她的出现。

那一天，漫雪封山，无日无月。

栖于古庙，灯火点点，漫天风雪却化成了她的影子，呼啸而来，卷进了古庙，熄灭了一盏不曾点亮的灯。

遥遥相望，不曾合目闭眼，也许，我也已经将眼合上，却是依然能清晰看见她的身影缓缓走来。

“你是这山中雪妖？”梵孟天闭着眼，却好像看着她的脸。

“嗯。”

“你要阻我？”

“嗯。”她看着梵孟天，轻轻地点下头，身子却忽然晃了一下，却是梵孟天已经揽住了她的腰。

有灯火，无阑珊，帷帐垂纱帘。

血落点点，不是身上血。

梵孟天忘记了这一夜是如何而过，只知道山外的风雪化身成为他们二人的侍卫，呼啸了一夜，吹卷了一夜，拦住了一双双窥视的眼。门槛外堆起的半尺雪花，古庙中蒲团上的点点腥血，怀中依偎的娇人身躯，都深深地刻在梵孟天的眼中，印在梵孟天的心上。

回头看佛，那已然残破、金身不复的石像，却好似在笑，在嘲笑。

“汝，已犯戒，为何来？”

“我，执一执念！”梵孟天看向那残破的石像，眼中再没有了曾经的虔诚。

起身，回望。她还在庙中佛前，半跪向佛，似拜似怨。

“你是妖？”

“嗯。”

“佛派你来？”

“嗯。”

“不须归去，在此地，等我回来。”

若我已看破这万世轮回。佛，你又何须阻我。

我心轻念，琉璃妖，不知你现在如何？当年蟠桃宴，离恨天，我驾金云来，你乘黑云去。

你我在佛光下相见，却因佛光不再相见。

你为金光所伤，坠地时便已无生机，而我也因那一时动情要历万世劫。

缠缠绵绵，妖娆不变，万世之劫，情不灭，执不变！

登天，见灵山。

梵盂天见佛。

“可愿成佛？”佛说。

“千万世的执念还未寻来，成佛又如何？”我走过了佛，越过了灵山，继续向西，不再回头。我还记得，你葬在西岸。

赤足黑袍，青丝飘散。

污水清河岸，却无渡江船。

你与我，一见钟情。我踏在江中，水面冰冷刺骨，和你的外表一般。

我与你，四目相对。江面下犹如你冷漠的内心，一样的酷寒。

我们，三生有幸，确实在这最深的角落，我寻到了你心里，那里有我的影子，在那最暖的心窝里。

将你化身的铜镜拾起，贴在怀里，放在心里。

站在江边，黑发散，执念若起便再无法消散。

心若无情，如何向善。

心若执情，若何行善。

成魔，为妖尔。

回到了那间古庙，我身披袈裟，立于佛前。

“可成佛！”

我向东，成高僧。黑发散，垂腰间。赤足立，踏平川。

风雪呼啸，雪妖在怀，又在人间。

走过来时的路，又见到了那时堆起的尸山，翻起的血海。

世人皆以为我是惩妖除魔的高僧，从此人间曰：“高僧临人间，尸山成血海。伊人怀中坐，铜镜挂胸前。黑发散腰垂，赤足行世间。”

帝王召我，入宫。怀中的伊人便送与帝王。铜镜仍在。只是在夜晚，看向那铜镜，镜中人却不是自己。

月光如华，无星无云，正是好景。起身在宫中游荡，不知不觉间到了帝王公主寝宫前。

心中有思，忽觉心中人就在此地。而后却兀自轻笑，轻叹。铜镜中人，可是如此好寻？

正要回行，却听见门槛打开，公主正巧也有雅兴出来。

只是一眼，恍惚间好似天旋地转，造化弄人。眼前之人与琉璃是如此的相似。

“大师，可否前来，谈谈往事。”

“多久的往事？”

“万世之前。”

我们，一见钟情，心心相印，三生有幸。

又是红纱、红烛，此时门外没有漫天飞舞的雪。也不知道还有没有那些无处不在、窥视的眼。

梵孟天与公主帷帐垂帘，夜夜相会，夜夜相谈。谈论九天之上事，谈论万世万万劫。

在这宫殿里，梵孟天与琉璃有说不完的思念。在宫殿外，公主终究是公主，梵孟天终究也只是个和尚。

琉璃大婚前夜，梵孟天却没有来到这里。琉璃梳妆，镜中的脸庞始终含笑。

大婚当日，佛堂庙前，赤足长发，青丝长刃，魔气冲天。

琉璃看到掀开轿帘的梵孟天，看到他身后的尸山血海。她抓住梵孟天的手，四目相对，眼中尽是对方的模样。

梵孟天正要带着琉璃远走高飞时，却突生异变。

漫天云彩变成金色，佛的虚影汇聚在云端。

尸山不见，血海无踪。世上少了一位终日躲在宫中的公主，又多了一个终日走在路上的和尚。

在世间口口相传的传说中，却总有那么一段。

我佛不慈悲，魔身披袈裟。妖言惑众人，人心艳淫花。

第二章　花果难寻胜佛隐

当年如来佛祖给了观音三个金箍，只有一个套在了那个猴子头上。

这话传到斗战胜佛耳朵里面的时候，斗战胜佛正躺在桌子上面吃香蕉。一口一口地吃，认认真真地吃，那个跪在桌子下面的小和尚猜不到斗战胜佛的心思。跪在那里，低着头，生怕一个不小心再让这猴子暴躁如雷。

据说当年斗战胜佛还不是斗战胜佛的时候，有一个更响亮的名号，叫作齐天大圣。只不过，后来因为要抢天帝的位置被佛道两家一起镇压，最后由佛镇压在了五指山。五指山成了一处封印，猴子永远走不出那处。五百年里，五指山下的村庄夜夜都能听到山中鬼哭狼嚎，隐隐好像有个魔王在山下咆哮。可是等到白天过去，那里又只有一只很安静的小猴子。那猴子机灵得紧，通人性，能站立，能行走，时间久了还会说上几句人语。村子里年幼的小孩子常常过来与他玩耍，他也不觉得寂寞。村民也觉得天降五指山必有灵宝，这猴子一定是受了灵宝感化才有了灵智，不然怎么总也不走出这山。

几百年之后，忽然，有一天地震，震得好像天要塌下来。山下的村民都躲在屋子里面不敢出来，等到震动平息之后，才匆匆忙忙跑出来看有没有牛羊猪狗被砸死砸伤。忽然，有人一声惊呼，村民以为是死了家畜。但顺着那人的手指看去才发现，哪里还有什么五指山，那里只有一片荒石平原。

那会人语的猴子，想必是死掉了。

小和尚终于听到桌子上面又有响动，稍稍抬起来头向上一瞥，却看到斗战胜佛换了个姿势躺着，背过身去，顺手把香蕉皮一扔，又正好扔在小和尚的头皮上面。配上小和尚天生的黄皮子，远远看去就像个带了把儿的皮球。

可是他还是一动不敢动。

之前听说斗战胜佛是只猴子，所以佛庙里才没有人。

可是这佛庙里面既没有人，也没有猴子。

当年，斗战胜佛成为斗战胜佛的时候，佛祖许诺他三千沙弥，佛经万卷，乘骑百种。斗战胜佛却摇头不语，只是用手中的棒子轻轻敲了敲头上的金箍，将其拿了下来，还给了佛祖。佛祖大笑，接过来金箍收到须弥里面又许诺给斗战胜佛一处名山宝地，就让斗战胜佛离去了。

据和尚的老师父说，当年斗战胜佛在这个地方落山成佛的时候，漫天乌云狂风大作，更有惊雷霹雳，好像有人在这里移山填海一般，村民们惊恐不已，都以为是天降灾祸。但等到第二日，却一切寻常，山林之间更是山清水秀，虎豹无踪。这附近的人们都说是佛祖显了大神通，平了这里的一方妖怪，日后这里必然风调雨顺。

但是，好景不长，附近的人们开始发现山林里猴子越来越多，一开始猴子们嘻嘻闹闹还算有趣，后来，却肆无忌惮起来，经常有人半夜时分被家中声音惊醒，点灯一看，竟然是一群猴子在家里偷拿吃砸。有人怒不可遏，抄起来手边的棍子就抡到了猴子身上。那猴子只叫了一声，便死了。

按理说，看到同伴被打死，剩下的几只猴子就算不扑上来和人斗个你死我活，也该逃掉。那些猴子偏偏一动不动，只是看着那个人，又看看他手里的棍子，便不再理他，继续翻出吃的来放到嘴里。那人从没见过这样的事情，吓得半死，闭着眼睛连连挥着手里的棍子，几只猴子就那么死了，死的时候连叫都没叫。

那人觉得这事诡异之极，连夜找到好友家里，匆忙之间敲开了门却不见人影。听到脚下有窸窸窣窣的声音就低头看去，却看到一只猴子冲着他龇牙咧嘴。那人早就吓得魂飞魄散，连忙逃走，逃到了山里，再也没了音讯。

老师父还说，那时，这样的事几乎天天发生，那些逃到山里的人再也没有回来。并且每每有人消失，都会感到那山林颤抖，好像有人狂笑一般。

小和尚还是跪在那里，斗战胜佛还是躺在桌上。

小和尚想着老师父的话，斗战胜佛又拿出来一颗桃子，不过这次他想了想，一个跟斗翻起来坐在了桌子上面，把桃子扔给了小和尚。

你看我这洞府如何？

小和尚被桃子砸到，浑身一抖，正好把头上的香蕉皮抖了下去。手里握着桃子，随着斗战胜佛的目光看了一圈这被掏空山腹的洞府。

这洞府光徒四壁，昏昏昭昭，只有那一人多高的洞口能透进光来，也只有那里能出得去人。整个洞内只有一张桌子，一只猴子。现在，又多了一个和尚。但是，这里再怎么说也是佛祖寺庙，就算是光徒四壁，既无僧众也无香火。可是怎么竟然连一尊佛像都没有？偏偏那和尚把这里看了一遍又一遍，哪怕是山洞顶上也没见到半座佛像。和尚不甘心，跪在地上转着身子又把这里看了又看，忽然见到斗战胜佛背后的墙上刻着三个大字。

贪

嗔

痴

这三个字龙飞凤舞，不似神仙洒脱，不像儒家中正，也没有魔道狂霸，更不是佛教那样平和。偏偏笔锋诡异，变化多端，仿若有无穷变化。

和尚见到那字，险些慌了心神，急忙低头，嘴上却说：“此处别有洞天，与那西天极乐也不遑多让。”

斗战胜佛的目光落到了小和尚的身上。斗战胜佛金睛火眼，能识破天下万物，神佛皆不可逼视。和尚被盯住只觉得被烈日炙烤，后背却冷汗涔涔。

“你去过极乐？”

“没，没有。”

“那我带你去看看。”

小和尚反应不及，斗战胜佛大袖一挥就把他卷到袖中。和尚只觉得一阵天旋地转，便又落到实地上面。刚刚踩到地面还有些炫目，抬头一看却震惊得说不出话来。原来这山腹洞中还有一山，但这山腹洞中本应昏昏昭昭不见阳光，那和尚抬头一看，却见青天白云，天盖为白玉所成，犹似光照，让这不见天日的地方亮如白昼。其山石不似外山之石，好似被无上神通挪移而来。山上有林，林间有猴，那猴在山中会行走跳跃，食草木，采山花，觅树果；与狼虫为伴，虎豹为群，獐鹿为友，猕猿为亲；夜宿石崖之下，朝游峰洞之中。

这山上树木风貌，风景秀丽。山下溪河萦回，流光似带。南有春景秀丽，东有夏暑骤雨。西方黄叶铺地，秋高气爽。北方寒风呼啸，冬雪盈盈。一年四季竟然占了这山腹中山的四方，其山顶却无风无雨，无阴无晴，只有一高台宝座，之上立着一尊石像。那石像看不清面孔也分不清男女。每逢四季周旋，天气变换，林中百兽都伏拜于此。

这便是“洞中无岁月”。

真是极乐也。

“真是极乐也。”

斗战胜佛冷笑看着小和尚，却听到这样一句感慨，竟然不禁失神。好像回忆起了什么。

当年破山而出，便随着那僧人向极乐奔走了十四年，期间步跨河川，脚踏山野。渴了饮白露，饿了吃野果。可谓极苦。那时候，猴子心里可没有什么弘扬佛法的恢宏大志，佛法害他被压了五百年，自己还不知道要走多少年，自己凭什么去弘扬它！猴子只想拿去头上的金箍，早点超脱快活。猴子在踏上取经之途的第一步，就已经想好，等自己送了那僧人取了真经，就把头上那金箍拿下来，就回到花果山中快活五百年，再睡上五百年，最后再在这天下翻腾五百年。那被压的五百年太长了，翻不出山岭，遁不去地底。那些凡人看自己快活，却是鹏鸟困于朽木，不可与蝼蚁道也。

“谢斗战胜佛。”

小和尚说完便又要拜，斗战胜佛却也不理，好似自顾自地说道：

“你说那金箍本应是三个，这是何意？”

“小僧不知，是我师父知此处有灾，便让我来传话。命我来寻求消灾之法。”

斗战胜佛不语，只是望着洞中景色出神。后又茫然一笑，腾身跃起，不见踪影。

小和尚见到斗战胜佛不见踪影，在山林间寻找他的踪迹，偏偏这林间道路大多相似，又不知如何寻到出路，便大声呼喊。只听到洞中悠悠传来一阵似笑非笑、似哭非哭的声音，在林间带起来阵阵阴风，竟似妖气横行之象。

“你如有胆，就吃了那仙桃，自然会看到出路。”

小和尚不知那声音何意，低头却见刚刚手中的桃子已经退了颜色，与草木之色无二，青翠如碧玉，还有流光宛转其上，此时通透无比，桃心却是黑玉一般。和尚心中不定，他见桃心由红转紫，由紫及黑，怕是毒果一颗。但旋即心下想到，若是佛要杀我，又何须如此麻烦，直接在袖里乾坤间便可要我性命，便狠心把那桃子吃了下去。

小和尚只顾低着头吃桃，丝毫不见洞中变化。洞中世界刹那之间竟然白玉天盖变血污，青天白日换红雨，草木枯败，山陷河烂。原先的林间万物，俱都只剩皮骨，青面獠牙，龇牙狞笑。青山变成了平原，河水聚成了血池，山中那些狼虫虎豹猿猴獐鹿都只剩皮骨。仔细看去，那皮与骨也皆不是它们原本的骨头，竟然是一片片人皮，一块块人骨拼接而成。那些拼接出来的妖兽：有的在血池里剥人皮毛，犁人血肉，抽人筋骨；有的在另一侧拣出骨头拼成兽型；一些跟在它们后面用抽出来的人筋把兽型串上，再让那些能动的骨头自己披上皮毛去血池里剥人皮毛，犁人血肉，抽人筋骨。

小和尚才抬起了头，看到眼前一切，心差点没吓得停了去。眼前全是妖兽，披着人皮，挂着碎肉，白骨成林，血污成池。和尚两股战战，瑟瑟发抖。一时间吓得面无血色。

真是一片炼狱。

但这炼狱之中偏偏有一条笔直大陆直通人世，小和尚惊慌之下更是无从选择，只好低着头，闭着眼睛向前跑去。他害怕见到这些妖兽，迈步的时候就已经把眼睛闭上，心想只要跑过这一条道就能回到人世。

未曾想只要踏上那路，即使闭眼也见尸山血海。

人脑袋骷髅头堆积成了一座山在左边。

人尸体骸骨摆放得像一片树林在右侧。

人的毛发粘在一起成了毡毛毯被踩在脚下。

人皮撑开了晾在树枝上风干。

人肉烂在地上都变得色如泥浆。

人筋缠在树上晒干了晃亮如银。

一只只妖兽聚在道路两旁虎视眈眈，它们没有血肉爬不上这通向人世的路，却能伸出爪子要把跑在路上的人拖到炼狱里面。

一路上，小和尚双耳只听见鬼哭狼嚎，妖风呼啸。但是和尚分明听见，那些要把他拖进炼狱的妖兽里，还有不少人的叫声。那些声音充满毒怨，仿佛和尚走在那路上就已经犯下了滔天罪行，恨不得生食其肉，就算自己魂飞魄散也要拖他下了炼狱。

小和尚一路摔了不知多少次，每次只差一些就落到那炼狱之中，急忙连滚带爬地逃出了洞口。

在他逃出生天之时，心有余悸地回头看了一眼。这一眼，看到那山洞竟然变得与别处一模一样，唯独里面黑漆漆的一片。洞口外有清风拂过，柳树枝条轻轻摆动，阳光略有西斜，把那棵树的影子扯到了洞口上面。刚刚洞里鬼哭狼嚎的声音都消失得一干二净，不剩一丝一毫，仿若人间蒸发。和尚心想，定是那斗战胜佛使的障眼法，想让自己赶紧离开，偏偏除灾之法还未求得，万万不能离去。就一点一点地挪到洞口，生怕一步走错掉进了那障眼法里面去了。

等他走到洞口再向里面看去，洞中炼狱好似未曾有过，那里仍然只有空洞洞的洞府，正对着洞口的便是那张桌子，斗战胜佛正躺在上面，吃着葡萄，好像无意瞥见到了洞口的小和尚，他目中略有惊异，眼珠转了一转，说道：

“你进来吧。”

小和尚听到斗战胜佛的话，却不敢听从，他此时只要靠近洞口就觉得耳旁阴风呼啸，里面鬼哭狼嚎，仿佛刚刚经历的炼狱并非障眼法。此时站在那里，心中细细想来，不自觉地浑身颤抖。斗战胜佛见他这样，咧嘴怪异地一笑，翻身下到地上，走到了洞门边。一僧一佛就这样隔着一道虚无的门，在人间，在炼狱。

“你是僧，见佛为何不拜？”

小和尚听后心中大惊，连忙跪拜不止，生怕动作慢了又让斗战胜佛不喜。斗战胜佛看着他一拜再拜，竟然放声大笑。斗战胜佛笑的时候，山上草木颤抖，鸟兽伏地，青松折干，溪水断流，这被掏空了的山好像经历了山崩地裂，乾坤颠倒。只看那些坠落的石头就能知道斗战胜佛有多么大的威力，但是偏偏斗战胜佛的力量好像仅仅是发泄在这座山上，距离他不足一丈的小和尚竟然毫发无损。

“你这等僧人，是怎么从我那炼狱里跑出来的！”斗战胜佛收了笑声，站在门里龇牙咧嘴，僧人跪在地上颤颤巍巍。

“小、小僧在那路上一直闭着眼，不敢看向四周，只顾低头狂奔。摔倒了就赶紧爬起来，要是被妖兽抓住了就心中默念《大般若经》，这般才跑了出来。”

斗战胜佛闻言，面色大变，不知为何勃然大怒，手上金光一闪，金箍棒便出现。他在洞中挥棒，一通乱砸，霎时紫金光芒闪烁，棍头气劲环绕，竟然是硬生生用力气砸碎了地面。斗战胜佛越砸气势越盛，恍惚间好似当年那无法无天的猴子，他的面前不是光徒四壁的石洞，而是数不过来的天兵，还有西方极乐的神佛。斗战胜佛棍中气势滔天，仿若有千万种怨恨要随他手中的金箍棒发泄出去，却无可奈何只能在这洞中挥舞。

小和尚站在洞口也能感到其内狂风呼啸。斗战胜佛每一棍都有劈天裂地之势，连带着脚下的山都晃动，山上巨石滚落，砸折了草木，压死了鸟兽，落入河中。偏偏洞中那刻着“贪、嗔、痴”三字的石壁却完好无损，洞外与这山林无关之物也是毫发无损。

斗战胜佛像个野猴子一样砸了半天，才慢慢收了力气，颓然地坐在地上。

“你走吧。”

山洞外的石门，重重地关上了。

小和尚站在山洞外，感觉头晕目眩，刚刚他好像看到三个猴子被三个金箍钉在洞中石墙上。

那墙上还有几个残破的大字。

齐

天

大

圣

黄昏落日，小和尚走向下山的路，见到山间巨石从水中腾起，翻滚回山上，其中鸟兽腾走，草木重生，竟然又恢复了最初的样子，他这一天见过太多的不可思议，已经有一些麻木了。小和尚下了山，回头望去，却见一座高耸的佛像坐在那里，原来斗战胜佛的佛像就是他的庙宇。夕阳照在佛像面前，使那佛像明亮至极，仿若光照众生。可是身后天色渐渐暗去，又将那佛身掩在黑幕中。

仔细看过去，佛像左眼下好像有一道泪痕，连到和尚的脚下。原来那佛像的左眼就是洞府的出入之处。

小和尚终于回到庙里，见到了自己的老师父，才惶惶坐下。刚要开口，却被老师父制止，只是推了一碗茶到他身前。

小和尚喝了茶，看着老师父，猜想师父一定知道原委。老师父点了点头。

“佛家有言三毒，贪、嗔、痴，猴子还是猴子的时候只有爱与恨，猴子做了齐天大圣才又得了贪嗔痴。你可知那金箍是做什么的？那金箍是剥除三毒之物，竟然三个全都用在了他的身上。”

“可是那也不至于如此。”

“那你可知斗战胜佛从被镇压到成佛用了多久？五百一十四年。你可知道当年花果山是什么样子？如你初见。齐天大圣每向西行一步，就有一只猴子被犁骨剥皮。他每挥一棒就有一棵草木凋败。每食一果便有一山石垂坠。每渡一川就有一分海水倒灌。你最初所见的是五百年前的花果山，你而后所见的是他成佛之后的花果山。”

“可佛已收其三毒……”

“斗战胜佛，齐天大圣，终究是只猴子。他丢了贪嗔痴，只有爱与恨。爱盈恨满，竟成心魔。当年他落山成佛，便是心魔化妖。”

小和尚好像懂了，小和尚又好像没懂。

自打从斗战胜佛那里回来之后，老师父就不让他再做参悟佛法之外的事情了。到后来，小和尚渐渐有些明白了，清楚了，把一丝一缕都看得透彻了。猴子只是猴子，猴子只爱他的花果山，那时候，猴子爱憎分明，为猴子猴孙们改了生死，上了天宫，进了火炉。那时候，齐天大圣何等威风凛凛，花果山又有几人敢扰？就算他被压在五指山下五百年，这五百年间，他还是那只敢爱敢恨的猴子，还是那个威风凛凛的齐天大圣，花果山里还是有一众妖王走兽，猴子们还是无忧无虑。可是等到齐天大圣戴上了金箍之后，一切就不同了。猴子有爱恨，齐天大圣得了贪嗔痴。戴上了金箍之后五欲皆无，不是那只猴子，也不是齐天大圣。

十四年间，那金箍里的人再没有想过花果山，没有想过齐天大圣，只想着西天极乐，只想着尽早从头上的金箍里逃出来。就是因为这样，花果山里的妖王走兽纷纷离去，那些猴子们只能生死由天，死生由人。老师父说得对，齐天大圣每向西行一步，就有一只猴子被犁骨剥皮。他每挥一棒就有一棵草木凋败，每食一果便有一山石垂坠，每渡一川就有一分海水倒灌。可也有说得不对的地方，走在取经路上的，不是齐天大圣，只是个金箍中的人罢了。

等到金箍取下，取经人成了斗战胜佛，除了贪嗔痴，只剩爱与恨。再回到花果山，原本满心欢快，却看到那样一番景象，恨海翻腾，心魔化妖。

于是，那妖佛屠尽了一座山，又杀光了一座城。在他自己的洞府里面用深海明珠盖了天顶，用地府冥土覆了大地，又取来了各地山石硬生生地堆出来了一个花果山。小和尚初见的，便是当年猴子住的花果山。妖佛施了一道法，让被屠的生灵骸骨活动起来，让他们剥人皮毛，犁人血肉，抽人筋骨。这是复了仇，泄了恨。他又对自己用了幻，让自己在那假的花果山里流连忘返。

“这凡间只有落草为寇，落地成妖。怪不得师父要说落山成佛，原是如此。”

许多年后，老师父圆寂。小和尚还是那个小和尚，寺庙的住持变成了他的师兄。

小和尚总是会想起来很久很久之前，总是会听见同门的师兄弟说道，每到黄昏时分，那高山一般的佛像，总会有泪，从他的左眼流下。

应该是佛爱世人。

小和尚心想。

许是妖爱花果。

许是爱盈恨满。

许是血海盈余。

第三章　妖是山妖人是人

听说从前有座山，听说那座山里有个村子，听说那座山林木葱郁，风水极好，听说那个村子的人心地善良、待人热情，总有些流浪之人慕名前往。

当然，这也只是听说。

“大家快跑啊！猪妖又来抢吃的啦！”村口站岗的人喊完话，就又靠着一旁的柱子睡过去了。

自打猪妖来到这个村子的第一天起，每天清晨都能听到村口有这样的喊声，虽然内容不尽相同，但是意思总的来说都是差不多的。至于听到这声音的村民，现在都懒洋洋地从床上下来，然后收拾床榻，给要上私塾的小娃娃做上早饭，去房子后面看看牲口有没有生病的，再从锅里，或者草料槽里抓一把能吃的，放到门口。这一个清晨就过去了。

等到天色不再那么朦胧的时候，猪妖也刚好走到村口。他体格太大了，大得就像小山一样，总有一些睡过了头的站岗的人被他的肚子顶飞起来。但是更多的情况是他们还没来得及被顶飞，就已经被猪妖走路时的震动给震倒。

接下来，地面的震动就会从太阳刚刚露头持续到整个太阳都冒出来，等那个时间一过，村民们纷纷从家里走出来，开始一天的生活。那些放在家门口的食物，自然也跟着那震动不见了。

对于这随便用些食物就能打发的猪妖，村民们虽说习惯，但是也怨声载道。毕竟那些食物都是自己家里的东西，就这么白白地给了个猪妖，谁心中都会有些不爽。村民茶余饭后谈论最多的还是那猪妖刚来这里的时候，那时候的猪妖还没有现在这么大，远远看上去只是个个头大了一些的壮汉而已，就是长了一张凶恶丑陋的猪脸。那脸长得真是丑，第一天就把刚见到他的人吓得昏死过去，走到村里，凭他那一个猪头，就把村民们吓得魂飞魄散，跪地求饶。

只是村民们没想到，那猪妖竟然会说人话，还客气得很，说只是来这里找些吃食，用不了多久就走了。村民们心想，这猪妖虽然是妖怪，但是体格和人也差不多，这么大一个村子怎么也能供得起，就战战兢兢地答应了。自打那以后，每每到清晨，那猪妖都会到村子里面搜刮一番。最开始还是挨家挨户地敲门砸窗，后来村民们习惯了那时间，纷纷把食物向外面一扔，就不管他了。

日子久了，村民们对那只吃不做的猪妖也心生厌恶。偏偏也没有一个人敢站在那已经像小山一样的猪妖面前。于是他们每天给猪妖的食物就越来越差，现在已经是从喂牲口的食槽里面随便抓一把就对付了。

可是就算这样，那猪妖也还是每天都来，从村头走到村尾，也不敲门砸窗讨要食物，每次都只是吃光每家门口的食物。

那猪妖也不兴风作怪，也不为害乡里，虽然长得丑恶，但是毕竟时间久了，那些村民也看得习惯了不少。其中竟然有几个胆大的人，商量着要和那猪妖谈判，让他在村里的田地里劳作，每天垦了多少地，就能换多少粮食。这个想法一说出来，村民们纷纷表示赞同，但是赞同之后的问题就是，谁去和那个猪妖说？

那猪妖虽然说自从出现以来就没有祸害过村里，可是谁也保不准那妖怪会不会吃人。

“你们都不愿意，那就我去吧。”

村民们寻着声音看过去，就看到一个佝偻着腰的老头，手里面拿着一根两指粗细的木棍当成拐杖，那拐杖立在地上比他头还要高出去许多。

“你是谁啊？”

村民们万万没有想到，应承了这事的是个不认识的老头。

“我是昨天流亡过来的乞丐，只求你们在我做完此事之后给我个容身之所。”

村民的眼珠儿在眼眶里面转来转去，过了好一会儿，才有一个不知道谁家的媳妇开口：“那……那你就去吧！”刚说完，就被他家男人拉到了一边，两个眼睛瞪得老大。一旁的村民一听有人答应了，这才开口跟着应和。那男人看了一圈，心下知道这老头定是要住在自己家了，就又回过头狠狠地瞪了他媳妇一眼，又对同村的人说：“那猪妖开垦的地，可要多分我点。”

其他人听了，模棱两可地点头答应着，也不知道能不能兑现。

到了第二天清晨，那震动又传过来了，整个村子的人都把心提了起来。他们随便糊弄了一下那些要上私塾的孩子们的早饭，随便地收拾了一下房间，再随便地洗漱一下。然后，众人把早就准备好的食物放在门口，心里面想着要是那个老乞丐没成功，那猪妖看到这些食物也不会动怒。

猪妖是个很守时的妖怪，他每天都在清晨时分到这个村子里面讨要些食物。一开始，他还只是个小猪妖，每天在山林里面能找得到填饱肚子的食物。可是他长得太快了，还没用上一年就长得和小山一样大。那时候他才打起村子的主意。一开始的生活还不错，每天吃得都新鲜，美味得很。日子久了，那些村民们准备的东西虽然算不上美味，但是也还算新鲜。猪妖也很理解，毕竟自己只是个白吃白喝的妖怪，能吃饱喝足就行了。再后来，那些放在门口的东西连新鲜都算不上了，那猪妖还是很理解，毕竟自己长得太大了，肚子里面能装下去半个小山，这村子里面能有让自己填饱肚子的东西就不错了。

猪妖今天到这个村子之前就想好了，这一次是最后一次，等到明天自己就再另找一个大一点儿的村子，继续白吃白喝的日子。

猪妖晃晃悠悠地走到村口，却发现平时在村口站岗的人换了一个，换成了一个老头。那老头拿着一根木棍杵在地上，乐呵呵地看着他。猪妖没打算搭理他，抬腿就要往村子里走。

那老头看到猪妖就要进村，连忙开口说："阁下留步。"

猪妖听到老头的声音，晃了晃肚子上的肉，好让自己能看到那个老头，才把腿放下来，用着浑噩的声音说："老头，什么事快说！别耽误我吃饭。"

"阁下如果觉得那些糟糠还算是饭的话，就请阁下进去吧！"老头说完，向后撤了两步。

那猪妖眼珠儿在眼眶里转了三圈，才说："老头！是不是这村子里面的人让你来和我谈事情？"

老头点了点头。

"那……是不是和吃的有关，能让我吃饱？"

老头斜着眼睛看了看猪妖那快要冒出油的肚子，才慢悠悠地说："是，也不是。"

"你快点说，别磨磨蹭蹭的！"猪妖的性子急得很，尤其是在与吃的有关的事情上，那可是关乎肚子的大事。

老头看到猪妖有些急了，这才慢慢地把村里面人的计划说出来。

猪妖听过之后也没说话，在原地想了一会儿就走进村子里，挨家挨户地把他们准备好的食物吃了，一直吃到了村子的另一边。这才停了下来，回过头的时候发现老头还跟在他的后面。

"你还跟着我干什么？"

老头乐呵呵地看着猪妖，说："你还没答应这个村子里的人说的事，我没有地方住啊！”

猪妖看着老头，眯起来眼睛，又摆弄了一下肚子上的肉，一屁股坐在地上，说：“你去把他们都叫过来。”

村子里的人听到猪妖挨家挨户吃东西的时候已经有人在骂那个老头了，现在又听到老头的喊声，都纷纷出门来看个究竟。老头一五一十地说完，就走到人群里面。村民把猪妖围在中间，猪妖也看不到那个老头，连那根棍子都看不到。

后来村民们每天都能在清晨感受到远远地传来的震动，那是猪妖在村子外面开垦荒地。猪妖每天清晨开始工作，一直做到晚上，才跑到村子里面吃饭，头一个月的伙食好得不得了，猪妖也越做越起劲。但是村民们又觉得自己村子外面用个妖怪垦田就差不多了，再把他放进村子里实在是有些不安。于是，村民们合计着哪天趁着猪妖在村子里面吃饭的时候，和他商量商量。当然，如果猪妖不同意的话，也就只能像现在这样了。

事情虽然这么定下来了，可是仍然没有人敢去和那个猪妖谈判。一群人在那干瞪眼的时候，不知道是谁提到了那个老乞丐。大家才如释重负，一股脑全都去找那老头去了。

老头当时在让他住自己家的男人家后院的窝棚里睡得正香，被叫醒之后迷迷糊糊地看到这么一大群人围着他，着实惊了一下，睡意也消散了大半。那群人等不及他说话，就先把事情说了个明白。老头心下想了想说：“不用这么麻烦，我有一个办法，能让那猪妖永远进不来村子，不过你们要给我一个住得舒服的地方。”

村民们面面相觑，谁也不敢答应。有人让老头先说出来听听，老头只是假寐着摇头。最后，还是这家的男人咬咬牙答应了。

原来老头的办法就是在村子里面盖一座庙出来，那庙要建在村子的正中间，其内用临山顽石打三座佛像，每天香火不断。那猪妖虽然体型巨大但毕竟还是妖，自然是进不了这佛庙庇护的村子。

村民们听过之后，觉得只是盖一座寺庙，未必就能不让那猪妖进到村子里，还不如找个人去和猪妖谈判。老头听到村民的话，无奈地摇摇头，只好答应着去和猪妖谈判了。

自打老头再找到猪妖之后，那猪妖就真的没有再进过村子，每天傍晚干完活，都只是坐在村子口等着村民送食物出来，吃完了就回到山林里面，第二天再出来。

可是，日子一天天过去，猪妖的食量也越来越大，干活的时间也越来越长，那时候再回到山林里面就有些麻烦了。索性那猪妖半夜就睡在田地里，半夜时分鼾声如雷，村民们也是敢怒不敢言。可是这猪妖一天的吃食又要靠着他们，渐渐地，不少的村民都萌生出了把猪妖赶走的心思。但是怎么赶，又让谁去赶，这可是一个大问题。

老乞丐这些日子过得虽然不算好，但是还算可以。就是每天晚上听着如雷声的鼾声，再看着棚顶的星星，睡得有些不自在。这天夜里，他听见村子里面又在开大会，不自觉地叹了一口气。

从村子开完大会之后，猪妖的伙食就一天不如一天了。就算他每天开垦的地只多不少，但是，那些吃的还是那些吃的。猪妖有些气不过，那天就早早地来到村子口，等着那送饭的过来。没等多久，就看到一个人推着个小破车过来了。

“呦？你这只猪今天做得挺快啊！”

猪妖本来就是只猪，也听不出来那人说的什么意思，只是自顾自地说：“你们每天给我的吃的越来越差了，我都没力气干活了。”

“你干得越多，我们给得越多。现在你每天做得越来越少，自然就差了。”那人撇撇嘴，说完就走了。

猪妖坐在那里摸着头皮和肚皮，心里想着刚才那人说的话确实有些道理。

老乞丐还是躺在窝棚里，看着天上的星星，近几日来，那猪妖的鼾声都不响了，干活时候好像也没了力气。老乞丐杵着棍子站起来，晃晃悠悠地穿过各家灯火，走到了村外那一片快要被开垦完的荒地里，看到了小山一样的猪妖，并坐到了他的边上。

猪妖饿得难受，躺着还能好些，可是根本睡不着觉。感到有人过来，他立刻翻身看过去，发现是那个老乞丐。

“你又来和我说什么？”

“天这么晚了，看你一个妖怪挺孤单的，陪你来说说话。”

猪妖从鼻子里哼出一团浊气，说：“你不过是个不受待见的乞丐，还说得这么好听。”

老乞丐没接话，只是指着还有半天就能开垦完的荒地说：“那些一做完，你就该走了吧？”

猪妖翻了翻眼睛，没说话，好像睡着了。

老乞丐坐在猪妖的身边，把那棍子立在身边，呆呆地看着星空。

第二天，村子里面热闹得很，因为有人发现那猪妖走了，再也不用供他那些吃的了，村边的地也都开垦得差不多。每个人都像捡了大便宜一样，唯独那个让老乞丐住自己家的男人觉得憋闷：猪妖都走了，可是自己还要多养活一张嘴。丝毫想不起来自己还能多分到一点儿田地。

那天夜里村子里面灯火通明，一村子人打算彻夜狂欢，唯独那个老乞丐早早地回到自己的窝棚里，心事重重，也不知道在想什么。

狂欢之后的第二天，没了猪妖来叫醒村民，很多人都起来得晚了不少。就算起来得晚了，日子也还是按部就班地走。一户人家正准备喂牲口的时候却发现自己家的牛少了一头，其他的牛身上还有不少被什么东西抓挠过的痕迹。

村子里面从来都没丢过东西，何况是一头那么大的牛。没过多久，又有好几家传来丢了牲口的消息，那些现场和这里一模一样。一时间人心惶惶，每个人心里都觉得不安。好像那猪妖走了之后，又有什么东西过来了。

时间不过半月，村子里面好像也没再丢过牲口，人们也渐渐心安下来。但就像暴雨来临之前一定会阴云密布一样，每个人的心上都有一块吹不散的阴云。

村子很久都没下过暴雨了。

那天狂风大作，暴雨倾盆，村子里面的人纷纷跑回家里面躲雨。下雨的时候自然是没有事情可做的，一群人只好聚在一起咒骂这场雨，就在一群男人骂得起兴的时候，一个不和谐的声音传过来，角落里有个女人焦急地询问：“你们见到我家男人了吗？”

这女人就是好心将老乞丐留在家里的那个，她家男人今天下到地里干活，又赶上大雨，其他人都回来了，就他一个没回来。

那群人听了赶紧跑出去找人，但是那个男人就像消失了一样，无影无踪。

等到人们又回到村子里面的时候，发现竟然又少了几个人。一村子的人都惊慌失措，有的人声音颤抖着说：“是不是那猪妖回来吃人了？”

忽然没有人说话了，要是那猪妖回来了，恐怕这一村子的人都剩不了几个。不少人都开始后悔当初没有好好对待那只猪妖。虽然那妖怪长得丑了点，但是干起活来还算是勤恳，就是吃得多了点。

“吃人的不是猪妖，是山妖。”

村里人听到声音，却没找到谁在说话，又朝门口的方向看过去，在一群人头上看到一根棍子的头，才发现老乞丐已经在这里很长时间了。

众人纷纷为老乞丐让开路，又把老乞丐团团围住，听他说起来。

原来吃牛、吃人的妖怪不是那个憨憨的猪妖，是常年在山林里面为祸的山妖。那猪妖当初跑下山来讨吃的，也是因为那些山妖吃光了山上能吃的东西，自己没有办法才下山的。这回等到猪妖上了山，那群山妖发现猪妖非但没死反而长了不少肉，就知晓山下有人家，不用再在山上忍饥挨饿了。

“原来都是这该死的猪妖！”村民们一听到是猪妖上山才让那些山

妖下山的，又咬牙切齿地恨了起来。

可是恨归恨，山妖还是要解决的，大家纷纷询问老乞丐办法。老乞丐摇着头说，他们要是当初早早地盖上一座庙，又怎么会有这种事情发生。现如今要镇压山妖，还是要在村子正中间盖上一座高九丈九的庙宇，里面佛像要用纯金打造，坐落于白银浇筑成的莲花宝座之上。

村民一听这办法，不知该如何是好。可是山妖之乱不能不管，大家也就硬着头皮答应了。

因为有山妖作乱，那庙宇完工的速度快得惊人。

庙宇建成之时，风卷云舒，一缕缕阳光穿过云层照在庙宇上，好像佛光闪耀。据说，那是神佛下世，降在这个庙宇中。

整个村子的人都围在庙宇四周，看着金光落下，每个人脸上都欢喜之至。唯独那个老乞丐在人群之中皱着眉头，隐隐觉得这事没那么简单。

果不其然，就在众人要进庙中参观一番时，忽然狂风大作，天上乌云密布，远处更有山妖嘶吼。那庙门之上一根横木径直砸在地上，碎成几段。众人不解，惊疑地相互看着，只有那老乞丐摇头叹息，找个地方躲起来了。

众人在庙门口惊疑徘徊的时候，不知听到谁发出一声惨叫。原来是山妖又来袭击村子，这些山妖小的像狗那么大，大的有一头牛一般，通体青绿色，扁着嘴，突着眼睛，远远地看过去好像一只只趴在地上的青蛙。众人见到那些山妖扑来，四散惊逃，一村子人乱作一团，好不热闹。山妖连抓带咬，不一会儿聚在一起的村民就死伤了一半。那群山妖越来越猖狂，可是却独独不敢进到那庙宇之中。村民心中猜想那里一定安全得很，就纷纷逃进庙里。

果然，山妖们只是在庙宇外面徘徊，并不进到里面。这才让村民们稍稍安了心。没过多久，天气缓缓放晴。山妖们也逐渐地退回到了山林里，宣告这一次的狩猎结束。村民们看到那些山妖回到了山林中，却迟迟不敢走出庙来。看着庙堂中央供奉的三尊佛像，他们连忙点上高香祈求庇护。

“那乞丐明明说能庇护整个村子，偏偏现在只能保这庙堂平安，怕是为了只给他自己留一条活路吧！”

就在村民们一同拜佛的时候，不知道这话从谁的口中传出来。庙宇虽然大，但是也空旷得很，这声音传出来久久不息，不绝于耳，在每一个听到这声音的村民耳中如惊雷炸响。但是众人却都绝口不提。

又过了几天，村民们在寺庙的边上盖起来了一座高高的瞭望塔，以便能早些观察到山妖的动静。

就这样，村子里面又过了几个月的太平日子，只是偶尔有落单的几个人在野外被山妖抓到。只是日子长久了，村里渐渐地对那老乞丐积怨颇深。有的怨他自私自利，叫人修了如此壮丽的庙宇竟然只能庇护一室。有人怨他不该劝走了那猪妖。也有人怨他不该与那猪妖谈论垦田换粮的事情。总之每个人有每个人怨的理由，但是恨的都一样。

恨不得那老乞丐早点离开这个村子，恨不得他早点曝尸荒野！

爱屋及乌，也恨屋及乌。

最开始收留了老乞丐又死了丈夫的女人，也被村里人冷落了起来。

好在山妖作乱时，她从未出过屋子，倒也留下了性命。

又是一个月明星稀的晚上，老乞丐想起来不久之前坐在猪妖身边的那个夜晚，惨然间笑了起来。他趁着夜色，顺着月光，拄着自己那根两指粗细的木棍，出了村子。也许是入夜太久，夜色太浓，地面上竟然分不清月影与人影。老乞丐站在村口顺着月光看去，却遥遥看到了瞭望台上的灯火，还有一旁的庙宇。

村里面的人，还是发现老乞丐走了，至于那老乞丐到底去了哪里，是被山妖吃了，还是在路上被饿死了，就任凭他们猜测了。但是，自从老乞丐走了之后，山妖出现的次数就越来越少。这让不少的村里人认定，那猪妖和那些山妖都是老乞丐作法引过来的。至于他为什么要这样做，那可真的是逢人一张嘴，有千百人，就有千万种理由。

可是村里的人怎么也没想到，好日子过得一点都不长，也不痛快。虽然冲到村子里面的山妖越来越少，可是在村子外面游荡的山妖却越来越多。有些人的田地在村子里面，自然是事不关己高高挂起。可是还有一些人的地是在村子外面，那可真是心急如焚。可是那地和钱加起来，也比不过自己的一条性命重要。更可恨的是，粮食没了总是要买，就算自己家里面有屯粮，可是那山妖日复一日地在村子外面游荡，又如何出得了村子？转眼就过了年关。那些田地在村子里的人在村中卖粮，真是坐地起价，让那些没了地的人恨不打一处来。

“早知道这样，还不如都让那些山妖吃了好！”

老乞丐自从离开了村子，就走到了深山里，找到了猪妖。他找到猪妖的时候，猪妖正在捉一只山妖吃。那时候猪妖的动作灵敏得很，脚步落地竟然不发出一点声响，巨大的身躯快得像惊雷霹雳。出手时，那山妖甚至连反应都来不及就已经身首异处。

猪妖正吃得高兴，却看到老乞丐走了过来。它哼了哼鼻子，又变成了原先那副懒样，浑浊不清地说着：“老头，你也是被赶出来的？”

老头还是乐呵呵的样子，随便找了个靠近猪妖的地方坐下来，从怀里拿出来些干粮吃了起来，也不说话。只是从这山上远远地看着那个村庄。

猪妖好像自己讨了没趣，吃完那山妖之后原地躺下就睡了。

老乞丐坐在他一旁，看着天色渐渐暗淡，村中的灯火渐渐明晰，心中不知为何竟然一阵悲凉。他知道，收留自己的那家人，这些日子以来，怕是用不上那些灯火了，如果能在这村子里得到一口饭吃，就算万幸。

夜幕垂下，万籁俱寂。山林之中却影影绰绰。

山妖终于开始大批大批地聚在一起，低沉的嘶吼声随处都能听见，林间的走兽都躲到洞中不敢出来。除了猪妖四周百丈之内，其余的地方竟然占满了山妖。

“老头，你不用看了。那村子过不了下个日头了。”

老乞丐看着林间的山妖本就忧心忡忡，又听到猪妖的话，更是有些焦虑。

“那一村的人死有余辜，只是可惜了那女人。”老乞丐说完，看着天空，长叹一声。

猪妖好像翻了个白眼，看了看老乞丐，地动山摇地翻了个身又睡觉去了。它的鼻子里面哼出去了长长的一声浊气，远远的听上去好像有人叹息一样。

老乞丐却是躺不住了，盘坐起来，自顾自地说着：“你这只妖怪真是奇怪得很，别的妖都想吃人，你却偏偏想吃饭，没饭吃了就去吃妖。别的妖都用四脚爬行，你却偏偏要用两腿走，走的是地动山摇。他们都以为你本来就是那样，却从来没见过你用四脚捕食时候的样子。你说你，在这山林里面当个妖怪多好，何苦要去做人呢？”

老乞丐说完，只等着猪妖的回音。但是只看见那猪妖晃了几下肚子上的肉，就沉沉地睡过去了。

清晨时分，村民们纷纷起来劳作，有的是给自己家里劳作，有的是为别人家里劳作。为自己家劳作的人拿来粮食去卖。为别人家劳作的人，换来钱财去买粮食。就这么个小村子竟然就在短短的几个月里又找到了适合自己生存的办法。

可惜，原本风和日丽的天却风云突变。由远及近风起云涌，瞭望台上面一声惊呼，让村民们连忙放下手里的器具跑向村子正中央的庙堂。漫山遍野的山妖从山中冲出来直奔村子，遇到落单的人就生生撕碎，也不拖走也不吃掉。这一次山妖袭击，不是为了食物，而是屠村。

村民们本就没有能力抵抗，这一次来袭的山妖又来势汹汹。不知道是谁第一个在庙堂中跪拜在地，祈求佛祖保佑，不一会儿聚集在庙堂之中的村民都跪拜在地。而那些没来得及进到庙堂中的人，都被山妖生生撕碎。更有几个人，上半身都爬进了庙堂里，下半身却被山妖撕咬得血肉模糊。那些在庙里的人看到了，竟然找来了几根棍子远远地把那人推了出去，推到山妖的口中。山妖抓过那半个人，咧开血盆大口朝向庙堂里的几个人一笑，便把那半个人吞了进去。

庙堂中的几个人被吓得差点昏死过去，却有一种劫后余生的感觉。他们离那门口远远的，不敢靠近。

山妖们在村子里面扫荡，不再只是撕咬落在街上的人。它们开始挨家挨户地破门破窗，有不少腿脚不便，跑不到庙堂里的人，都在自己家中、自己的床榻上被生生撕碎，鲜血流了一地。时间还没过半日，村子里面除了那庙堂之中，几乎没有活人剩下，血水聚在一起成了一块血池。

这时候，天上乌云密布，云层聚集起来，好像海面倒扣在天上，偶尔还有几道闪电划过。

庙堂之外，山妖们慢慢聚到庙堂门前，四足着地，匍匐前行。

庙堂之内，村民们聚在一起，在佛像之下，跪拜不止。

一阵狂风吹过，把村子里面的血腥味，山妖身上的腥臭味，都卷进了庙堂里面，吹灭了不少烛火，也带进来了不少水汽。原来，天穹上的大海还是迫不及待地要倾泻下来。

山妖在庙堂外面淋着大雨伺机而动。

村民们在庙堂之内无风无雨战战兢兢。

这种情形并没有持续太久，很快山妖们就在村民们的视野中越来越少了。村民们觉得是那些山妖袭击结束，退回了山里。不知道等了多久，终于有那么几个胆子大的人走出了庙堂。没想到刚刚走出去没有两步，就被趴在屋檐上的山妖抓了过去。不一会儿，一些混着雨水的鲜血从屋檐上流下来。庙堂里面的村民吓得更是浑身颤抖，不敢再走出去半步。

可是就在那血水流淌完的时候，天上一阵惊雷炸响，一道闪电竟然劈在了这庙宇之上，趴在上面的几只山妖瞬间就被电焦，跌落到地上。但是庙堂之内也听到“咔嚓”一声，那庙堂的房梁竟然应声折断。村民们不知所措，只能看着房顶塌陷，大群大群的山妖与屋顶一起坠下，原本躲在庙堂之中的村民没有一人能幸免于难。鲜血溅在佛像上，很快就被大雨冲刷得干净。汇聚在地面上的血液，也很快随着盈满的雨水被带走。

这场雨下了足足两天两夜，山妖也在村子里面游荡了两天两夜，直到那村庄里面横尸遍野，到处只剩下残垣瓦砾才纷纷离开。

这两天里，老乞丐面向山林而坐，绝不回头看向村子的方向，那村里面传出来的惨叫声，也顺着风散尽了雨中，或是被雨打树叶的声音遮盖过去。但是，在一旁的猪妖还是听见了连连的叹息声。

“老头，这么好的风景，这么大的雨，可是一辈子都不一定能见到的。”

猪妖倒是兴致勃勃地看着那一片血红色的地方，嘴上挂着忍不住的笑，一改常态地开口说道：

“那里的人都是死有余辜，竟然看不出来那些妖怪都是让他们自己逼走逼疯的人，本来他们好好地盖一个寺庙就万事大吉，没想到啊！没想到！”

“够了！”

猪妖一愣，没想到老乞丐能打断他的话，又嘲笑着说：“你个老头，就算装神弄鬼的，不还是被赶出来了。”

“那你一个猪妖装作人，不也一样。”

猪妖被戳到痛处，不说话了。而是站起来身子，向山下走去。

“你做什么去？”老乞丐问。

“修一个大一点的坟。”

猪妖头也不回，两条腿轮流砸在地上让山林震动，老乞丐也坐不稳，一气之下跟着猪妖一起下山了。

猪妖到村子口的时候，里面已经连妖怪都没有了。他沿着不熟的路走进去，挨家挨户地看一看，可能还有那么一两个活着的人。可是，一个人都没有了。

猪妖还是有些心痛的，他想变成人，这心痛的感觉还是要学会的。当初吃的食物越来越差的时候心有些痛，当初被征做苦力的时候心有些痛，当初被赶走的时候心有些痛，现在又回到这里，心还是有些痛。这痛归痛，却不能让他变成人。忽然，他看到了一个完整的窝棚，那里杂草起伏，应该是还有活物。

连忙走过去，发现原来是那家的女人。山妖扫荡了整个村子，却独独没有动过这里，也许是因为这里还有那个老乞丐的味道，竟然救了那女人一命。

“啊！你！”女人睁开眼睛，看到了猪妖，吓得又险些昏过去。

猪妖早就预料到了，只是坐在一边，指着一片残垣断壁说：“这里都毁了，就剩你一个人活下来。”

女人听到猪妖的话，眼神黯淡下来，话语间悲伤不已，说：“都是，都是那些妖怪做的吗？”

猪妖点了点头。

“那庙宇为什么不庇护他们？”

猪妖看着那三尊熠熠发光的佛像，咧开嘴笑了一下，那笑容丑得可怜。女人看到那笑，又被吓到，不敢再开口。

“我送你到另一个地方，那个老头也在那里。”

女人不解地看着猪妖。

“就是住在你家窝棚里的老头。”

女人惊讶地抬起头看着猪妖，眼睛里面闪烁着不知何意的光芒。过了好久，她才说：“谢谢你。”

猪妖从来没听过有人对他说谢谢，他忽然觉得心里抖了一下，不知为什么。

猪妖蹲坐下来，让女人爬上他的背，驮着她去另一个地方。可是偏偏在这个时候，猪妖觉得心很痛，很痛，非常痛，又觉得很凉，很凉，非常凉。那感觉顺着心口的血脉在身体里面来回游走，让他不自觉地抖似筛糠。猛然一个趔趄，把背上的女人甩了出去，猪妖想要去接住她但是发现自己用不上一点力气。自己只能看着那女人在空中被甩出一条弧线，最后重重地砸在那三尊佛像上。佛像应声而裂，露出了里面烂石头的芯。

女人随着石块摔在地上，看到了那佛像里面的烂石头，自己才恍然大悟一般。她蹙着眉头，在地上挣扎着爬起来，可是于事无补，一口一口的鲜血混着碎成块的内脏被吐出来，最终还是摊倒在地上，临死前眼睛仍然看着猪妖的方向。

猪妖的背上，后心口上，插着一把短短的匕首。

那是女人怕遇到山妖，留着自尽用的，刀刃被磨得很锋利，就算在阳光下也一直闪着寒光。

风卷残云，云卷云舒。月亮升起又落下，漫天的星辰偶尔看一看这片土地。

老乞丐久久不见猪妖去找他，自己只好又回到这个地方来。

那个被毁掉的村子仍然是一片残垣断壁，只是在正中间竟然有一座金碧辉煌的庙宇。老乞丐惊异地看着那个庙宇，先是在寺庙外面拜了一拜，走进其中看到三个金灿灿的佛像座于庙堂之中，三跪九叩之后才起身打量这个寺庙。

还没等老乞丐打量几眼，从佛像身后走出来了一个人。此人油头粉面，肤色惨白，好像流尽了血一样。

“老师傅，别来无恙。”那人开口说道。

老头上上下下细细打量那人一番，惊呼：“是你！”

那人点了点头，算是承认了。老乞丐不可思议地又一次细细打量那人，又矢口否认说道：“不，不，不是。”

那人还是点点头。

中午的时候，那人留下老乞丐在庙里吃茶，两个人对坐在院子里，四周的高墙挡住了村子里那些残垣断壁，也看不到那立在村子里面的好大一座坟墓。偶尔有风吹过，带起来那人的衣襟。两个人不言也不语，偶尔看看天，偶尔看看地。过了许久，那人才开口说：“她死了，是被我失手杀死的。”

老乞丐抬起头，闭上眼睛深深地吸了一口气，才说道：“是她迁怒于你我，想为村子里的人报仇才伤了你。你又何必自责，变成这副不人不妖的样子。”

那人没有说话，只是继续吃茶，听风，望云。

老乞丐走的时候，那个人双手合十，目送老乞丐离开。

天上残云惨淡，偶尔有飞鸟掠过，残破的村子已经长满杂草，有大群的乌鸦聚在还没倒下的树上，清风浮起，带起来一阵腐臭的血腥味。

那人淡然一笑，转身回到了寺庙内院。

那一身的白袍，在背后心口那儿，绣了一朵红色的莲花。

第四章　回天无门流沙路

天神学院里面也是分三六九等的。

上等天神们能学到上等的法术，比如说移山填海，摘星挪月。

中等天神们能学到中等的法术，比如腾云驾雾，御龙升天。

而下等天神们能学到也就只有下等的法术，比如点火取水，布云施雨。

还有一种天神，他们学一种独一无二、世间罕有的秘法。而且，要做这等天神，非得是天资独特、呆若木鸡的神才能做得成。那就是末等天神，他们只学一种秘法，叫作“卷帘”。顾名思义，就是把帘子卷起来而已。

小三儿就是全天神学院里面唯一一个学习这个秘法的学徒，他的师父老二也是全学院里面唯一一个教这个秘法的老师。老二在很久很久之前也曾是全学院里唯一一个学习这个秘法的学徒，那时候他还不叫老二，而是叫小二。他那时候的师父叫老大，至于老二的师父再早一些叫作什么，那就谁也不知道了。

他们这个秘法还有一个师祖，每一天学习这个秘法的学徒都要来祭拜这个师祖的沙像，之后才能开始一天的课程。

总之，学习这个秘法的神很少。用来学习这个秘法的时间也不长，短短的几天就够了，而这短短的几天里最耗时的，还是因为老二呆，小三儿也呆，两个神说起话来半天都搭不上一起，前一个说完了，后一个不知道要想多久才能回应上，没准回应上了，前一个都忘记了自己刚刚说了些什么。

虽说学习这个秘法的时间不长，可是用来练习的时间就要长得多了。于是，自从小三儿学会了那个秘法之后，就每天跟着老二站在学堂门口的两侧。每当那些学徒们要出来或者进去的时候，老二就会对小三儿喊一句："看好了！"之后手指掐了个诀，向着那门上的帘子一指。那帘子就从最下面开始卷起来，一直卷到能让那些器宇轩昂的学徒们一一走过去的位置。

小三儿就在另一边看着老二在那里施法，手里面还像模像样地比画着。

等到那些学徒都走出去了，老二又会对着小三儿喊一句："看好了！"之后换了一个诀掐出来，手向着那个门帘向下一划，那门帘便慢慢地放下来，直到平整如初。老二见到帘子放下来之后，对着小三儿亲切地说："三儿啊！你可要认真地学！好好地练啊！把那门帘子卷好了，以后无论去了哪个神仙的府邸也是亏待不了你的。"

小三儿愣愣地看了看老二，又看了看那个随风轻轻摆动的帘子，觉得一股使命感从胸口向外涌出来，一直涌到了嗓子眼儿却又激动得说不出话来，只好看着老二重重地点了点头。

老二看着小三儿的样子，好像看到了当年的自己，也欣慰地点了点头。

一老一小就在那个门帘子的两边心满意足地笑着。

虽然小三儿很用功地练习卷帘子的秘法，可是小三儿毕竟还是太小了，把帘子卷起来的时机总是把握不好，经常把那些要出来或者要进去的学徒挡在帘子外面或是里面。如果那些学徒肯稍稍低下一点头，他们也是能走过那个帘子的，偏偏那些器宇轩昂的学徒一个个都傲气得厉害，腰挺得笔直，头也不肯低，只在那里等着帘子卷起来。

小三儿每每遇到这样的情况都要手足无措一会儿，老二看到了就会过来帮他把帘子再卷上去一些，让那些被挡住的学徒走过去。小三儿就一声不吭地站在那里，把通红的脸埋下去，为了不让那些被帘子挡住的人看到他的样子。

然而，他的羞愧没有得到关注，那些学徒们只看到了那个没有卷到位置的门帘，心中思索着为什么那个帘子卷得不够高。他们从来就没有看过一旁的小三儿，甚至，他们连老大、老二都从来没看过，更别说老大、老二、小三儿曾经羞愧得发红的脸了。

小三儿低着头红着脸，感到那群人走了过去，也感受到了老二的目光落在了自己的身上，小三儿抽泣着抬起头来，看着老二的眼睛说："师父，我是不是太笨了？"

老二看着小三儿，没有责备，也没多说什么，只是一声叹息让小三儿知道自己让师父伤了心。但是小三儿还是要站在那里练习卷帘子，他还是来不及把帘子卷起来，总是会挡住一些要走过的人。

偏偏有一个人，一个老丹师低了些头，走了过去，又回过头看了看小三儿，又看了看老二，笑着对老二说："你这徒弟不错，比我那两个强多了。"又转过头对小三儿说："孩子，好好学，好好练，以后一定大有作为。"

老丹师说完话就走了，小三儿还懵懵懂懂地站在那里，过了好久才露出激动的神色，也深深地记住了这个老丹师的气息。

虽然小三儿天资愚笨，但是这卷帘子的法术终究也不是难学的东西。时间过了两三个月，老二就不用在门的另一边站着了，只剩下小三儿一个人在那里卷帘子。小三儿卷帘子的技术已是炉火纯青，再也没有人被挡住的事情发生。同样的，依然从未有人注意到帘子的一旁还有一个人在那里掐诀念咒。

老二终于接到分配的通知了，那个传讯的天神好像没看到面前的人一样，随手让简讯浮在空中就走了。老二晃晃悠悠地看了看，是去北俱芦洲与西牛贺洲交界的一个洞府，那个洞府里面的神仙喜欢看各式各样的帘子垂下又卷起来的样子，也正好缺这么一个人来卷帘子。学堂里面的老大早就跑去天庭，小三儿还在给那些学徒卷帘子，只有老二能去那里。

老二走的时候本来不想告诉小三儿，怕他伤心。可是转念一想，自己走的时候恐怕连一个人都不会来送送。那样的情景，他怕自己伤心，还是告诉了小三儿。

小三儿只当是师父出了个远门，自己用不上多久也就能去找他了，反而开心得很。老二看着兴高采烈的小三儿，愁容满面地走了。

学堂里面只剩下小三儿一个卷帘子的。那可不行！于是，没过多久，小三儿手底下就多了个小四儿。小三儿也不叫小三儿了，改叫老三儿了。

故事就像一开始讲的那样，这个法术很好学，也很好练。但是小四儿不像老大、老二、老三儿那样呆。有一次他站在那些器宇轩昂的学徒前面，想要挡住他们，可是他忘记了那样做之前应该把身后的帘子放下来。

老三儿看到小四儿被踩得不成样子的尸体之后，心里还是疼了很久。

但是学堂里面的帘子不能没有人卷，小四儿继承不了老三儿的手艺，那便再找来一个小五儿，等到小五儿走了，便再来一个小六儿……老三儿想得少，也想得开，自己的第一个徒弟没了，总会有第二个。可是自己的帘子没了，就不知道再去哪里能找到第二个了。

老三儿就打算在这个学堂过一辈子了，哪儿都不去，就守着那个帘子，见到人来就卷起来，等人走过去再放下来，也不用像老二儿那样奔波到那么远的地方，在哪里卷帘子不是卷？

老三儿越是这么想，就越是豁达，越是豁达就越是放松。已经忘了卷了多少年帘子的他，又开始犯曾经的毛病，总是会把那些要出去或者进来的人拦在那里。当年，还有老二在一旁帮他一下。可是到了现在，老三儿站在当年老二的位置上，对面的小五儿呆呆地看着老三儿，那样子比当年的小三儿还要懵懂得多。

老三儿忽然打了个冷战，一下惊醒了，手里的诀也散了，那帘子自然也落下来了。坠下的帘子打在了帘子下面的人手上，那人手里正捧着个琉璃盏，外面光华闪耀，里面却充满了黑雾。这帘子打在他的手上，琉璃盏也顺势打在地上，摔了个粉碎。从琉璃盏的碎片中升腾起来一团黑雾，黑雾聚成了人型，好像回过头看了一眼老三儿，说："今日谢你大恩，若有难，可来极乐之西寻我。"那声音清脆悦耳得很，娇艳动人得很。可是，老三儿却只能惊恐地瞪着眼睛。

他怕的不是那黑雾里的女子，而是这没有卷好帘子的惩罚。

该来的总会来。

老三儿还是被赶出了学堂，被扔到了一片人间的沙漠里。

在那个沙漠的中心。

老三儿站在那里，迷茫地看着四周的沙子，风在他身体四周吹卷，地上沙子的纹路随着风有些变化。四周除了沙子就是沙子，空空荡荡的，其他的什么都没有。没有学堂，没有小五儿，没有学堂的门，更没有那个门上的帘子。

老三儿不知所措。

老三儿不知道自己不去卷那个帘子还能做些什么？他尝试把脚下的沙子堆成一扇门，再把那些沙子做成一面帘子。可是，那些沙子被他捧起来就又流到地面上，不在他的手中停留片刻。老三儿又在地面上把沙子堆在一起，堆成一堵墙。他想先把墙堆出来，再做门就简单了。可是那些沙子只是堆成了一个高高的沙堆，无论如何都堆不成一堵墙的样子。老三儿就在那里，不管白天还是黑夜，用两只手推那些沙子，把那沙堆堆得很高很高，然后再随着那些沙子一起滚落下去。

老三儿的眼睛从他落到这个沙漠的中心那天就没有合上过，现在看着手中的沙子已经两眼血红。可是，沙子还是那些沙子，就像他还没有落下来的时候那样。只是那些原本安分的沙子现在开始被老三儿推动着流动起来。每天日出时分，这个沙漠中的沙子都向着沙漠中心流动，沙子流动时还有波峰起伏，好像有人在沙漠四周向着中心推动那些沙子一样。等到了傍晚日落时，白天流向沙漠中心的沙子又会向着沙漠的四周流散开，声势浩大好像雪崩一般。

这个沙漠的边缘原本生活着一些淘金的人，他们聚在一起，成了一个村镇。那里面的人们发现不知道从什么时候开始，沙漠里面的沙子不再是随着风向流动，而是白天朝向沙漠中心流动，晚上再流回来。村里的人觉得一定是沙漠的中心有宝物出现，于是组织了一小波人要去那里探险。

就在他们准备行囊的那个晚上，村子里面不知从哪儿冒出来一个拄着木棍的老乞丐。那个棍子只有半人高，两指粗细，看得出来那个棍子已经用了很久。那个乞丐在街上讨饭的时候，看到那群人走过，便拉住其中一人询问。那人看拉住他的是个乞丐，直接皱起眉头把老乞丐甩到一旁，扔下几粒金子就走了。

老乞丐捡起来那几粒金子，才晃晃悠悠地站起来，在街边上找了家小摊要了些吃食，吃了起来。

吃饭的时候，老乞丐有意无意地问了店里的老板。那个老板便对他说了近些天的怪事。老乞丐听完之后，眼珠在眼眶里面转了转，走了。

那个乞丐已经来到这个村子里面一个多月了，那群去寻宝的人也已经出发一个多月了。按理说那群人穿越沙漠最多也就只要十五天左右。这一来一回一个月，现在怎么样也该回到村子里面。于是村子里面就有传言说那群人找到了那个价值连城的宝贝，私吞掉跑了。这下子村子里面的人可都按捺不住了，见那流沙仍然每天都在流动，觉得那宝贝一定还有不少，纷纷都要去沙漠里面打探。就在这时候，那个老乞丐挤到人群中，高声喊道：“诸位乡亲，我占卦测算，那几个人都已经羊入虎口，尸骨无存了。你们若是想去送死，扔了那性命不要，就赶紧去吧！”

村民们听到那声音纷纷安静下来，不少将信将疑的人都回了家里，还有不少人仍然冲进了沙漠里，从此杳无音讯。

那个老乞丐也在那天之后离开了这个村子，顺着流沙向着沙漠中心走过去。

说来也怪，这千里流沙是老三儿推沙时不自觉用了法术所形成，在这个沙漠里面沙子一层覆盖一层，每一个轮回流动的沙子都是不一样的。村子的人看上去是那些在表面的沙子向着沙漠中心流动。但是，那些向沙漠中心去的，都是地底下被老三儿不经意翻上来的沙子。老三儿在沙漠中心堆了那么久还没有堆出来一堵墙，可是却生生地掏空了整个沙漠的地下。

此时老三儿两只眼睛几乎看不到眼白也看不到血色，只是红得发黑，近看才能略微分清楚哪里是瞳孔哪里是眼白。

又是一天，老三儿还在那里推着流沙，却感到好像有个人走了过来。他以为是天上学堂里面的人，连忙跪在地上作揖便拜，紧紧闭着双眼不敢睁开。

可是那人却说：“天神折煞我了。”

老三儿知晓来人不是天上学堂的人，缓缓地睁开眼睛，看向那流沙堆的上方，跪在沙子里两只手又不断推着沙了。

老乞丐看着那个天神跪在地上，全然没有半点儿生气，像块被人牵动着的木头，在那里推着流沙。那些流沙上下搅动，好像流水。可是，在这流沙上竟然连枯败的蓬草都浮不起来，被一层一层地卷到流沙下面。从脚下流向老三儿身前的流沙中，偶尔还能看到几块被打磨的光滑无比的白骨。不知道是人的，还是其他动物的。

“敢问天神大人，您曾见过几颗沉不下去的头骨？”乞丐踩着他的木棍，轻飘飘地浮在流沙上。

老三儿把头转向乞丐，迷茫地看着他，之后老三儿好像向下动了下瞳孔，在他看去的地方，流沙缓缓散开，那下面有三颗头骨在流沙中上下起伏。乞丐看到了那三颗头骨，若有所思，转过身向老三儿说："天神大人，下民知一方法，可让您脱离这苦海，只是要委屈您与妖魔同行。"

老三儿好像没有听到乞丐的话，两只手还在不断推着流沙，只是嘴里面低声喃喃自语："你知道我的苦海是什么？"

乞丐向后退了几步说："那个地方，有个帘子。"

老三儿听到最后四个字，瞪大了两只眼睛，漆黑的眼眶里面好像迸出光芒，死死地盯着那个乞丐，颤抖着说道："你说的可是真的？"

"只是要您愿与妖魔同行。"

"那又何妨！"

老三儿跪在流沙中，连滚带爬到老乞丐脚下，乞求着问："快快告诉我，告诉我，我该怎么做？做什么？"

老乞丐想要退后几步，但是被老三儿紧紧地抓住了脚踝动弹不得，只好直接说："只要您在这流沙里安静地等上几百年，那妖魔自然会来。"

"几百年？几百年……几百年……"老三儿听了之后，嘴里一直重复着这句话，手里也不自觉地松开，老乞丐得以脱身。

就在老乞丐离开流沙沙漠的时候，回身向着中心看去，那里已经有一座高高的沙丘，是老三儿那么多年堆积成的。可是老三儿一直跪在那个沙丘最高的地方，看不到他身下那高高堆起来的沙子，还有里面被打磨得光滑的森森白骨。

老三儿听了老乞丐的话之后，就再也没推过流沙，可是经过那么多年被法力推动的流沙现在已经停不下来。老三儿也没有心思去管，他早就在老乞丐离开沙漠的时候沉到了沙漠的地底，那个已经被他掏空了的地方。

可是，那里仍然没有帘子，老三儿就坐在那个空旷的地下空洞中，没有光，没有帘子。他甚至能听到自己的心脏躁动时分的跳动声。时间不知道过去了多久，老三儿已经满脸的胡茬，卷帘子的欲望越来越强烈，躁动时心脏的跳动声也越来越恼人。

终于有一天，老三儿用流沙幻化成了一把尖刀，刺开了自己的胸口，刨开了自己的肋骨，露出了里面躁动的心脏。老三儿闭着眼睛，咬着牙，把握着尖刀的手狠狠地向着躁动的心脏上刺过去，一片鲜红的还在跳动的血肉落到了老三儿的身前。那片肉离开他心脏的时候，他的心脏便没有那恼人的躁动，只剩下割心的剧痛。旋即，他的肋骨一根根连在一起，他的胸口一层层合上，唯独他的心脏缺了一片。

老三儿颤抖着抹掉眼睛和嘴巴里流出的血，再颤抖着捡起来那片鲜红的血肉，缓缓地把他放到自己嘴里。

一口一口地嚼起来。

面无表情。

麻木不仁。

就这样，在未来漫长的岁月里，每当老三儿的心躁动不安的时候，他总会这样嚼一片自己心脏上的血肉。

也不知，他那从不会愈合的心脏，能否撑得到妖魔到来的日子。

第五章　白云生处有人家

那个旅人走到那个山涧的那天，皇历上是这样写的：

“冲龙煞北，涧下水。”

那天的天气很好，从月明星稀的夜空到万里无云的白日。

山林里面的树丛影影绰绰变得枝叶分明。他脚下的路从林间的弯曲坎坷变得平坦宽阔。

现在，山涧就在他眼前，山林就在他身后。

这山涧水冰寒，砸在崖下溪石上面腾起一片片雾气，好像那些流水穿云而行。山涧之中还有平坦的地方，冰寒的水流聚成一片寒潭，不起波澜，那潭中倒映出来青天白日。走到山涧边就能感到寒气逼人，水流砸在石头上的声音在谷中幽幽回荡，久久不绝。等到正午时分，那日头高照，山涧中腾起来的水雾越发得多，竟然在山涧两侧显现出来一条淡淡的彩虹。

旅人顺着山涧向下游走，却见山涧水路突然陡峭起来，上下落差有数十丈高，从高处落下的水流摔在涧下，好像白玉迸碎，散于空中，又汇聚在水路中波涛汹涌，好像青龙嘶风，藏于万顷烟波中归入大海。

旅人看着眼前这不可多见的景色一时出神，上空两声鹰唳让那个人回过神来，看着那两只雄鹰盘旋在山涧上方，过了许久，竟然绕开了。

他这才想起来，昨日进山之前，山下的石碑上写着“鹰愁涧”三字。想必，就是这里。

相传这山涧的流水中有一条恶龙，恶龙现身必呼风带雨，通体白色的鳞片在日光下晃眼得紧。来往的人想要越过这条山涧，一定要等那条恶龙休息的时候，不然无论鸟兽还是行人，都会被那条恶龙吞入腹中。连空中的飞鸟都不能幸免，于是，渐渐地，这“鹰愁涧”的恶名也慢慢传开了。

此时，旅人看这里风景大好，全然不见恶龙踪影，或许那恶龙正在休息，又或者恶龙觉得他并不合胃口，放他一条生路。

旅人本想顺着原路返回，没想到，快要离开的时候，随意地向山涧中一瞥，瞥到了那山涧里面的一间木屋。

那间木屋全用奇异的沉木建成。那种木料放在水中也浮不起来，在空气中放得越久越是坚固，是建造高楼的绝佳材料。传闻当年商纣王的摘星楼就是用这种木料建成，可惜那时候所耗太过巨大，付之一炬之后便再难寻到了。那旅人也是在古书中才能了解到这世上难得的珍稀材料，竟然一时好奇心大作，想要过去看个究竟，心想如果能亲手抚之，死也认了。

于是他便在山涧壁崖上寻找进到山涧中的道路，终于在一块奇怪的石头后面找到了一条陡峭的路。

那条路奇怪得很，第一步与第二步的间距很小，但是第二步与第三步的间距落差却很大，好像这条路不是人力所造。那个人时而跳跃时而攀爬，好几次险些跌入涧中。慌忙之间站稳才心有余悸地向下看去，那山涧中的水流湍急，砸在石头上声如碎玉，烟波似雾，让人看不清下方还有多远。再抬头看过去，也是一片雾气蒙蒙，四周只有勉强透过雾气的白光。抬头不见青天白日，低头寻不到青山碧水。

他也不知道到底是哪里来的勇气，竟然一直磕磕绊绊地爬到了山涧底。没想到这鹰愁涧的涧底倒也是别有洞天。如果这里是那条恶龙居住的地方，那这条恶龙想必也是有些品位的恶龙。山涧下面虽然比不上蓬莱仙岛人间仙境那样，但是也是个山清水秀、百花齐放的好地方。可是那个人在原地偷偷地找了好久，也没有看到半点恶龙的踪迹。这山涧下面的草地上，反而有不少马蹄的印记。

那旅人躲了好久，见到四周仍然没有动静，再抬头想看看时间。可是头上还是白茫茫的一片分不清楚日月，他便不再多想，脚步轻缓地向那间木屋走去。

搭建木屋的材料不愧是世间罕见，这木屋也不知道存在了多久，其木坚若磐石，木材上沁出了一层厚厚的油，凝结着包在木材外竟然坚硬无比，更让这木材看上去晶莹剔透。那旅人有心想去屋里看看，却发现屋子被锁上了门。看那锁头没有一点灰尘，想来是有人住在这里，不知道此时去了哪里。从窗户向屋内看去，发现木屋之中家具陈列整齐，一尘不染，好像住在木屋中的人刚刚离去。

可是这鹰愁涧底下会住着谁呢？难道是传说中的那条恶龙？可是恶龙那么庞大的身躯，又怎么能住在这么小的木屋之中呢？

那旅人在木屋门口呆坐得无聊，想要四处走走，等到涧底雾气散了，再去寻找回去的路。可是还没走几步，就听见远远的一声烈马嘶叫，旅人以为是屋子的主人回来，赶紧停下脚步，回身看过去。可是没想到，回来的竟然只是一匹黑马。

那黑马好像通人性，看到了那人也不嘶叫，而是绕着他走了一圈，好像打量人一般。那人被一匹马那样打量还是头一次，有些不自在，但是转念一想，这马好像通人性，便问它几句。

“马儿，你可知道这家主人去了哪里？”

那黑马用前蹄推了推草地，又将头向前甩了甩。

那人以为是说这屋子的主人去了那个方向，便又问道：“那你可知道这家主人什么时候能回来？”

黑马这回直接摇了摇头，蹄子还在地上乱踩。

他以为它说这屋子的主人不知什么时候回来。

他最后问道："那马儿，你能否带我回到涧上？"

那黑马好像犹豫了一下，但是很快就走到了他的身边。他伏身上去，感觉这黑马虽然看上去瘦小，可是行走却平稳得很。四周水汽氤氲，好似在毛孔里呼吸往复，他全身上下都舒爽无比，竟然不自觉长啸一声。

听到旅人长啸一声，黑马也嘶叫起来，旋即踏水而奔，逆着鹰愁涧的水路一路向上。那马踏在水上时，那些水好像主动将它托起来，又不等另外一蹄落下，远远地将黑马送去老远。

黑马奔腾于涧水中的速度不可谓不快，其身侧带起的风不可谓不烈，只是那些风在它的背上一丝一毫都感觉不到。

真是一匹神驹。

这鹰愁涧极长，纵使这黑马跑得再快，也只刚刚行了一半，旅人以为它此时定然有些疲累，低下头细看去，竟发现这黑马躯干上的黑色竟缓缓褪去，好像黑马已随身后水雾遁走，此时身下的，竟是一匹红色的踏火烈马。那匹马身侧生风，足下踏火，所过水路皆滚烫沸腾，升起阵阵白雾，绕其身躯，又因为那踏火神驹通体赤红，映在雾上好似红云围绕，踏彤云，迸烈火，身侧生风，直入云霄。

那人正惊奇，没想到那烈马竟然一瞬间又换了颜色，不再赤红无比，而是通体雪白，周身隐隐有寒气环绕。鹰愁涧中的水汽遇之便结成寒冰。

此时，马已经到了寒潭之上，那人心中有所顿悟，看寒潭四周立壁高耸，若不能背生双翼，纵然这马再奇异，也是没办法登上寒潭崖壁之上。

旅人心中正忧愁，脱口而出："马儿啊，你是否还有变化能送我归去？"

心中本已无望的人，没想到竟然听到一声长啸，似马似龙。却见鹰愁涧内，水雾齐卷，涧水倒流，狂风四起，阴云密布。那白马竟然腾空而起，钻入云中，再探出头来，已经是一条通体雪白的巨龙。

鹰愁涧，鹰愁涧，雄鹰也愁不过涧。

旅人醒过来的时候，皇历又翻了一页，他忘记了那上面写了些什么，因为那本皇历已经被那天的雨打湿了，看不清楚。他最后的记忆，是一个身穿白衣的少年，将他放在地上。那少年忧郁地回过头，看向鹰愁涧，眼中尽是留恋，却还是转身，决然离去。

从此之后，世间便再没有了鹰愁涧，这里也不见了那条龙。山涧流水渐渐干涸，树木花叶凋谢，鹰愁涧原本只是没了主人，还有一匹黑马。现如今，黑马也离开了这里，为了寻回这里的主人。

第六章　了悟红颜空白骨

“其实，我到这里，就是为了你。”

那个美艳的女子坐在梳妆台前，对着铜镜细细地敷白，好像正为了一场邂逅准备妆容。镜子里面，没有女子的面容，只有她身后石洞中央挂着的一个和尚。

只是，这个和尚的头发有点长，他自然是梵孟天。

“我走了很久，为了我跋山涉水的妖怪也看到过不少。”梵孟天被吊着，却还是语气平淡地说着。他一边说着话，一边仔细打量着这个石洞：“你这里这么空，一个人的时候不会觉得孤独吗？”

“孤独，所以我把你抓回来了。”

女子说话的时候，手上的动作没有停下来，仍然在细细地敷白。头上没戴饰品，漆黑的头发从脑后散开，铺在地上，身上的红罗裙渗出晦暗的光。她伸出手，在梳妆台上轻轻地一挥，一盏油灯出现在上面。

那盏油灯没有灯油，连灯芯也没有，被那女子变化出来之后，扔在那里就不去管了。吊在一旁的和尚看着那油灯不知道在想什么。

女子停下了手上的动作，吹亮了油灯。

阴森森的光，让石洞看上去更冷了。

“我不吃你。”

“我知道。”

“我只是想说说话。”

梵孟天没有回答。他知道，如果一个女子背对着你说她想说说话，那么你最好闭上嘴，安安静静地听她说，等到她让你说话了，你再选择回答还是沉默。

女子确实没有让他回答的打算，对着铜镜又像是自言自语地说：“那个人告诉我，用不了多久他就会回来，和一个和尚、一个妖怪、一个发了疯的神。可是现在我只看到了和尚，却没见到其他人。”

他感觉那个女子在看着铜镜中的自己，虽然铜镜里面没有女子的面容，但是他还是感觉到了。

“我会放了你。”说罢，那女子背对着和尚，手一挥，梵孟天就被放到了地面上，绑着他的绳索自然松开了。

梵孟天脚踏在地面上之后，踩了两下，觉得安稳了不少，毕竟被一直吊着也不是那么舒服。

“你可以走了。”

他向女子的背影点了点头，转身离开了。就在和尚踏出洞口的时候，那洞里所有的光都熄灭了。那个女子，动作定格在他出洞的一瞬间，化成了森森白骨。

梵孟天走出洞口，发现正当正午。山下人烟稀少，只剩下的几户房屋也都是残垣断壁。他想，这些房子不知道什么时候就会塌下来，如果我睡觉的时候塌了，那自己不就冤死在了这里？这么想着，他整理了一下背囊，又打算回山中去。哪怕再找到一个山洞，也比待在这个荒废的地方好。

他知道，那三个人是不会等他的。

晚上，躺在山洞里的梵孟天打开了背囊，拿出来了一件袈裟垫在脖子下面，睡觉时脖子下空落落地很不舒服。之后，他又拿出来了一面古朴的铜镜，镜面模糊不清，已经照不出人影，可是他还是看了很久，好像在看一个阔别已久的人。

正要睡，他又在背囊里看到了一封信。这封信本来不应该出现在背囊里，他从来没装进去过任何信件。看到信封上面的骨印后，他便知道了这封信是谁放在那里的。

借着月光，他看到了信封上面的字：

斗战胜佛亲启。

“斗战胜佛？佛？”梵孟天笑得很怪，把那封信收好，睡下了。

第二天清晨，山洞里还没照进阳光的时候，梵孟天就被一旁的声音吵醒，他皱着眉头起身才发现，小小的山洞里面又多了三个人和一匹马。

那个最瘦小的猴子说：“和尚，你这一晚上跑得好远，那只猪找得都瘦了。”说完，指了指一旁像小山一样的猪妖。那只猪妖站在一旁，龇牙咧嘴，也不说话。

洞外面一匹马在散步，在四处找着水源。洞口一个膀大腰圆的大汉看着山洞，手里掐诀不知道在干什么。这山林之中明明没有风，但是洞口前面的树叶却在忽上忽下地卷着。

“你这一晚上就在这儿睡的？你还枕着我的袈裟？”猴子连忙把袈裟抢了回来，披在身上，嘴里开始数落，“你这个和尚，头发留那么长，天天还那么爱照镜子，怎么不还俗找个公主嫁了？”

梵孟天听了这话，把拳头握得死死的，手背上青筋鼓起清晰可见。

“怎么？你还敢打我不成？”猴子就是为了气他才这么说，又对着洞口的大汉说，“帘子！你别鼓弄你那什么卷帘诀了，这儿没有帘子给你卷。”

大汉听到之后僵在那里，呆呆地看着洞口，忽然觉得心口一阵闷痛，一阵红晕把衣衫染透了。

“没意思，没意思。”猴子披着袈裟，用手指在山洞壁上写字。

和尚走过去，发现他写的是：

斗战胜佛到此一游。

“斗战胜佛。”梵孟天说道。

猴子回过头问：“你叫我做什么？”

梵孟天也没搭理他，翻开背囊扔出去一封信。

斗战胜佛一伸手，那信就飞到他手中。

“呦，和尚这一晚上还找了个好差事，以后做个邮差也不至于饿死，总比卷帘子和不说话强。”

一旁的猪妖听到之后，拿起钉耙就要动手，又看到斗战胜佛身上的袈裟，“咯咯”地笑了笑，也不理他了。

梵孟天走到洞口，问一旁发呆的大汉：“那匹马你们是在哪儿捡的？”

“他自己跟过来的。”大汉说话很慢，但是很简洁。和尚若有所思地点点头，想要走过去逗一逗那匹马。

这时候斗战胜佛一边念叨着没意思，一边把信封打开。

信封打开的一瞬间，风云色变，一阵阵妖风在山间卷起来。梵孟天连忙牵住马好随时骑上去逃跑，大汉拿起了降魔杖，猪妖端着钉耙，而斗战胜佛那里竟然连一点风丝都没有，皱着眉头看完了那封信。

一封信不长，很快就看完了。

在他看那封信的时候，洞外的风越吹越大，已经卷起山上的巨石在空中翻滚。斗战胜佛看着山洞外的风，把袈裟扯掉扔在地上，洞外的风便灌进了洞中。一眨眼的工夫，四个人和那匹马都不见了踪影。

梵孟天再清醒过来时，发现自己躺在一间卧室里。这房间里面的装饰都很精致，看上去更像一个女子的闺房。和尚在床上坐起身，总觉得这间屋子似曾相识。他打开背囊，把那面铜镜拿出来，放在屋子正中的桌子上。这时候和尚才发现，屋里的装饰和琉璃的闺房一模一样。如果不是琉璃已经法力尽失化回了铜镜，他一定以为自己回到了过去。

定了定神，梵孟天收好了铜镜，一把推开门，竟然走进了昨日的山洞。

他看到山洞的正中央是一张梳妆台，梳妆台四周是些精致的小景致，有高山，有村落，有沙漠，有溪涧，而自己的身后正是一间宫殿。梵孟天凝神一一扫过那些景致，发觉每一处都别有洞天，正如梵孟天刚刚在这宫殿之中，那几个人也分别被藏在那几处景致里。

昨日那盏油灯还放在梳妆台上，微微亮着，只是样子与昨天有些不同。

梵孟天正要走过去，却听到洞内高山发出一声巨响，顿时，沙石飞舞从山上炸裂出来，而后就见到一位女子狠狠地撞在洞壁上又摔落下来。

梵孟天觉得这山洞中的光暗了一些。

随后，又是一声巨响，一个身影从乱石堆里蹿出来，站在倒在地上的女子身前，手中的铁棒指着她，恶狠狠地说："你若是再想魅惑我，休怪我手下无情。"

说罢，他手中的铁棒却没有收回来，仍然指着那女子的天灵盖，好像她只要稍稍动一下，铁棒就会砸下来。

"我在这里，就是为你。"

那女子说话已经不成一句，刚刚被斗战胜佛重创，此时连爬起来都很困难。

梳妆台上的灯焰跳动着，山洞里越发暗了。

梵孟天向斗战胜佛走过去，他发现斗战胜佛的杀意不知为何全然被释放出来，可能是没有那身袈裟的缘故。

“你要做什么？”斗战胜佛发现了梵孟天，把铁棒转向他。

梵孟天发现脚边落下来什么东西，低头一看是那封信，便捡了起来。斗战胜佛见状连忙伸手要把信抢回来，却发现那信被和尚牢牢地抓在手中。

他拿着信说：“这位女施主昨日邀请我到这里陪她说话，临走时让我把这封信交付于你，既是有缘，你就不要杀她了。”

“女施主？”斗战胜佛冷哼一声，又继续说道，“你哪只眼睛看到这堆骨头是女施主了？是个女妖精还差不多！”

说完，斗战胜佛猛地一跺脚。整个山洞都晃了起来，那女子更是被颠簸得翻过身，让梵孟天看到了她的脸庞。

散乱的发丝盖在脸上，如果那能称作脸的话。女子的脸上没有一丝皮肤和肉，只剩下头骨，上面还能看到仔细的铅粉，那应该是昨天敷上去的，还有几笔画得很淡很淡的眉。

那女子慌乱地想要转过身，但是受伤太重，只能吐出几口气。

梵孟天看到之后，轻轻地叹了一声，便走到梳妆台前，把那封信扔到了油灯上。

“红颜即白骨，白骨便也是红颜了。”

斗战胜佛听到之后不屑地哼了一声，说道：“你这个和尚说得好听。”手中的铁棒却收了回来，化成一缕缕变成了袈裟披在身上。

梵孟天把信烧掉的时候，山洞里变得明亮不少。那油灯的样子也变化了一些，变成了昨天他见到的模样。一旁的女子忽然伤愈了一般，慢慢地站起来，轻轻地把头发挽在脑后，空洞的眼眶里幽幽地望着斗战胜佛。她见到那件袈裟，不自觉后退了两步。

女子似乎很害怕袈裟上面的法力，仅仅是目光所触就有些承受不住，却还是生生止住了后退的脚步，站在那里，面对斗战胜佛。

梵孟天在一旁，发现那女子的白骨面庞上居然渐渐出现了一层血肉，之后便是一层皮肤。他猛然回头，发现梳妆台上的油灯灯焰跳动得更加剧烈。他站起身伸出手就要阻止那女子的动作，但是被那女子用法力制止了。

“我就是为了他来的。”

“他已经是斗战胜佛了，你又何苦浪费这修行了百年的身躯。”

女子向梵孟天摇摇头，便一步步靠近斗战胜佛。在距离斗战胜佛一步之遥时，她的面庞已经看不到白骨，出现在斗战胜佛面前的，是一位举世无双的美人。说不尽那眉清目秀，齿白唇红，柳眉积翠黛，杏眼闪银星。

斗战胜佛看到眼前女子的样子，竟然呆了一瞬。

就是这一瞬，让女子眉眼笑开。她慢慢地举起手，正要抚摸斗战胜佛的脸。

“我就知道你还会想起我。”

“起开！”

斗战胜佛身上袈裟闪出一阵金光，刺得他头痛。手一挥就把女子又打飞出去，撞到山壁上。

“你这妖精，又在魅惑我！找打！”

说着，斗战胜佛铁棒已经在手，在空中抡起一个半圆就要砸下去。他的动作太快，让和尚都没反应过来。可就在铁棒要砸到女子天灵盖的时候，山洞里另一边一声巨响，一个胸口绣血莲的白袍书生飞出来，用手中的钉耙挡住了这一棒。

“猪妖，你做什么！”

斗战胜佛龇牙咧嘴，怒目而视。这白袍书生正是猪妖，此时挡在白骨女身前。

“你不能杀她。”一旁的梵孟天也赶到女子身旁，对斗战胜佛说。

斗战胜佛却瞪大了双眼，举起手中铁棒喊道：“那我偏要杀！”

说着就冲到三人身前，梵孟天连忙带着女子离开那里，而斗战胜佛和猪妖两人就在这山洞中打起来。一时间法力翻涌，巨石飞滚，另外两处景致中的大汉和白马也放了出来。

他们出来之后，不明所以，看着梵孟天。可这时候梵孟天哪有心思管顾他们，连忙带着重伤的女子，跑到梳妆台旁将那盏与她性命相连的油灯拿过来。女子此时娇容已经褪去了一半。

一半绝世容颜，一半骇人白骨。

梵孟天却仿佛没见到一样，面不改色，把她扶到大汉和白马旁，对他们说："这位姑娘是猴子的旧相识，如今猴子化妖却忘了过往，只记着自己是斗战胜佛。她想帮他想起过去，就变成了现在这副样子。"

大汉若有所思地点点头，扶女子到了白马背上就要带她逃远一些。没想到，白马刚刚跑起来，那女子就挣扎着跳下来，还使了个法子让白马带着大汉跑开了。梵孟天见状，苦笑着摇头说："是非因果早有定数，你再怎么样执着也是没有用处的。"

女子的脸只剩下一点皮肉，妆容早就花掉，这时候却在空洞的眼眶里冒出一阵幽光，那些光与梵孟天手中油灯的灯焰跳动的样子一模一样。

"如果因果已定，那我便是因，也是果。"

梵孟天看着她执拗的样子却说不出话，只能任由女子把油灯从自己手中抢走。她向着油灯吸一口气，那油灯就化作一股浑厚精纯的法力涌入女子的体内，皮肉开始在她的身上生长出来。血肉生长时的血液又融进衣裳里，让原本红色的罗裙更加艳丽。油灯的光越来越淡，可更亮的光从女子身上散出来，照亮了整个山洞。

一旁正在和斗战胜佛酣斗的猪妖，看到这边的异变，连忙闪开，躲到梵孟天身后，慢慢地又化成了猪脸的样子。猪脸，是他的人相；书生，是他法力鼓动时的妖相。

斗战胜佛也看到了女子的变化，定睛看过去，咧开嘴笑了起来。

"你就算再多吸收几世的法力，与我相比，也是萤火与皓月之差。"

女子惨然地笑着，又一次飘到斗战胜佛面前，她身上的光芒开始闪动，即使她吸收了一世法力也受不住来自斗战胜佛磅礴的压力。而她吸收了一世的法力，只是为了能站到斗战胜佛面前，拼尽全力说出那些不知已经默念多久多少次的话。

“斗战胜佛，你还记得那根金箍棒在哪儿吗？你还记得齐天大圣在哪儿吗？你还记得花果山在哪儿吗？你还记得那只小猴子在哪儿吗？”

女子一边说着，一边飘向斗战胜佛，来自斗战胜佛的法力压得她喘不过气，皮肉被一点一点撕裂，变成飞灰飘散。千疮百孔的脸庞中，闪动着幽光的双眼还存着化不去的愁绪。终于，女子站到了斗战胜佛的身前。这时斗战胜佛的法力疯狂地向四周卷出，仿佛冲毁了堤坝的洪水一般，奔流不止。女子伸出能看到白骨的手，轻抚斗战胜佛的脸庞，却在就要碰到的那瞬间灰飞烟灭。

在她灰飞烟灭的那一刻，她最后问道：“你还记得那个被你杀过的白骨女吗？”

忽然间山洞里暗了下来，没有一丝光亮。梵孟天和猪妖都知道斗战胜佛正飘在山洞中央，一丝丝法力从四面八方向着那里汇聚，就连他们身上的那些法力也毫不例外。他们两个相互看了一眼之后立刻逃出了山洞。在他们逃出山洞之后，那座山便开始向着中心坍塌，直至变成一个石球悬在半空。随后那石球炸裂开来，震得大地颤动。

斗战胜佛盘膝坐在其中，身后却又出现一只猴子。它头戴金冠，身穿金甲，足踏青云靴，双手高高举起金箍棒，龇牙咧嘴地正要砸下来！

那只猴子却被忽然出现的无数金丝缠绕，化成了一阵虚影回到了斗战胜佛的身体里。那些金丝又重新汇聚成一根铁棒，落到斗战胜佛的手中。

“我们走吧。”

第二天清晨，山脚下，斗战胜佛站在那里望着山。

白马和大汉找了回来，猪妖又变成了妖相，梵孟天收好了铜镜背起了背囊，却发现背囊下面又多了一件东西，竟是一盏油灯。

“这个是谁的？”

梵孟天问他们，大汉说：“昨晚山里不太平，那只猴子扔过来的。”

“该走了。”

斗战胜佛又在催促着。

梵孟天正要走，忽然又问道：“这座山昨天不是炸毁了？怎么今天还在挡着路？”

一旁的大汉又说：“昨晚斗战胜佛也不太平，把不知道哪里的山搬了过来，还在山下插了根棍子。”猪妖听了，也嗤嗤地笑着点头。

梵孟天若有所思地点点头，一群人便启程了。

只不过，在路过山脚下那根棍子的时候，梵孟天把那盏油灯留在了那里。

又是一个月圆夜，月光照在山上，也照到山脚。“噗”的一声，灯燃起了一丝淡淡的火焰。

梵孟天坐在破庙里，看着卷着门帘的大汉，睡得正香的猪妖，发现白马不知道哪里去了，斗战胜佛还在打坐，只是袈裟总是无风自动。

梵孟天叹道：“了悟红颜空白骨，具是凡心恨西游。”

第七章　鸳鸯罗帐女儿香

猴子化缘回来时，手里拎着一只大雁。

猪妖看到之后立刻跑过去，伸手就要把大雁拿过来，猴子转个身，躲开了猪妖的手，把大雁扔给和尚说：“这只大雁是找你的。”说完，拿出来化缘得到的白饭，叫上大汉一起吃去了。

梵孟天不懂猴子是什么意思，毕竟自己从来都没说过喜欢吃活着的肉。把大雁拎起来之后他才明白过来，那只大雁腿上绑了一封信，上面写着他的名字，还写了来信的地址。

“西梁。”

女儿国是个很奇怪的地方，这个“国”占地一千八百亩，然而只有一千八百户人家。在女儿国国土的范围里别说是人了，就连飞禽走兽都没有雄性。而在女儿国国土之外的地方，虽然人烟稀少，但都和平常的人家一样。

梵孟天一行人来到女儿国国土之外的一户人家。梵孟天想了想还是让大汉去敲门，虽然猪妖化成妖相变成的书生十分清秀，却说不了话。

猴子整天说得最多的就是不知所云的经，让他去怕是耽误了事情。大汉虽然呆傻，但总不会吓到人家。就这样，一行人顺利地借住在这里。

是夜。

大汉在门旁看着门帘发呆，偶尔还会有几只鸟落在他的肩膀上。猪妖早就睡过去，变成人相的他占了不少的位置，好在猴子晚上从来不躺着。

“猴子，我看你总是披着那件袈裟，不用洗吗？”

梵孟天也睡不着，看着窗外的天幕。

猴子闭着眼睛把头转向梵孟天说：“你见过佛的袈裟会被尘世污染吗？”

梵孟天回头，眼帘垂下，说：“见过。”被他放在一旁的背囊轻轻地震动，里面好像有些许光芒，很快就消失不见了。

猴子好像想起来了什么事情，看向梵孟天的眼神也有了些许不同。

“你好自为之，那群老家伙可不像我这么通情达理。”猴子说完话，就把头转回去继续念经了。

梵孟天淡然笑了一下，又看向窗外，说道：“你哪里是通情达理，你只是心猿不定。”

猴子听到这话，猛然睁开眼睛。眼中出现一个闪着金光的身影，就连他身上的袈裟也隐隐地散出光来。

这时候，猴子身旁忽然一阵白芒亮起，变成妖相的猪妖拎着钉耙跳起来站在床上，瞪大了眼睛看着房间里面，旋即又疑惑地看向梵孟天。

梵孟天惊愕地问他：“你怎么了？做噩梦了？”猪妖抖着身子摇摇头，又斜过眼睛看了一眼猴子。只见猴子还是之前那一副打坐念经的样子，仿佛身边的猪妖不存在一般。而后猪妖环视四周，发现一切如常，收了钉耙一屁股坐在床上摇着头，用手在半空中比画着。梵孟天看了好一会儿才明白过来，是猪妖感觉到房间里有杀气。

“没有啊！”梵孟天装作看四周的样子，又说，“我一直在这里没有感觉到杀气啊。”说完，梵孟天就向着门口的大汉喊道：“你感觉到了吗？”

“没有。”大汉的声音很平静。

猪妖将信将疑地看着梵孟天，又看看身旁的猴子，想了一下就换了一个位置睡觉去了。

第二天一早，一行人就向着女儿国境内出发。临走前，他们借住的人家给他们每人都接了一袋水，说是女儿国里的水都怪得很，喝了会出事情。梵孟天看了看身后的几个人，笑着接过了水，心里却想着，这些水够我们这些人走到西天了。

说起来，这一行人，妖的妖，佛的佛，神的神，魔的魔。总之没有一个是人的，本就可以三餐不食，滴水不吃。梵孟天还是因为人家的好意，收下了。

女儿国国土不大，都城倒是建得不错，就是这街上琳琅满目的东西，都是女子用品。正赶上集会，街上挤满了人。梵孟天几个扎进人群中，很快就被围在中央，寸步难行。还能听到一些女人在四周议论，这几个人里哪个长得更好看一些。

这时候的一行人，梵孟天本身就是人身入魔，生来一张俊俏的脸。

身后的猴子虽说长了一张猴脸，镀上佛身之后也变得饱满不少，不再是尖嘴猴腮，反倒隐隐作美。

猪妖每到人群聚集的地方，总会收了人相化成妖相，一副翩翩君子白面书生的模样。

大汉生来魁梧，虎背熊腰，走在最后面牵着马，看上去也威风凛凛。

围观的女人们争论来争论去也没争出来哪个最俊、哪个最帅、哪个最好看，倒是把御林军引了过来。猴子见到有军队过来，讪笑一声说：“这下方便了，不用我们自己去了。”

梵孟天回头看了一眼猴子，轻笑着与这批御林军的队长说：“这是信物，你们且呈于女皇。”

那队长接过信，抬起头又多看了梵孟天两眼，发现这长头发的和尚好生俊俏，差点慌了神，而后才说：“几位请先在驿馆歇息，我这就回去禀报。”

“麻烦你了。”

梵孟天谢过之后就来到驿馆，一行人还没坐下就有消息传来，宣他们几人进宫。梵孟天觉得有些不可思议，心里想着这效率也未免太高了一些。

随后，几个服饰与之前不同的侍卫走进房间来，示意梵孟天一行人跟他们走。梵孟天看着他们的首领，皱着眉头没有动弹。一旁的猪妖倒是走得干脆，眨眼的工夫就到了门口。猴子喊了他一声，猪妖回头，神色露出不解。猴子示意他先不要着急走，随后靠近梵孟天问：“这伙人不是宫里的？”

梵孟天轻轻地点点头，猴子看了一圈这些人，舔了舔嘴唇坐到床上念经去了。

来人疑惑地看着猴子的动作，隐约觉得事情不好，手悄悄地放在了刀柄上。这时候，驿馆外面已经围着百十号人，穿着都一模一样。那些人的首领走上前一步指着猴子问梵孟天：“他怎么了？你们怎么还不走？”

“我们舟车劳顿，想要多休息一会儿。”梵孟天坐下来，给自己倒了一杯茶。

那首领看梵孟天没有要走的意思，猛地把刀抽出来，指着梵孟天说：“你们动作最好快一点。”那首领本以为这样能起到恐吓的作用，但是万万没想到这几个人一点反应都没有。

梵孟天看着刀尖，忽然想到了什么开心的事情，笑了出来。梵孟天笑的时候，房间里面忽然吹起了一阵阴风，夹带着不知从哪里传来的凄厉的哭声，甚是骇人。

“你……你笑什么？”那个首领的声音有些颤抖。

梵孟天收了笑声，却还是笑着看向那个首领，忽然把手向前伸出去。那首领想要后退，却忽然发现自己动弹不得。

“没什么，我就是想起来上一次被刀指着的时候。”梵孟天说着，伸手轻轻地在刀刃上一弹。那把刀就开始从梵孟天指尖接触到的位置腐烂，碎成粉末，吓得那个首领松了手，跌坐在地上。

“你们既然不是皇宫里面的侍卫，那会是哪里的呢？”梵孟天把原先的那杯茶水洒在地上，又倒了一杯喝下去。

站在门边的猪妖看到在地上冒起来的白沫表情一变，没了之前的温文尔雅，反而带上一些戾气。一瞬间化成半人半妖的样子，龇牙咧嘴地吓坏了他身边的侍卫，一个个连手里的刀都拿不住就要逃跑。

还没等到她们迈开腿，房间四周不知道从哪里冒出来一些帘子，都垂落下来，看上去似乎竹子编成，撞上去却像石板一样坚硬。

“没想到呆大汉的卷帘子神技还有点用处。”梵孟天歪头看着一边的大汉说道，完全没有理会一旁求饶的侍卫们。

“你说我应不应该放了你？放了你吧，你有可能感激涕零，也有可能心怀恨意。西梁疆土这么广，总有几个我没见过的又会点法术的人物。”那个侍卫首领听到之后，身上冒出一阵冷汗，一点力气都使不出来，瘫坐在地上，可是却听见梵孟天又继续说道：“可是吧，这毕竟是西梁女儿国国王的地方，你也是她的子民，就算是叛民也是她国土里的叛民。我就这么简简单单地动手清理掉了，也不合适。你要知道，你做这一出动作，让我很为难。”

梵孟天不紧不慢地说着，听得这一屋子的人心惊肉跳，可是他们在这里打也打不过，逃也逃不出去。就算梵孟天几个人不动手，等到女儿国皇帝来了，也是个掉脑袋的罪过。想到这里，有几个跪在那里的侍卫狠下心，捡起地上的刀来就要自尽，可是她们发现拿刀的手举在半空却怎么也挥不动了。

“这、这是怎么回事？死也不让我们死吗？”

这时候已经有人开始哭了起来，听着凄惨无比。

“佛毕竟是佛，到哪里都要救人一手。”梵孟天把玩着杯子玩味地说，他又对瘫坐着的首领说，“你看我们几个人，魔的魔，神的神，妖的妖，佛的佛。就算是傻子，也知道想要饶命该找哪个。”

那首领听到之后，连忙爬到床边，向着盘坐在上面的猴子磕头，嘴里还说：“我佛饶命！我佛饶命！是我不识我佛真面目，请求我佛饶我不死啊！”首领头磕在地上一声比一声响，血流了一脸仿若不知。

“行了。”猴子终于开口说话了。屋子里忽然安静下来，所有侍卫都屏息听着猴子的话。猴子睁开眼睛，皱着眉头看着梵孟天，却又好像心不在焉地问那个首领：“我饶你不死，那……”

屋子里所有侍卫都看着猴子，等着他发落。这时候，他的话就是她们唯一的救命稻草。

“剩下的人呢？”

猴子说完就闭上了眼睛，好像在等首领给他一个答案。

屋子里的人也面面相觑，有的捡起刀就砍向首领，但是无一例外，她们刚刚举起刀就都动弹不得。

寂静。

屋子里面充满了紧张又诡异的寂静。

偶尔会听到门外帘子抖动的声音，那是呆大汉在尝试很久之前学过的技艺。

猴子盘坐在那里，过了好久也没听到那个首领的回话，不耐烦地问梵孟天：“皇宫里的人怎么还没来？”

“你没在宫里待过，她们办事的速度可慢着呢。”梵孟天不紧不慢地说，“不然，你就把她们都放了吧。”

“也不是不可以。”猴子说。

“那你就把她们放了好了。”梵孟天刚说完话，那些手举在半空中动弹不了的侍卫忽然都能动弹了，面面相觑。她们也都听到了刚刚梵孟天的话，觉得自己得了一条生路，连忙就要跑出去，但是又都撞在门外的帘子上。这时候梵孟天才又说道：“佛嘛，总是有好生之德的，不过，我觉得你的问题问得很好。”梵孟天随手把杯里的水泼到地上，溅起来的水花刚好落在那个首领的身上。

随后，房间里的侍卫们惊恐地看着她们的首领一点一点地变成了一座石像。

惨绝人寰的喊声在石头扩散到她喉咙那里时戛然而止，却在那群侍卫的脑海里不断回响。

“现在问题解决了。”梵孟天回过头看着猴子，两人目光交错时碰出来的杀意让房间里的温度都降下来不少。

就在猴子刚要张口说话的时候，屋外传来了一阵喧哗声，他便闭上嘴噤了声，看向屋外发现是皇宫里的侍卫终于到了，之后就告诉了梵孟天。梵孟天听到猴子说皇宫里的侍卫到了，也示意猪妖和大汉收了手。这一屋子的假侍卫才都松了一口气，虽然被皇宫里的人抓了去也是掉脑袋的罪，但总比在这里受折磨要干脆得多。

皇宫里来的侍卫由梵孟天一行人最开始遇到的那个女人带领，很快就肃清了驿馆，亲自过来向梵孟天赔罪。梵孟天坐在桌子边上笑着说：“赔罪就不用了，只是你们动作太慢，耽搁了不少时间，实在不应该。”

“属下知罪。”那女首领答道。

“我可不是你的头头，你答错人了。”说着，梵孟天站起身来，拍了拍身上的灰尘，继续说，“带我们进宫。”

进宫的路上，猪妖传音问梵孟天是怎么知道那伙人有古怪。梵孟天大致向他们几个解释了一下。女儿国除了国王，还有两个有法力的国师，都是拥护国王的人。但是因为她们两个拥有法力，所以在治理上总会使用一些强硬的手段。尤其是发现梵孟天一行人出现在街道上造成的混乱，她们觉得梵孟天几人不能留着。

“你都知道，还杀了一个人，果然是入魔的人。”猴子冷冷地说。

梵孟天笑着摇头说：“你不也动了杀意？这些人杀了我们还好，总会有一套说辞免罪，现在我们活着，这些人就活不了了。”

猪妖听了之后，眼睛一转就明白了什么意思，一旁的大汉皱着眉头想了好久也没明白，但是很快就不去想了。对他而言，这个世界上没有什么事情比卷帘子更重要。

只有猴子说：“所以你杀了一个，还救了其他人。”

“救或者不救，不是一个魔头说了算。”此时，几个人已经走到了宫殿之前，高耸的宫门被两旁的侍卫推开，远远地能看到最高台阶上方坐着三个人。梵孟天回过头看着猴子的眼睛，眯眼笑着问他：“不是吗？”

猴子瞳孔缩在一起，身上袈裟隐隐地泻出金芒，但很快就恢复了。

梵孟天见状，笑了一声就向台阶上走去。猴子却站在那里一动不动，猪妖走过他身边的时候拍了拍他的肩膀，大汉则旁若无人地走着。猴子盯着走在最前面的那个身影看了好久，才闭上眼走了上去。

只是没想到，这百级台阶刚刚走了一半，最上方的三个身影中的两个飞身过来，向着梵孟天和猪妖就动起手来。梵孟天与猪妖自然不能吃亏，也飞身向前招架起来。

霎时间你来我往，法力飞舞，在半空中炸开一片片光芒。

“两位国师，这可不是待客之道。”梵孟天的声音从半空中传出来。

“你们两个一妖一魔，踏进我国疆土定非好事！我二人今日就要将你们拿下正法。”那两个国师的声音响彻天空。

梵孟天和猪妖缠斗在半空中，只是因为这两个国师都是凡人身躯，梵孟天与猪妖一旦出手重一些她们就性命堪忧。但是很快梵孟天和猪妖同时发力，将两位国师的法力引到猴子和大汉的身旁。猴子见状，仅仅是皱了一下眉头就消散了那些法力，与此同时也用法力禁锢住了天上的两位国师，将她们送回到地上。

两位国师神情严肃地看着回到猴子身旁的梵孟天和猪妖，半跪在地上问道：“不知神佛二人为何与这两人同行？折了身份。”

“身份？”

听到这两个字，梵孟天竟然直接笑了出来，一旁的猪妖也幸灾乐祸一般笑着。这让猴子和大汉听着有一些尴尬。

“你们收敛一些，这两个不是普通的妖魔。”猴子瞳孔微缩，警告那两位国师，之后便走了过去。

两位国师面面相觑，梵孟天和猪妖走过去的时候也不敢阻拦。大汉走过的时候，两位国师又半跪着问道：“敢问神明为何会屈尊于魔？”

“魔？”大汉摇摇头又说，“他可不只是魔。”说完就走上去了。

其中一位国师忧虑地看着另一位问道：“这怎么办？”

“神佛都让妖魔走过去，我们还能做什么？”另一位无奈地回答。

这两句话却让梵孟天几人听得清清楚楚。梵孟天走到猴子身边打趣：“你的‘身份’还挺有用的。”

猴子瞪了他一眼说：“信不信我一棍子砸死你。”

“不信。”

梵孟天舔了舔嘴唇，盯着猴子的眼睛。他忽然发现猴子眼睛里的自己神色有些慌张，那种慌张隐藏很深，深到自己都不曾发现过。

“你在怕一个凡人？”猴子忽然问道。

梵孟天闭口不言，只是把目光放到台阶的最高处，那唯一一个坐在那里的凡人——女儿国国王。

此时，几个人已经登上了阶梯的四分之三。猴子、猪妖和大汉都停在那里，只有梵孟天一个人在向上走着，女儿国国王坐在王位上注视着他。终于等到梵孟天来到最后一级台阶，等到梵孟天鞠躬，等到梵孟天说出那句。

“陛下。”

梵孟天抬起头与国王对视，却发现国王的面容这么长时间一点都没有变化。

这时候，梵孟天脸上的表情看上去有些怪异，笑得很浅很淡很自然，总之表现得很不自在。之后，梵孟天就示意猴子他们三个也跟上来参拜国王。等到猴子几人到了这里，两位国师也落座，气氛忽然尴尬了起来。

两位国师坐在上面，看着神佛站在那里总是坐不安稳，国王只想赶快结束这场仪式，猴子几人都在等着梵孟天说话，可是梵孟天看着国王的面容不知道在想着什么。但是这尴尬也没有持续很久，梵孟天还是说了一些很官方的话，之后猴子三人就又被打发回到驿馆里，梵孟天则来到皇宫的花园中等着女儿国国王到来。

国王来的时候，两位国师也跟在后面，她们觉得梵孟天虽然是国王的旧相识，但现在已经是个魔，对国王的安全还是有威胁。只是国王说当初与梵孟天相识的时候，他就已经是这个样子了，两位国师太多心了一些。两位国师哑口无言，只好答应国王不跟着她进到花园里，但还是会守在花园外。女儿国国王虽然有些不情愿，还是无奈地答应了。

这时候梵孟天正坐在花园溪水边的亭子里，女儿国里飞禽走兽都没有雄性，溪水里只有鸯没有鸳，在溪上啄水。一旁的花丛中落着成群的蝴蝶，仔细看去也大都一个样子。

“我时常来这里休息，看着这繁茂的花园，终究觉得有些单调。”女儿国国王不知道什么时候出现的，坐在了梵孟天身边。

梵孟天目不转睛地看着翻飞的蝴蝶说：“也许是看得太多，换一副景色就会好一点。”

“这世间的景色自然颇多，色彩鲜艳也定不会少，只是到了这里，这片国土里，剩下的就只有一种了。”女儿国国王的语气有些低落，又继续说道，“如果当初不是你路过这里，我恐怕不会知道男人是什么样子。”

“这么说来，是我做错了。”

“错了，自然也没错。你当年为的是大乘佛法，想的是天下苍生。

如今你渡了苍生却忘了自己，救了世人却落下了我。”女儿国国王的语气平淡，多少年的往事到了如今，只是一个能与这人述说的故事。

梵孟天自然也记得，他在今生跨过灵山的时候就已经想起曾经的事情。

“所以我看到了你的信，就回来了。”

女儿国国王听了梵孟天的话哑然一笑：“回来了？这一次恐怕也只是路过罢了。”女儿国国王转过身，站在梵孟天的面前说：“梵孟天，我命你看着本王。”

梵孟天心里有一万个不愿意，但是此时此刻他也只能抬起头看着她。

“这一次，你要回答我。我美吗？”

女儿国国王自然是美丽的。

梵孟天却不知道该怎么回答，上一次他路过这里的时候，女儿国国王也问过他同样的问题，那时候他同样不知道该如何回答。那时候的梵孟天眼神躲躲闪闪，神色慌慌张张，额头上豆子大的汗珠成串滴落在地上，说不出一句话来。那时候的女儿国国王嘲笑着说：“你说你是要取经的和尚，却连一句实话都说不出口。”

如今的梵孟天看着女儿国国王的脸，却总是想起来另一个人。

“国王，美自然是美的。”

“真的？”

“出家人不打妄语。”

“出家人四大皆空。”

梵孟天不知道该如何回答。

事实上，他早就不算什么出家人了。

女儿国国王又坐回到一旁，看着天上的云彩。不知道为何，每当她看向西方的时候都会觉得有些晕眩，但是今天却没有。

“你我真的无缘了吗？”

最终，她还是问出了这句话。她知道，这一次，梵孟天走了，就真的不会再回来了。

“我这次来，”梵孟天愧疚地看着她轻声说，“就是为了了断缘分。”

女儿国国王看着梵孟天的眼睛，眉头微微颤抖，嘴唇开了又合上，想笑，又想哭，却都被她生生地忍了回去。过了好久，她才看向别处，漫不经心地问：“那现在，我还美吗？”

梵孟天没有说话，也没有回答。他摊开手掌，上面一丝丝黑色的法力凝聚成一面古朴的铜镜。女儿国国王看着那面铜镜，问梵孟天：“她好看吗？”

“嗯。”

“她长什么样子？”

“你现在的样子。”

女儿国国王轻轻地把手放在铜镜上，忽然镜面光芒大作，散发出的法力将梵孟天弹了出去。花园外的国师连忙赶过来，却被强大的法力镇压得连话都说不出。

……

女儿国国王在寝宫里醒过来的时候，梵孟天已经离开了。两位国师站在她身边守护着。

“他什么时候走的？”

“那个女人离开您身体的时候。”

女儿国国王神情有些恍惚，刚刚的那一刻好像过了一万年，却记不清任何事情。隐隐约约只能想起有一个长得很像自己的女人，那个女人从自己身体中走出来，望着远处的梵孟天，走到了那面铜镜中。忽然，她好像想起了什么事情，慌忙地翻找着镜子。镜子里映出自己的脸，还是那么年轻，却是另一番模样。她看着镜中人，眼泪不自觉地落下，哭了起来。

几里外的林间小路上，梵孟天晃晃悠悠地骑着马走在最前面，身后跟着猴子、猪妖和呆大汉。猴子看着梵孟天的背影忽然问道：“那个女皇帝怎么样了？”

梵孟天轻咳了下才说：“活得很好。”他回过头，发现猴子正皱着眉头看他，便又继续说：“琉璃的一部分魂魄需要在凡间休养，我没有别的办法。”

“所以你就让她做了几百年的容器。”

“她自愿的，而且，我也帮她恢复了。”

“已经过去几百年了。”

“对于她们来说，并没有。”

猴子听到梵孟天的话觉得有些刺耳，他也似乎明白了为什么梵孟天此时如此的虚弱。他忽然觉得胸口有些燥热，有些东西要出来，可他却不知道那是什么。

这天晚上，猴子很反常地睡下了，他这一路上越来越虚弱，身上的袈裟也越发暗淡。梵孟天吩咐猪妖守夜之后也准备睡了。在他刚刚躺下的时候却听到猴子在睡梦中喃喃自语。

“花果山，唉……”

第八章　黄沙难定长生事

这季节总是在刮风，东风北风，西风南风。风里面偶尔带着些水汽，偶尔带着些沙石。这天，梵孟天一行人顶着漫天的黄沙走在沙漠中。

“飞起来的沙子比流动的沙子还要烦人。”梵孟天骑在马上，顶着黄沙咒骂。在他身后，猴子和猪妖走在白马的后面，躲过了不少风沙。大汉却在风沙中怡然自得，好像正在林间散步，让梵孟天看到之后好不生气。

“和尚你少说点话，”猴子在这一路上已经听了不少梵孟天的絮叨，接着说道，“这风沙有古怪，一会儿别让妖怪抓走了。”

“抓我干什么？吃肉吗？”梵孟天对着猴子翻了翻白眼，也有可能是沙子吹进了眼睛里面。翻过了白眼之后，梵孟天又说：“要我看，还是抓猪妖的可能大一些，他的肉多，吃起来也香。”

猪妖说不了话，只能哼哼两声抗议。梵孟天听到之后连忙说：“你看，猪妖都同意了。”把猪妖气得狠狠拍了一下马屁股。白马受了无妄之灾，感觉痛得很，钻进风沙里狂奔起来，颠簸得梵孟天好几次差点摔下马，自己也顾不上说话了。猴子三人就看着梵孟天消失在漫天的黄沙中。

“猪，你过分了。”大汉走到猪妖身边说。

猪妖做出一副无所谓的样子摇摇头，这时候猴子忽然说：“帘子，你能不能让这风停下来，就用你在沙漠时的法子。”

大汉想了想才说：“我试试。”

大汉站在三人中间，想起过去在流沙沙漠中的样子，手中掐诀，口中念诀，一股磅礴的法力便从大汉身上散出，混合在漫天的风沙中。等到天空中每一处都弥漫着大汉的法力，本来还是狂卷的风忽然一滞，漫天的黄沙如同下雨一般落到地上，让这片沙漠又厚了几分。

“我只能做到这样。”大汉收了诀说道。

这时候，虽然风还在刮着，但是空中已经不见半点黄沙。

猴子和猪妖暗暗心惊，平日里这大汉不显山不露水，没想到法力如此强劲，而且这种将法力完全融入沙石中的法术，更是让猴子双眼微缩。他想起来在他成佛的时候，在东方天界接触过类似的法术，便开口问道：“帘子，你说你还有个师父？”

“嗯，有一个。”

“你可知道他的寿数？”

“不知。”

猴子便不作声了。猪妖看着猴子，心中也有了一些猜测。

“我们走吧。”大汉说，这时候只剩下狂风呼啸，几个人走起来也轻松许多，只是黄沙落在地上，看不到之前白马跑过的印记。三个人不知道该去哪里寻找梵孟天。

一筹莫展的时候，猴子发现了不远处的一个村庄。那个村庄突兀地出现在这个沙漠中，一副格格不入的样子，猴子见到那村庄之后便说：“梵孟天一定就在那儿。”

“你怎么知道？”大汉反问。

“那个和尚到处寻找那个破镜子的镜魂，就喜欢去这些稀奇古怪的地方。”

猪妖和大汉想了想，觉得有几分道理，于是跟着猴子一起走了。

此时此刻，梵孟天真的就在这个村庄外，牵着马站在村口看着空无一人的街道，不知所措，因为这里无论怎么看都应该是有人生活。梵孟天觉得古怪，就向村子深处走去，马蹄声和狂风声混在一起，吹满了整个村庄。梵孟天走到一半的时候，一户人家的房门被慢慢地推开，发出一串长长的“吱——”。听到声音，梵孟天便回头看过去，发现有个人探出头来四处张望，看到梵孟天的时候，明显有些惊讶。

梵孟天见状，便走过去说：“请问，这里是什么地方？”

那人上下打量梵孟天好久，向他招招手示意他进到房子里。梵孟天点点头，转身拍了拍白马，白马会意化成一片云雾，不见了踪影。那人看到之后更为惊讶，连忙让梵孟天进到房间里来。

“大师一定是修行中人，想必一定能惩妖除魔吧。”那人等梵孟天进屋之后立刻问道。

梵孟天被这么一问，有些不知该如何回答，只好问道：“这里发生了什么？”

那人便说：“这村子里面不知道从什么时候开始变得古怪起来，总是刮着狂风，带起黄沙吹在人身上总要被刮出来几道血印。而且，我们全村的人都开始做梦。”

“做梦？做梦不是很正常吗？”梵孟天已经见识过那人口中说的风沙，自然是知道风沙的威力。

“你有所不知，”那人继续说道，“我们全村人做的梦都一模一样。不，不对，也不能说一模一样，总之就是我们全村人做的梦从来都没有变过。好像在梦中，我们一直都停留在那一天一样。”

“同样的梦？”

“嗯，每个人都重复同一个梦。”

梵孟天心下好奇，便答应下来会在这里查探一番，那人千恩万谢之后便送梵孟天出门。梵孟天觉得有些怪异，这人好没有礼数。但毕竟已经答应下来，还是在这村子里多逗留几日。这时候他心中只想着那三个人会不会找到这里。

巧的是，梵孟天刚刚出了门，就看到了那三个身影。

“我就说这和尚肯定在这里。”猴子看到梵孟天之后，回头看向猪妖和大汉，挑着眉毛说。

梵孟天没有和他们三人寒暄，打了招呼便把刚刚听到的事情说了一番。

“你是觉得这些梦都是你那个镜子的镜魂引起？”猴子听过之后就把梵孟天的想法直接说出来。

梵孟天点点头说：“梦中之事，都是魂魄所为。这与铜镜之效相似。”

“如果不是呢？”猴子说，“我可没有心思普度众生。”

梵孟天看着猴子，看着斗战胜佛，那袈裟只压制住了齐天大圣的记忆和法力，却动摇不了他本来就是妖的一面。可怜的是，斗战胜佛只知道自己是斗战胜佛。

梵孟天忽然笑着说：“你不是也经常做那个梦吗？”

猴子不说话了，梵孟天又说道：“那个一模一样的梦。”

一瞬间，不断吹卷的狂风静止在空中，呼啸的声音也被凝固。猪妖觉得身上的妖气又开始乱窜，让他惊慌不已。大汉也发现脚下的黄沙竟然不受自己的控制。好在这仅仅持续了一瞬，就恢复了原状。

猴子很不喜欢梵孟天的法术，准确地说，是那扇镜子的法术。那扇镜子总能引起魂魄的异动，也能让梵孟天拥有这种力量。也是因为这样，梵孟天总能窥探到他的梦境，包括梦境中的另一个自己。

“你就这么相信那只猴妖才是我？”猴子向前走着，和梵孟天同一个方向。

梵孟天低头笑着说：“你只知道你是斗战胜佛，那你成佛之前是什么，还记得吗？”

“天地间修炼的猴妖。”斗战胜佛皱着眉头想了想之后说道。

梵孟天却“哈哈”地笑起来，仿佛听到了天大的笑话，等了好一阵才说：“没错，的确是一只猴妖，还是天地之间唯一一只猴妖。我们都知道，可你自己却不知道。”

猴子知道这是梵孟天的激将法，每一次谈论到那个黑漆漆的梦还有那只一模一样的猴子，他总会变得暴躁起来。那只猴妖总是在影响着他的清醒，那时候他可一点都不像一个佛。

猪与大汉看到这两人又剑拔弩张，已经习惯了，此时只是东张西望看了一圈，却没有发现白马的影子。猪示意大汉问白马的下落，梵孟天说这里没有白马主人的气息，它就变成白云继续寻找去了。

梵孟天点点头，忽然发现一户人家稍微打开了门，一个壮年探出头，看着他们四个在街上吵闹。其实也不是梵孟天几人声音高，而是这街上一个人都没有，那诡异的风也不知道什么时候停了下来，让他们几个的声音显得突兀了许多。

“你们几个，是修行的人吗？”

那个人小心翼翼地喊着，生怕惊动了别户人家的样子，一边问着一边招手示意梵孟天一行人过去。那样子、动作、神态都让梵孟天有种似曾相识的感觉。

“怎么了？有古怪？”那三人也发现了梵孟天神色不对，猴子便低声问道。

梵孟天盯着那个壮汉点点头，但还是走过去，猴子几人也跟着过去。只是在进门之前，猴子手中甩出一根毫毛在空中变成一只飞虫，留在了房间外面。

那壮汉把几人请到屋里，端茶倒水地请到上座，等到梵孟天几人坐定之后才满面愁容地开口。

“几位大师有所不知，这村子这几年接连发生怪事，一村子的人都快活不下去了。唉……”才说了一句，那壮汉就开始连连叹气。梵孟天几人听得有些烦躁，但又不好发作，只好问道：“是否因为那狂风？”

壮汉听到梵孟天的话，两眼闪光一般看向他，连连点头，还说着：“对对对，就是那妖风，过去这村子虽然有风，但都不大，总是能躲过去。就是前几年，不知道从哪里吹过来的妖风，带着黄沙，刮在人身上疼得很，不小心就是几条血印。”

猴子、大汉和猪妖听着都皱起眉头，思索着这妖风会是从哪里来的，西天佛那里只有定风珠，没有起风的法宝。天庭倒是有风婆，只是风婆的风与这里的虽然像，但总是差了一些。而凡间，只能是平地吹起旋风，施不出这样的法术。一时间，这三人犯了难。只有梵孟天觉得这番话似曾相识，好像上一户人家也是这么说的。

那个壮汉没有看到这几人的表情，仍然自顾自地说道：“而且，我们全村的人都开始做梦。”

“做梦？做梦不是很正常吗？”梵孟天忽然开口，说着一模一样的话。

“你有所不知，”那壮汉深深地看了梵孟天一眼继续说道，“我们全村人做的梦都一模一样。不，不对，也不能说一模一样，总之就是我们全村人做的梦从来都没有变过。好像在梦中，我们一直都停留在那一天一样。”

“同样的梦？”梵孟天又说着同样的话。

那个壮汉忽然站直了身子，点点头，说：“嗯，每个人都重复同一个梦。”

猴子几个人还在思索，梵孟天却已经答应下来会查探究竟，壮汉千恩万谢之后便不留梵孟天几人。猴子几人觉得这人好没有礼数，刚要开口，就被梵孟天带出了房子。几人刚刚出门，就听到身后重重的关门声。

“这户人家好不知礼数。”猴子说。

猪和大汉也在一旁点头。

这时候梵孟天说："你们几人是第一次进到这村子的民户家里，这几户处处都透着怪异，这一户与上一户说的话几乎一模一样。"

听了梵孟天的话之后，猴子便掐诀收回了那根毫毛，查看了一番之后，竟然也觉得背后发凉。

"猴子，怎么了？"梵孟天问道。

猴子手一挥，一道只有几人能看到的光幕出现在半空中，说："你们看。"

那是猴子毫毛变成的飞虫看到的，在梵孟天几人进到民户之后，这个村子街上的情况。就在他们进到民户家中之后，所有的民户家门都打开了一条缝隙，从中探出头来，有男有女，有老有少，眼神空洞地看着那壮汉的家。就在壮汉说到风沙怪异的时候，便刮起来漫天的黄沙，竟然把那些房屋都吹散成沙子卷进风中，而那些人也都变成了沙子漫天飞舞。等到那个壮汉说到怪异的梦的时候，那些黄沙又变回了原来房屋和人的样子。那些人虽然仍旧一副探出头的样子，却一个个闭着眼睛，仿佛坠入梦境一般。最后，就在梵孟天打开门的那一刻，其他民户都关上了门，又变成现在这个样子。

一股寒意笼罩着梵孟天几人。看到这个情况，无论是谁都不能再放松下来，而且，最重要的是，这一切都是真的，不是幻境。

这时候，又一户人家的门打开了。

里面探出来个小娃娃的头，是个女娃子，好看得很，笑着对梵孟天几个人招手，示意让梵孟天几人过去。只是这时候，那女娃子的笑落在梵孟天几人的眼睛里，就变得有些诡异了。

猪妖生在凡间，接触妖怪最多，也最胆小，这时候咽了口口水，看向梵孟天。那是在询问：我们还要过去吗？

梵孟天目不斜视，看着那个女娃子，传音问猴子看出什么没有。猴子眼中金丝转动，却还是摇了摇头说："看不出破绽。"如果连猴子都看不出破绽，那这妖怪必然神通广大。大汉和猪妖心里打鼓，倒是梵孟天越来越坚信这里的变化与铜镜有关。

“和尚，”猴子忽然说话，梵孟天一愣，看向他，只听猴子说，“我知道你想什么，琉璃妖有变化魂魄的能力，但变成的实体都是石头，这里可是沙子。”

“魂魄灭了就成石头了，石头碎了，就成沙子了。”梵孟天低头看地面的沙石，忽然说道。说完他便走到了女娃子的房门前，转过身看着猴子三人。那三人摇头的摇头，叹气的叹气，但还是跟着梵孟天走进了那房间里，这一次，猴子甩出去一把毫毛，飞进了其他民居里。

那女娃子摆好了桌子，倒上茶水，等着梵孟天几人落座。这动作神态与之前的壮汉如出一辙，梵孟天几人坐下之后，便开始说起话来。

“几位有所不知，这村子这几年接连发生怪事，一村子的人都快活不下去了。唉……”才说了一句，那女娃子也开始连连叹气，神态语气一点都不像个娃娃。梵孟天几人这一次都不作声，那女娃子看了他们一眼继续说：“都是那妖风，过去这村子虽然有风，但都不大，总是能躲过去。就是前几年，不知道从哪里吹过来的妖风，带着黄沙，刮在人身上疼得很，不小心就是几条血印。”

那女娃子没有看这几人的表情，仍然自顾自地说道：“而且，我们全村的人都开始做梦。我们全村人做的梦都一模一样。不，不对，也不能说一模一样，总之就是我们全村人做的梦从来都没有变过。好像在梦中，我们一直都停留在那一天一样。每个人都重复同一个梦。”

等到那女娃子说完，梵孟天便起身，答应下来一定会查出个究竟。那女娃子也是不留梵孟天几人，梵孟天几人就离开了。

到了街上，仍然是空无一人，就连风声都没有一丝，寂静得有些可怕。

梵孟天回了回神，问猴子：“怎么样？”

猴子摊开手，几根毫毛正在手心，数了一数，却少了一根。猴子心下惊讶，却还是先唤出了光幕看到了每一户人家的情况。

每一户人家，全都空空如也，没有桌椅板凳，没有床褥吃食，其实，就连人都没有，探出门外的，只有一颗颗长相不一的头。等到梵孟天几人出来回到街上，那些头便飞回屋子里，屋子里也一下子变幻出来桌椅板凳和床褥吃食，那些头颅都飞回到床褥上，又变幻出下面的身子，这时候屋子里才算是有“人”存在。只不过这些人，虽然有眼，但却无珠。白色的眼睛空洞地看着墙外——梵孟天四个人站着的地方。

诡异的气氛笼罩在村子上空，伴随着狂风呼啸，但那些声音却传不到村子里面。

梵孟天几人安静得可怕，村子里面也安静得可怕。

过了好久，大汉才开口说：“这里，究竟是什么地方？”

“人间。”梵孟天说。

“地狱。”猴子也说。

这究竟是哪里，几人不得而知，只是现在他们已经没有退路，他们身后来到这村子的路已经被封死，他们只能在这个村子里游荡，每家每户地听这些“人”说着同样的事情。

大汉看着村子里面的房屋，忽然说：“多像他们的梦啊，一群人做着重复的梦，像一个人一样。”

“他们说都在做同样的梦。”梵孟天在原地忽然说道，“其实应该是一个人在做重复的梦。”

梵孟天的话说得清清楚楚，那三个人自然也就明白。梵孟天见状便问猴子，刚刚收回毫毛的时候，是不是有一根没有收回来。

猴子点点头。

梵孟天又问能不能追到那根毫毛的位置，猴子抬手指向一间正对着他们的房屋，说：“就在那里。”

猴子的手刚刚放下，那间屋子的门便被推开，露出一个人的脑袋，向着他们招手，示意他们过去。与此同时，村子里所有的门都被打开，里面都露出人头来，也纷纷挥着手，示意他们去那间房子。

“走吧。”梵孟天说，“这里的主人出现了。”

猴子舔舔嘴唇，忽然把铁棒抓在手中，飞起就是一棒。

“妖孽受死！”

一棒狠狠砸在房子上，整个村子的房子都一同倒塌化成流沙，废墟里连人都见不到一个。猴子站在黄沙中，手持铁棒，看着半空。那里有个虚幻的人影，不断吸收着空中的黄沙。还没等那人影成型，猴子便追上去又是一棒将黄沙打散。那人影却还是存在，不断吸收着黄沙。

一来二去，猴子却停了手，回到梵孟天身旁。梵孟天问道：“你怎么不打了？”

猴子干脆地说：“杀不掉。”

“怎么？”梵孟天好奇地问，“还有你斗战胜佛杀不掉的人？”

“这里的法力让我觉得有些熟悉，”猴子忽然看向一直沉默的大汉，盯着他说，“这是天神学院的气息。”

“那是天神学院的人。”总是沉默的大汉忽然开口，他的眼睛死死盯着半空中的人影，说，“这是我的师祖，我学法术的时候，每天都会对着他的沙像跪拜。”

“你这一脉不是只学卷帘子吗，怎么你师祖会这般法术？”梵孟天问。

回答的声音却从半空中传来：“那是因为我创造了这个法术。”那个声音听上去应该是个正值壮年的人，只是其中充满了一种荒凉，还有一些无奈。那个人影落在地面上，又说道：“这长生的法术，才是这村子的祸患。”

“有人为了抢法术杀了他们？”梵孟天问道。

那个人影摇摇头，这时候已经能看清楚他的脸，是一副青年的模样，眼角却重重地垂下，他叹了一声气之后说：“我创造了这个法术，是以黄沙具身，幻影成魂。天神学院知道之后，就要我交出这个法术，我便交了。谁知道那些人自己不顾禁忌修炼，一个练成了一片黄沙，落在西北；一个练成了幻影，落在极北；还有一个练得疯疯癫癫，不知道跑哪里去了。”

梵孟天听那人说着，忽然想到白马的主人。在白马的口中，他的主人是个极其擅长幻影之术的人物。

那个人又继续说：“你知道，这在天神学院里面可是大事，但又不能算成上面的问题，就只能在我身上找原因。我因为创造了法术，也算有功，也算有过，就自己降到这凡间。本想安安静静做一辈子凡人，没想到偏偏这天开始刮风，吹得这些人好生难受。我不忍心啊，就偷偷把法力送到风里，希望帮他们镀成不灭体，没想到……”那个人说着，没了声音，能看到他神情黯然，很显然那是一段不让人开怀的往事。

那人叹了一声又继续说：“他们只是凡人，哪里承受得了这般法力，被活活炼成了沙人……”

那人闭上眼睛，抬起头深深地吸气，梵孟天能看到他身体的颤抖。他开口问道：“你又将他们炼成了傀儡？”村民的样子，让梵孟天只能想到傀儡这样的东西。

那人苦笑着摇头，愧疚地看着身下的村子，说：“他们的魂魄在我动了这心思时，就被抹去了。那些沙子，是我的化身。”而后他又顿了顿，柔和地看着大汉说：“那个沙像，也是我的化身。”

梵孟天几人终于明白，这村子究竟为何这样，只是仍然有些疑惑，猴子却直接开口问了：“那你知道这风从哪儿来？”

“四面八方。”

“你为何困住我们！”

那人忽然眼光一闪，遥遥地指着大汉，说：“因为他。”

“我？”大汉不明所以。

“就是你。”那人的声音有些激动，继续说，“只有你能救我。”

“救你？”大汉不知道师祖是什么意思，“是将你带出这村子？”

那人连忙说：“只有你能杀了我。”

那个人的要求让梵孟天几人瞳孔微缩，大汉却认真地说：“斗战胜佛都打不散你，我又有什么能力。”

“只有你能”，那人说，“你能让黄沙定住，就能让我的身体散去，不再凝聚。没有身躯，我的法术就没了根源，我也就会死去了。”

大汉思索了一下，便答应了。毕竟这个人是自己的师祖，他说的话，就是自己的师父都要听，那自己听他的肯定没有错，哪怕是亲手杀了他。可是他却没有想过，如果自己亲手杀了师祖，以后就算回到天神学院，也不可能再见到自己的师父了。

“动手吧。”

那个人闭着眼，抬着头，站在原地，为了不让自己的法力自发地抵抗，将身上的法力倾泻在地上。大汉站在一侧，双手掐诀，他面对师祖的时候，仿佛感觉到自己就在流沙沙漠之中，师祖一人身体中的黄沙，竟然与那沙漠不相上下。

但也仅仅是一瞬间，大汉的法力全部涌进师祖的身体中，大汉师祖的身体开始坍塌，露出了藏在其中的幻影。从师祖身上流出的沙子铺满了地面，面积不断扩大，师祖也越来越虚弱。直到这里变成了一片沙漠之后，师祖的身躯终于消散了，只留下一个不断虚弱的魂魄飘在半空中。

“老三儿，谢谢你。”

大汉忽然愣在那里，泪水不觉地夺眶而出，他已经很久都没听到有人叫他这个名字。他双膝跪地，向着师祖重重磕一个头，颤抖着说：“送师祖！”

那人的目光柔和了许多，看着老三儿，又抬头看看天上，飘飘然离去了。

他还没有死，虽然魂体会越来越虚弱，但仍然会持续很长一段时间，毕竟他已经活了那么久。虽然这段时间很长，但是对于之前那漫无止境的寿命来说，这是最好的解脱了。

师祖离去之后，这里也没有了村庄的影子。来自四面八方的风也不见了，只留下了一片沙漠和仍然跪在地上的老三儿，还有略有失望的梵孟天。

一天一夜之后，白马回到梵孟天身边，蹭着他的身子要带他去另一个地方。

“那里有你的主人吗？”梵孟天问道。

白马点点头。

梵孟天收拾好了行囊，叫起来了猴子和猪妖，骑在马背上，高喊一声：“该走了！帘子！”

大汉茫然地抬起头，看到不远处离去的几人，走在沙漠上，影子被夕阳拉长，黑漆漆的身子看不出样子，只是觉得那阳光有些晃眼。

第九章　庙前拦路黄眉妖

可能是这天下不怎么太平，梵孟天发现这几月里走过的地方都是黄沙遍地。残垣断壁随处可见，流离失所的人躺在地上，奄奄一息。

“猴子，你跑得快，去前面远一点的地方看一看是不是哪里在打仗？”梵孟天说。

猴子看了一眼四周的情况，皱着眉点点头一跃而起，就不见了踪影。

沙地太松软，白马走着吃力得紧，梵孟天自己步行，拍了拍白马让它自己找地儿休息，什么时候需要它会唤它过来。白马点点头，一阵烟雾凭空出现笼罩在它身边，一眨眼的工夫也不见了。

“和尚，何时、关心……？”一旁的猪妖磕磕巴巴地说着。

现在的猪妖，人相和妖相的容貌越来越相似，也慢慢地能说出话来了。只是，在他慢慢变得更像人的过程中，他也发现自己的法力越来越弱了。

梵孟天盘膝坐到沙子上闭着眼，知猪妖所想，说：“我们走了这么久，还没见过这么荒乱的地方，前面如果不是有战争，就是有法力强大的妖怪。让猴子去看一看，我们也好绕开。”

“以为、惩妖、除恶。”猪妖继续一字一顿。

一旁的大汉也摇着头。

“我们又不是为了惩妖除恶才走在路上的，管那些事做什么？”

梵孟天的话说出来，猪妖和大汉也不知该如何反驳，悻悻地闭上了嘴。

大汉又开始想着当初那个乞丐告诉自己返回天神学院的办法，只要走到路尽头，自然就会回去了。猪妖也想起来那个乞丐对自己说“到了路尽头自然会变成人”的话，心中不断憧憬着。

过了不久，猴子就回来了。他回来的时候，直直地从天上砸在沙地里，溅起漫天的尘土，弄得梵孟天等三个人睁不开眼睛。等到尘土慢慢落下，隐隐约约能看到猴子的轮廓，梵孟天才说话。

“我还以为是哪只大雁迷路了。”

猴子站在那里，拍了拍身上的袈裟说：“让你失望了。”

“怎么？”梵孟天问道。

“前面没有凡人战争，也没有妖怪。”猴子的神色忽然古怪起来，接着说道，“前面有个寺庙。”

梵孟天忽然来了兴致，问道：“叫什么寺？”

“雷音寺。”猴子顿了顿，又说，“小雷音寺。”

猴子说出这个名字之后，几个人的神色都变得古怪起来。大雷音寺是西天传经的地方，那里可以说是世界的极西之处，走到了那里，这条路也算是快要走到了尽头。大雷音里面坐满了佛，佛祖也在里面，在那附近的人，都一心向佛，衣食无忧。可是在这里出现了一个珠光宝气的“小雷音寺”，却遍地都是饥荒灾民。

“猴子，你们普度众生，是不是没把这一片规划进去？”梵孟天站起身，看着刚刚猴子指着的方向。

猴子没说话。

“既然前面没有战乱，也没有妖怪。”梵孟天吹了一声口哨召唤白马回来，说，“那就继续向前走。”

白马出现的时候，梵孟天一行人已经收拾好了行囊准备启程。不知道为什么，梵孟天显得有些兴奋，骑上白马，意气风发。而他身后的猴子却一直在皱着眉头，瞳孔中偶尔有金光晃动，头上青筋也慢慢鼓起来。猪妖看上去则忧心忡忡，远望着前方，暗自调动着法力。大汉却满心期待，到了雷音寺就有可能有办法回到天神学院里。四个人心中所想各不相同，只是这一次四个人的目的地却都相同。

到小雷音寺的路程不算远，也不算近。一路上几个人不约而同地沉默，走得越来越快，甚至在沙地上都没有留下脚印。不到一天的时间，珠光宝气、金碧辉煌的小雷音寺就出现在他们的视野中。

几个人快步走过去，发现遍地黄沙之中突兀地出现一片绿地，距离很远的地方也能听到那边的水流声。

“这里面的瀑布最起码有一百多丈，那小雷音寺就在瀑布下面。”猴子忽然说。

猪妖惊讶地说：“啊？”

猴子点点头。大汉忽然说：“神佛栖身的府邸，大都选在山灵水秀或是奇异之地。这小雷音寺里居住的，哪怕不是西天佛祖，也一定是个数得上名号的佛。”大汉说话的时候，双眼中光芒正盛。过了这么久，他终于找到了回到天神学院的希望。

“你还是不要抱那么大希望为好。”一直沉默的梵孟天忽然说话。他自从听到猴子说这里有个雷音寺之后就一反常态，神情凝重。他指着瀑布下面若隐若现的寺庙说：“这里算不上什么山灵水秀，更算不上奇异，真正的神佛不会选这样的地方。你在天上待过那么久，连这都不知道吗？”

大汉听梵孟天这么说，呆住了。

他在天上的时间那么久，可都是在学怎么卷帘子，之后又在教别人怎么卷帘子，住的都是学院里的房子，从来都没自己挑过，自然不会知道什么是山灵水秀，什么是奇异。

梵孟天又继续说道：“这只是个幻境，你们看不出来？”说完，梵孟天向前凌空踏出一步，就那么站在半空中，身下的百丈悬崖仿若一幅刻在地上的画。

“猴子，你也没看出来吗？”

猴子冷笑一下，手一挥，便把眼前这画幕撕开，露出了之后的山林。

只见林中起风，涧底流水。山上瀑布坠落而下击起阵阵水雾，其下嶙峋怪石在雾气中若隐若现。流水聚在一起，白净得好似天上白云，四处都是鸟叫凤鸣。山林间猿猴觅果，走兽猎食。忽然传出一阵阵呼啸，霎时间山林中一片寂静。

这山林中的野兽见到梵孟天几人在山脚下，纷纷冒出头来，盯着他们，仿佛只要梵孟天几人踏进这山中，就要将他们撕成碎片。

“这里的居民不欢迎我们。”梵孟天笑着说，只是那笑容有些狰狞。梵孟天解下背囊放在地上，正要走进山林里，忽然被猴子按住肩膀。

梵孟天不解，回头看着猴子。

猴子说：“还不知道这里是谁的府邸，赶跑它们就可以了。”

“你是想起来那群猴子了吧？”

猴子双眼微缩，松开了手。

梵孟天身影一晃便不见了，只见一阵黑风刮过，山林间的野兽都变成一座座石雕，栩栩如生。这些野兽皆被梵孟天夺了魂魄，肉身化成了石头。

猪妖和大汉面面相觑，猴子也面色一沉，但还是继续向山中走去。在半山腰的地方，见到了正在石板路上休息的梵孟天。梵孟天看到他们三人赶过来，笑着问道：“白马呢？”

“变成云了。”猴子冷着脸说。

梵孟天若有所思地点点头，看看天空，转过身继续向山上走。在这半山腰的位置，他已经能看到山顶上那座金光灿灿的寺庙，还有上面斗大的字——小雷音寺。

这小雷音寺的样子真的就和那大雷音寺一模一样。只是这小雷音寺更加绚丽一些，白玉堆砌成的围墙，琉璃瓦的檐，最上方还有一颗牛眼大的明珠。墙下烧的是沉香木，青烟袅袅，院子里青松翠柏长得与藏经阁一边高。日光洒在明珠上，发散成淡淡的彩霞铺在林间淡淡的云雾中，小雷音寺在这彩雾中好似盘龙。朱栏玉户，画栋雕梁。鸟啼丹树内，鹤饮石泉旁。窗开风细，帘卷烟茫。

“这道场倒是比皇宫都要奢华了。”梵孟天见到这风景之后，淡淡地说了一句。

猴子眼中金光大盛，其内已经能看到另外那只猴子的身影。到了这小雷音寺，再强大的法力也压制不住那个狂傲的灵魂。他身上的袈裟忽然变了一副样子，变成了璀璨的金色，在他的表面翻滚着黑气，如果看得久了，好像连目光都会被吸进去。

梵孟天看到猴子的变化，喃喃自语：“原来这封印这么强大，那么……”梵孟天不禁想到了背囊中的铜镜，心下一沉。

因为猴子身上的变化，猪妖和大汉也受到了影响。

猪妖运转法力时忽然觉得体内的妖力被牵引出来，竟然变得更加精纯了一些。他惊恐地发现自己的人相又变得更像猪，而自己的妖相又更像人了。

大汉却发觉自己的神通都使不上力气，神力被压制在经脉中不能转动，法力滞留之下，曾经破损的心脏竟然慢慢地恢复起来。只是新生血肉的痛苦又让他想到当年割下血肉时候的痛，眼前一黑，跪倒在地上。

距离猴子最近的梵孟天却没有任何不适，甚至还觉得有一丝丝清凉流转全身。

猴子身上一半的黑气被吸进那件金色袈裟中。他一半散发着金光，那是佛光普照；另一半笼罩着黑气，那是妖气纵横。佛光与妖气相互制约，相互对撞，每撞一次，都使这山林震动，若非之前梵孟天杀净了这里的野兽，此时这些野兽也要四散而逃。梵孟天觉得被金光照射时有些灼烧感，体内的魔气也随着震动，差点压制不住爆发出来。

“好一个齐天大圣。”梵孟天心中暗道。

此时此刻，几人无可奈何，只能等着猴子的佛身压制住妖身，又或者妖身驱赶走佛身。否则，猴子身上这变化不会停下来。就在此时，天空中忽然金光大作，一金铙盖下，扣住了猴子。

原本仿佛海中孤舟的几人终于放松下来。

猪妖这时候又变成原先的模样，一句话也说不出来。大汉口中溢出鲜血，半跪在地上。梵孟天站在那里闭眼调息，恢复之后发现金铙旁边站着一人。

那人黄发黄眉黄皮子，披着一件土黄色的袈裟，看上去土气，但又珠光宝气。因为那袈裟上面镶满了各种珠宝，亮晃晃地扎人眼睛。

“阁下是……？”梵孟天问道。

“黄眉老祖，黄眉老祖。”那人盯着金铙，揉着双手，眼睛里的光都要流出来了。

“阁下能否将此人放出来？”梵孟天又问道。

“不能，不能。”黄眉老祖蹲下来，拍了拍金铙，好像在瓜棚里挑西瓜。

“为何？”

“现在不能，现在不能。”黄眉老祖手中掐了一诀，把金铙收进袖中，化作一阵黄烟，飘到小雷音寺里去了。

梵孟天眉头一皱，叫上猪妖和大汉，三人匆匆赶往小雷音寺。走进最外的围墙，三人才发现这小雷音寺里别有洞天。进了围墙的门，就是踏进了另一片天地，这空间里比几人刚刚见过的山还要大了一倍不止。

这片空间中，小雷音寺倒是好见。那寺庙高大雄伟，好似一座小山，落在这空间的正中央。

三人没有废话，奔着那寺庙而去。

进了庙里，仍然是金碧辉煌，金光晃人眼。不知多少菩萨罗汉把小雷音寺坐满，最高处坐着的好似西天佛祖，但细细地看过去，还是有些不同。

猪妖本是凡间的妖怪，没见过这种阵仗，看着梵孟天不知道该怎么做。而大汉则下意识地就要拜，却被梵孟天阻止。

“这里没有一个是真的佛，你拜什么？”

梵孟天话语一出，大汉愣了一下，旋即反应过来，一把流沙化成的刀就出现在手中。猪妖见状也拿起钉耙。

小雷音寺中的菩萨和罗汉看他们几人拿出武器，一齐大喝：“住手！”

这声音滚滚而出，汇成一片如同天雷阵阵，震慑世间万物。

但却不包括梵孟天。

“闭嘴！”

梵孟天的声音如腐骨之毒，化成一片黑气弥散在小雷音寺中。那菩萨罗汉一旦沾染半点，都面露惊恐之色，连忙运功将之驱赶出体外。只有那变化成佛祖的妖怪，仿若无物，手中不知什么时候多出来一个金铙，把玩起来。

“黄眉老祖，你现在能把那个金铙打开了吧？”梵孟天说。

黄眉老祖说：“不着急，不着急。你们有什么宝物法器先与我来看看，看看。”

梵孟天觉得这个黄眉老祖在无理取闹，脸色一变又问道：“阁下什么意思？”

“那只猪的耙犁不错，不错。”黄眉老祖仿佛没听到梵孟天的问话，好似自言自语，又好似示意梵孟天三人。梵孟天精明得很，怎么会不明白黄眉老祖的意思，便说道：“阁下如果有心放人，我这有一样宝物可以一看。”

“看看，看看。”黄眉老祖来了兴趣。

梵孟天打开背囊，把铜镜拿了出来，托在手里。铜镜的样子古朴，上面还有些锈迹，看上去与凡间的镜子没有什么不同。

“这有什么？有什么？”黄眉老祖拧着眉头皱着鼻子盯着看了半天，也没看出个所以然来。

梵孟天轻轻笑了一下，法力涌进铜镜中，大声说道：“请看！”

铜镜一瞬间绽放出耀眼的光芒，那光充满了小雷音寺，却丝毫都没有泄露出去。在寺内不断地积攒起来，最后宛若雾气，直至梵孟天收回法力，那光芒才散去。

黄眉老祖暗暗惊叹，正要开口，忽然发现小雷音寺中的菩萨和罗汉都变成了石像，就连他们身上的法宝法器也无一例外。

梵孟天收起铜镜，问道：“如何？”

黄眉老祖瞪大了眼睛，咬着牙说：“好。”

说完，他便化成一阵黄风冲向梵孟天。猪妖与大汉二人见状，拎起武器也冲杀上来，梵孟天则退后一步，站在了战场之外，看着那三人你来我往，打得好不痛快。

“不打了！不打了！”

没多久，黄眉老祖双拳不敌四手，败下战来，大声喊着：“你们几个人好不要脸，不要脸。仗着人多打压我，打压我。”

梵孟天示意猪妖和大汉收手，走上来说：“把猴子放出来，我们就走。”

“好，好。我放，我放。”黄眉老祖拿出了金铙，忽然眼球一转，神秘兮兮地说，“不如我们两边做个生意，生意。”

“什么生意？”

“我打开这个金铙，你们把你们的法器卖与我。我再给你们每人百万黄金，百万黄金。”

梵孟天走过不少地方，也见过不少人，只是从来都没见过这样讨价还价的。

“这生意我要是不做呢？”

黄眉老祖早就预料到梵孟天会这么说，便说道：“不做这生意也可以，这金铙我也打开。只是，以后你们要是在哪里见到了一样的法器，可不要大惊小怪。”

梵孟天心下一沉，问道：“什么意思？”

“也没有什么意思，只是希望各位把法器卖与我，也好做个生意，生意。”

梵孟天眯起眼睛，打量着这个黄眉老祖。早在刚刚与猪妖、大汉混战的时候黄眉老祖就显露出真身，当时梵孟天没有注意，这时候才发现这黄眉老祖身上穿的带的，手里把玩的，都是法器法宝。

黄眉老祖见到梵孟天上下打量自己，笑着说：“你也不用看了，这上门的买卖我也做了不少，强买强卖更是多。这普天之下你大可以随便找个妖怪问问，哪个不知道我黄眉老祖的名号，哪个妖怪手里的法器没经过我黄眉老祖的手。”

黄眉老祖说到这，梵孟天便明白了。这黄眉老祖是个买卖法器的妖怪，而且是买卖做得相当不错的一个。

“那我们几人到此，算是打扰了你的生意。”梵孟天顿了一下，又说，“这样如何，你把金铙打开，我将你这里的手下复活。”

黄眉老祖笑着挥挥手，说道：“这些人都是过去买了我法器拿不出钱的人，拖债拖得太久，被我抓到这里。死了干净，死了干净。”

梵孟天见黄眉老祖没有打开金铙的意思，阴沉着脸说：“阁下是不准备打开金铙了？”

“打，必然打。”黄眉老祖摆出一副惊讶的表情，好像十分讶异梵孟天为什么会这样说，一边说着一边还拿出来一个小小的金铙，轻轻一扭便分成两半，摊开放在手中。可是里面却空空如也，一干二净。

梵孟天皱着眉头看着黄眉老祖，黄眉老祖也是一副惊愕的样子，支支吾吾地说："这……这金铙莫非有化人的功效？我与那群山妖交换过来，这才第一次使用。化了你的朋友，实在是不好意思，不好意思。"

梵孟天自然知道猴子不可能被化得一干二净，此时他也不打算继续与这黄眉老祖纠缠下去，正要动手。一旁的猪妖却蹿出来，一把抓住黄眉老祖，身后人影重叠，一瞬间便变化成了妖相，竟然用法力控制嗓子说："你说那群山妖怎么了？"这一句话说完，猪妖"呸"地吐出一大口鲜血，那是法力伤了喉咙。

"山妖？什么山妖？"黄眉老祖这回是真的不明就里。

"你说来换这金铙的山妖。"猪妖很激动，手上的力气也越来越大，隐约中能听到黄眉老祖手腕处传出骨头碎裂的声音。猪妖嘴里也大口大口地涌着血。

黄眉老祖感到疼痛，连忙说："那群山妖与我交易，用这真金铙换假黄金扔在山下。"

猪妖听过之后愣在那里，手中一松，黄眉老祖便挣脱出来，嘴里还嘟嘟囔囔地正要开口，却发现猪妖的钉耙已经快砸到他的额头，连忙化成一阵黄风躲开。闪到一边之后，黄眉老祖看着梵孟天问道："这只猪是怎么回事？"

梵孟天耸耸肩膀，无奈地说："你说了些不该说的，原本我还觉得我们的生意能做，现在我觉得是不可能了。"

"什么？"

黄眉老祖大叫一声，他不明白梵孟天说的意思。这时候猪妖又追上来，举起钉耙就要砸下来，黄眉老祖躲闪不及，只好扔出一件法宝，却被猪妖一钉耙砸成粉末。

"黄眉老祖果然财大气粗，法宝都是用扔的。"梵孟天站在一旁看着猪妖追杀黄眉老祖，一边好像在和大汉闲聊。大汉不知道梵孟天什么意思，却也附和着说："是啊，我还没见过如此使用法宝的人。"大汉说完之后觉得有些不妥，又补充道："和妖怪。"

黄眉老祖左躲右闪，无力招架。又听到梵孟天两人在一旁打趣自己，情急之下便对着梵孟天喊道：“你让这只猪停手，我就把金铙给你。”

“先给我。”

“给！”黄眉老祖手中金光一闪，向梵孟天扔去。梵孟天接住之后晃了一晃，感觉里面空空的，这时候又听到黄眉老祖的叫喊声，询问为何还不让猪妖停手。梵孟天高声回道：“这金铙有真有假，我也不知这是真是假。”

黄眉老祖心急，这猪妖越追越凶，再拖一会儿，这小雷音寺都要被砸个干干净净。心急之下，黄眉老祖手中掐诀。梵孟天发现手中的金铙变得通透，看到了其中正在打坐的猴子，这时候猴子身上的袈裟已经变成原先的样子，也看不到那些黑气。猴子好像发觉梵孟天在看他，也抬起头来，一双金色的眼眸摄人心魂。

“猪，停下吧。”梵孟天说。

猪妖闻言只是顿了一下，不做理睬，仍然继续追打着黄眉老祖。

“是他们自己选的那些金子，不是山妖。”

猪妖仍然没有停下来，只是手里的动作慢了下来。梵孟天叹了一声，伸手在半空中一抓，就把黄眉老祖抓到身旁，猪妖也追过来站在一旁擦了擦嘴边的血，一直盯着黄眉老祖。

“好了，现在把它打开。”梵孟天指着金铙说。

黄眉老祖眼珠溜溜地转，心想怎么也不能打开这个金铙，不然等到猴子放出来，那猪妖再追杀他就没有人能制伏得了了。

就在黄眉老祖想有什么借口的时候，梵孟天忽然说话了。梵孟天自然是知道黄眉老祖的心思，便说道：“你现在把它打开，我保证不让猪继续追杀你。”

黄眉老祖看看梵孟天，又看看金铙里的猴子，歪着头说：“你觉得我会相信你吗？会相信你吗？”

“不会。”

黄眉老祖仿佛听到了天大的笑话一样，又继续说："你以为我不知道这金铙里面的猴子是哪个？不就是花果山跳出来的那只？他的作风普天之下哪个妖怪不知道，哪个神佛不晓得？我不放他还有的活命，放出来我必死无疑。"黄眉老祖说完，直接坐在地上闭上眼睛，伸直了脖子一副寻死的样子。

梵孟天看看手里的金铙，又看看黄眉老祖的样子，不禁觉得好笑，曾经齐天大圣的名号自然是响亮，但那也只是曾经。如今只有斗战胜佛，说出来就像个笑话。

"你打开金铙吧，齐天大圣你是关不住的。"梵孟天说。

黄眉老祖站起来，看着金铙里的猴子，忽然笑了起来。梵孟天问他为什么笑，黄眉老祖说："我笑那个齐天大圣，也笑这个斗战胜佛。"

"为何？"

"呵"，黄眉老祖冷笑，"花果山原本是福地，现在已经是一片焦土，为什么？还不是齐天大圣的名号那么响亮，阿猫阿狗都要去那里沾沾名气。山上的猴子也是顽固，守着点石头不走，让人屠了个干净。齐天大圣倒是自在，成了斗战胜佛。"

"你知道花果山怎么被灭的？"

黄眉老祖抬抬眉毛，说："你忘了我是做什么的？"

梵孟天忽然明白，黄眉老祖的生意是怎么做得这么大的。齐天大圣的花果山是天地间的福地，生活在那儿的猴子也不会太弱。一般的人和妖怪哪能屠得干净。但如果那些人和妖怪都有些法器就不同了。想到这里，梵孟天问道："你卖给他们的法器？"

"怎么可能？怎么可能？"黄眉老祖又回到自己的位置上，高高地坐着，摇晃着脑袋说，"看你挺精明的，怎么就这么傻？我哪有那个胆子做这事，做这事。"

"不可说？"梵孟天问。

"不可说，不可说。"黄眉老祖答。

梵孟天点点头，心知这金铙黄眉老祖是铁了心不会打开，不然也不会说出来这些秘密拖延时间，想必过不久就会有个大人物到来。梵孟天看了看手中的金铙，已经变回原来的样子，看不见其中的猴子。他在手中掂量一下，又扔给了黄眉老祖，说：“你不把它打开，我也无可奈何，还给你。”又转身对猪妖和大汉说：“我们走。”

大汉便跟在梵孟天身后，可是猪妖还是耿耿于怀，不愿离开，却被梵孟天传音之后，也跟着走了。临走时，黄眉老祖还看到他好像在嘲笑自己。

那黄眉老祖躺倒在自己的宝座上面，一只手在空中摇晃，小雷音寺中的碎石都飘在空中回到自己原先的位置上，那些变成石像的菩萨和罗汉却都被黄眉老祖扔出了小雷音寺，这些人他早就看腻了，正好可以换一批。

“走了好，走了好啊！不像那群臭猴子，真以为这些法器是我自己的买卖。还不都是那些神佛见不得光的买卖，趁猴子戴着金箍，便灭了花果山上下。西天的送到东海去，东海的又搬到天上来，真是不亦乐乎，不亦乐乎啊！”

“下一批运到哪里？哪里？”黄眉老祖翻出地图，在上面找着记号。

“阴曹地府你送不送。”

“地府的单子我不接。”

黄眉老祖听到声音之后下意识地回了一句，忽然意识到这小雷音寺里已经没有其他人。吓得他直直坐起来，四处查探着问：“是谁？谁？”

“你座下的人。”

“阴……阴曹地府？”

还没等黄眉老祖说完，一阵金光在他的宝座上闪起，他连忙跳到一旁。宝座也变化成金铙的样子，原来他一直坐在金铙上面。黄眉老祖万万没想到，他刚刚说的话，猴子听得清清楚楚。此刻金铙通体散发着金芒，却能见到其中的黑气极为浓郁，其间有个身影好像一只猴子。那身影双手双脚撑住金铙，身体一挺，金铙应声而裂。金铙碎裂的声音传出小雷音寺几里，梵孟天坐在山下微笑不语。

“你好大的胆子！花果山！花果山！好！好！好！你们！你们都很好！今日我送你一程，免得日后报仇落下了你！”

“你、你、你！”黄眉老祖看着眼前的人，身穿黑甲，妖气绕体，头上黑冠，脚下踏云履，手中一根铁棒两头各有一个金箍。

黄眉老祖自然认得那铁棒，天上地下，谁不认得那铁棒！

“齐天大圣！你是齐天大圣！你应该被关起来的！你应该是斗战胜佛！不！”

黄眉老祖只能见到那好似天盖的铁棒砸下，随后那惊天动地响彻天穹的声音，他便没有机会听到了。尘埃落定之后，小雷音寺化作一片虚无，这山变成了盆地。

齐天大圣身披黑甲，站在空中威风凛凛，手中金箍棒又变回了七尺，只长握在手中，他望向天空层层白云之上，那里正有一个巨大的虚影凝聚。那是佛的影子，就在他凝聚完成的一刻，齐天大圣举起金箍棒冲破层层白云砸过去。那虚影也伸出手去迎下这一棒。

没有惊天动地的声响，一切悄无声息。

天空中只散发出耀眼的金芒，穿过云层，照在地面上。云层出现了一个巨大的空洞，能看到那之后的金色身影渐渐散去，露出了背后的蓝天。许久之后，有一群飞鸟飞过，还有一块金色的石像落下。

齐天大圣，悄然无踪。

梵孟天几人来到盆地的中心，看着那长成猴子样的金色石像，就近休息下来。

夜晚的时候，这里能见到不少的星星，也能听到不少祈福的声音。那是难民们自发来祈福的，因为在那天的巨响之后，他们见到了真佛出现在天空中，伸出遮天巨手向着那不起眼的黑点一握。之后，这害得他们流离失所的小雷音寺就不见了。

“我佛慈悲。”

梵孟天在睡梦中听到身旁有人说话，睁开眼，发现是猴子披着袈裟。

第十章　是非难辨真与假

“你说的那个是非之地还有多远？”梵孟天一行走在宽阔的路上，只是这路应该是很久都没有人走过，遍地杂草，走起来有些吃力。梵孟天几人中，多了一个穿着白衣的青年，那人剑眉星目、气质非凡，一身白衣白袍走在几人最前方带路。

“就快到了，过了这个山，就到了。”白衣少年指着前方不高的小山丘说道。

梵孟天看着那山，偷偷地叹了一声，这山虽然不高，但未免也太大了一些，虽然爬着不累，但是要走的路程多了不少。本来这么长的路程，梵孟天都不用自己走的，骑着马，看看风景就过去了。但是现在不同，因为那匹马现在正在最前方带路，自己总不好趴在其背上。

再回头看看猴子，发现他们几个人确实都不觉得这路程太长。梵孟天这时候心里想着，或许是他们几个人走习惯了罢。

白马本来是马的样子，驮着梵孟天赶路。但是，有天早晨，梵孟天一觉醒来，发现白马不见了，变成了一个白衣少年。后来才知道，原来这个少年就是白马变化而来，因为感受到主人的气息控制不住变化，才变成人形。

在路上，少年告诉梵孟天，感受到主人气息的地方是是非之地，并不是那里战乱频繁，而是那里充满了一种奇异的力量。每一个踏入那里的人，都会在是非之地中幻化出另一个自己，幻化出的那个人有着和自己一模一样的外貌、法力，但是性格截然不同。在那里生活的人，大部分都是曾经去过那里的人留下的幻影。也有一小部分外来的人生活在那里，离开这个是非之地的，则是他们的幻影。

“是非难辨真与假。”白衣少年在前面开路，说道，“主人说，这里就是世间唯一非黑即白的地方。”

“非黑即白？”梵孟天冷哼了一声又说，“如果一切都非黑即白，那还有什么意思？”

晚上休息的时候，正在山顶，远远地能看到那个是非之地。灯火阑珊的街道，隐约看到来来往往的行人。在正中央，有一个巨大的水幕，倒映出那里的灯火阑珊。

“小白，你知道那水幕是做什么的？我看不像凡物。”梵孟天问一旁的白衣少年。

白衣少年眼中露出追忆的神色，嘴角带着笑意说道：“那是主人留下来的诞生之地，过去的是非之地，只要踏入，就会在身边产生幻影。可是有的幻影本性狂暴，也因此害死了不少人。主人便用大神通引来忘川水，在是非之地中央做了片水幕，从那以后，每个人的幻影，都会在那水幕中出现。”

“原来如此。”

梵孟天听完之后恍然大悟，心中不由得佩服。

深夜，一行人都睡了之后，白衣少年却迟迟不能入眠。这里，主人的气息太重，让他不能安眠，但这气息又让他觉得缥缈不定，也不知道主人究竟在不在这里。辗转反侧的时候，他发现一旁的猴子也只是在打坐，没有入睡。

“斗战胜佛，你为何不睡？”

“心中有经，不能安眠。”

白衣少年腼腆地笑着说：“依我看，斗战胜佛不是心中有经，是心中有镜吧。”

“你这畜生，知道什么？”猴子脸色变化，却还是平淡地说着。

白衣少年却也不恼，说：“主人第一次带我来这是非之地的时候，这里出现了一条黑龙。那条龙每一片都是逆鳞，长相丑陋，却凶猛无比，看了我一眼就让我瑟瑟发抖。可是主人却笑着说，此乃玉生之龙。说罢，就把那龙收到袖中，变成法相送与我。”

“你是白龙？”猴子的话听不出喜怒。

“是啊，因为那黑龙也是我。”白衣少年笑着说，说完便抬头看起星星来。这天，有星星，有月亮，星星很少，月亮不亮，照在少年一半脸上，黑白分明得有些吓人。

少年又说：“所以啊，和尚说得也对，非黑即白就没什么意思。现在的我只想着主人，不会焦不会恼，无趣得很。”

猴子看着少年，白衣少年也看着他，两人的表情微妙，猴子现在又披上了袈裟，连爱与恨都找不到了，哪里还有心思去管什么黑白。他轻笑一声，打坐睡了。

猴子睡了没多久，大汉不知道从哪里冒出来，看看少年睡了没有。

“你做什么？”少年被大汉惊到，有些不满地说。

大汉坐在一边吞吞吐吐，仿佛不知道该说些什么。等到白衣少年不耐烦了，才连忙说：“如果找到你的主人，能不能请他将我送回天上。”

少年想了想说：“这个我不知道，据我所知，主人当年也是从天上下来的，至于原因我并不清楚。如果可以的话，我一定帮你求情。”

“多谢，多谢。”

大汉听了少年的话，连连道谢，之后就跑到一旁休息了。

其实，猪妖和梵孟天也都没有入睡，毕竟将要去一个如此奇异的地方。梵孟天所想，都是铜镜的魂魄、琉璃的下落，只是这地方是少年领来，只有他主人的气息。自己寻找琉璃这么久，竟然一点消息都没有得到，梵孟天失落得很。

猪妖却在想自己的幻影会是什么样子，如今自己人相是猪形，妖相又是人形。真算得上是人不人，妖不妖。自己只是想变成一个人，走遍了天涯海角却没有办法，如果这里的幻影人是人，妖是妖。那么，自己留在这，让那幻影走出去，是不是更好？

夜更深，忽然下起了雨，不大，凉凉的，落在是非之地里。街道上全是灯光的影子，水幕躲进雨幕，天幕躲进云幕。不多时，灯火阑珊已经看不见，淅淅沥沥的都是幻影的样子。

雨停的时候天还没亮，白衣少年从打坐中清醒，他在树下没有被雨浇湿。睁开眼睛之后，他才发现一旁的梵孟天靠着树看着自己。

“早。”梵孟天看到少年发现自己之后，主动打了招呼。

“你也早。”少年看着梵孟天说。

“日有所思，夜不能寐。”

少年又是轻笑，说：“到了这个地方，谁都是睡不着的。”

“什么时候启程？”梵孟天问。

少年看看天，又看看还在睡的几个人，说：“再等等，天亮吧。”

“你好像不急了。”

“都到这里了。”

沉默，两人忽然沉默，又忽然被梵孟天打破：“你有没有想过，万一……你的主人……”

“那我会去另一个地方寻找，直到见到他为止。”

少年看向梵孟天的目光坚定不移，那样的少年，梵孟天很熟悉，一如曾经的自己。他忽然笑了，拍了拍少年的肩膀，站在一旁看着初升的太阳。光芒一点一点撒向大地，照到猴子、猪妖还有大汉的时候，他们已经清醒。

“出发。”

不到半日，几人便进到了是非之地。他们踏入其中时，便有水流轰鸣的声音自远方传来。白衣少年说那是幻影在水幕中幻化的声音，等到他们走过水幕时，那些幻影就会走出水幕了。

“水幕的另一面乃是非之地的倒影，我们的幻影和我们一样，都是从边缘走向中心。”

白衣少年这样解释。

梵孟天几人领会意思，明白是一定要到中心去看一看了。走着走着，猴子忽然想到了些什么事情，问白衣少年：“小白，你之前所说，是不是本体和幻影只能有一个走出这是非之地。”

白衣少年点点头。

“那如果两人都想离开呢？”

白衣少年眼中露出一丝惊惧，他曾经目睹过这样的事情，声音都有些颤抖：“本体和幻影会决斗，决定哪一个能离开。”白衣少年喉结上下滚动一番，又说道：“如果是弱者还好，但如果是强者的幻影，那样的决斗绝对会生灵涂炭。”

听了少年的话，一行人又开始沉默，这个地方的奇异前所未见。如果真的发生这种情况，究竟选谁留下，谁离开。这是个很大的问题。

“本体和幻影的实力相较如何？”梵孟天问道。

“不相上下。”白衣少年答。

猴子却在一旁冷哼一声说：“能与我不相上下的幻影？”

其余人没有说话，他们知道猴子有他的傲气，只是那傲气不仅仅因为他现在是斗战胜佛，更因为他曾经是什么，只是他自己都不记得了而已。

说话的时候，水幕发出的声音已经听不见了，只能远远地看到天空中照映出忽明忽暗的光。

几人话不多说，加快了脚步，到了城门之下，发现那城门紧闭。

“没道理啊。”白衣少年看着紧闭的城门，疑惑着，“哪有大白天关城门的。”

“帘子，把门打开。”梵孟天说。

大汉点点头，手中掐诀，法力一涌，那门便自动打开。门刚刚打开一条缝隙，一股混着腥味的风便吹了出来。

等到门全部打开，露出街道，那场景让梵孟天一行人惊愕不已。门后的街上没有熙熙攘攘的人，也没有摆满街道两旁的摊位。摊位散乱地落在地上，又被一具具尸体盖住，鲜血染红了地面，腥气冲天。

又是一阵腥风吹过，狂风将城中的房屋吹倒，灰尘弥漫在半空中。

梵孟天几人见状，知道事情蹊跷。在这是非之地生活的人，不论是本体还是幻影，多多少少都有些法力，就这样被人杀掉，一点反抗的迹象都没有，那么下杀手的那个人一定强大无比。

白衣少年心急如焚，只喊了一声“主人！”就化成云雾，还没等梵孟天几人反应过来，已经飞进城中了。

梵孟天担心少年安危，便吩咐着说：“我们几人分开找他，一旦发现就把他带回到这里。”

猴子点点头便不见了身影，大汉也走进了城门中。只有猪妖还在犹豫，梵孟天看看猪妖，向他点点头，自己也腾空飞进城中，只剩下猪妖一个人在城外。猪妖左看看右看看，身上抖了几抖，还是化成妖相飞进城中了。

是非之地的城池占地极大，但对于梵孟天几人来说却不算什么。不到一刻的时间，就已经查看完了这里，却没有半点少年的影子。几人回到城门口，不知如何是好。

猪妖推了推梵孟天，用手指着城池正中央的水幕。梵孟天明白了他的意思，便说：“他可能是进到水幕中了。”

“他可没说过本体能到其中。”猴子双眼微微眯起来。

“他的法相是条长满逆鳞的黑龙，就是从那里出现的。”梵孟天说着，又向城中走去。几人跟上之后，猴子忽然开口问道："你怎么知道他法相的事。"

"你们昨天说话的时候，我听到的。"梵孟天的解释干脆利落。

可是到了水幕旁，却仍然没有发现少年的踪迹。猪妖第一个走到水幕旁边，伸手接触那片水幕。却发现这水幕好像只是普通的流水，很容易就穿过去，到了背面，并不像少年所说那样神奇。

"是不是因为我们不是幻影？"梵孟天问道。

"这少年一定是进到其中了。"大汉也有些心急。

"如果我们吸收了自己的幻影，便能走进去，只是……"

到了这时候，梵孟天终于发现这个是非之地的怪异，他说："我们几人进到这里这么久，可曾见过自身的幻影？"

猴子三人纷纷摇头。

梵孟天又说："就连那些死去的人中，都没有我们的幻影，说明我们的幻影根本没在这里出现过。"

梵孟天说完，几个人的表情凝重起来。他们发现身旁的水幕中出现了一个漆黑的影子，看不清具体的样子，只能隐约看到那个身影身披盔甲，脚踏云履，头顶两根长翎微微晃动，手上抓着个什么东西向外走来。

梵孟天几人连忙退后，而那个身影却在出水幕的前一刻停了下来。

"和尚，猪妖，天神，佛，还有一条……"一个熟悉的声音从水幕的另一端传过来，梵孟天几人听了之后都看向猴子。

那个声音与猴子一模一样。

那人影说着，伸手一扔，一条白龙就被扔出水幕，在半空中不断变大，最后重重地落在梵孟天几人身后的街道上。

"龙。"

白龙被那人重伤，身上全都是伤口，正在不断流血，奄奄一息。梵孟天就要去救白龙，却发现自己无法飞出这水幕的范围。他惊愕地回头，看到那人正从水幕中走出来。

“那条龙快要死了，你不用去救了。”

那个人从水幕中走出来，手中拿着一根漆黑的铁棒，两端各有一个金箍，一身黑甲威风凛凛，邪气冲天。

猴子见到此人，瞳孔收缩，铁棒也在手中幻化而出。

这人不仅声音与猴子一模一样，就连样子也是。

这人便是斗战胜佛的幻影。

猴子将铁棒立于身侧，身上袈裟开始散发出金色的光芒，问道：“你是何物？”

假猴子邪笑着说：“我就是你。”

说罢，手中铁棒一横，就要打砸过来，口中还喊道：“棒子可不是你那么用的！”

猴子见假猴子出手，自己也连忙招架。两根铁棒接触的一瞬，发出震天巨响，震得剩下几人脑袋嗡鸣，震动传到白龙身上，让那些伤口又加重了几分。

“妖孽，不过是我幻影之身，也敢造次？”猴子法力涌动，双方打得难解难分。

梵孟天见两只猴子不相上下，便出手相助。猪妖与大汉见此情景，也纷纷加入战局。梵孟天意在速战速决，告知猪妖与大汉千万不能拖延，不然白龙性命堪忧。

猴子与假猴子在半空中打得难解难分，忽然发现梵孟天三人赶来，正想质问，却因为分心差点被假猴子砸中。猴子连忙一个闪身躲开，拉开了与假猴子的距离，而此时假猴子铁棒还没收回去，在半空中给了梵孟天三人机会合力压制。

假猴子被束缚在半空中，冷笑着看着地上的猴子，也看着飞到白龙身旁的梵孟天，说：“你真的以为就凭这种法力就能束缚住我？”

梵孟天抬起头，发现假猴子的位置正在太阳的正下方，阳光晃得他看不清假猴子的表情。但手上他还是将法力输给白龙，半刻不敢停歇。

半空中的假猴子又说：“你们三个，和尚、猪妖、天神，早就是我的手下亡魂。”梵孟天听到之后，手中法力一滞，再想运转的时候发现好像在搬运千斤巨石一般，苦难无比。一旁的猪妖与大汉也是同样的感觉。

梵孟天发觉自己无能为力，只好站起身，看着半空中的假猴子，问：“我们几人从没见过我们的幻影，都是被你击杀了罢。”

“正是如此。”

假猴子撑开了束缚，好像撕开一张纸一样轻松。然后飘到猴子面前，对他说：“那群废物不堪一击，你竟然还与他们为伍。那三人也就那个天神有些法力，剩下两个都微不足道，你是怎么想的，竟然会跟随他们。”

猴子没有说话，直接法力涌动，手中铁棒砸向假猴子。可是假猴子却不躲不闪，任由猴子的铁棒砸过来。只听见金铁相交的声音，假猴子被铁棒砸中却纹丝未动。

“你也不过如此。”

假猴子抓住斗战胜佛的铁棒，在手中狠狠地一握，竟然将那铁棒捏断。趁着猴子还在惊愕中，将其打飞出去，正落到梵孟天身旁的街上。

那假猴子站在水幕旁放声大笑，高声说道：“从此刻起，天上地下，再没有斗战胜佛！只有我齐天大圣！”

齐天大圣，四个字在天地间翻涌，化成狂风吹遍大地，无论是凡间阴间，西天或者是天庭都能听到这狂妄的声音。

滚滚的云涌动，日月齐出，好像是上天在注视这是非之地的一切。

“现在，一切都该结束了。”

假猴子从水幕走过来，手中铁棒高举，法力催动之下化成了百丈高几丈粗细的铁柱，向着斗战胜佛的方向砸去。

只听见“砰”的一声，随后便是地动山摇。梵孟天这时候法力不能运转，跌坐在地，看着自称齐天大圣的假猴子若有所思。

那铁棒再回到假猴子手中的时候，地面上只能看到一个深深的大坑，见不到猴子的踪影，假猴子走到梵孟天身旁看着他说：“你还有什么遗言，可以赶快说出来。”

梵孟天也看着假猴子，看着他那两根长长翎子，笑了起来。

“你这和尚，死到临头也能笑得这么开心。”

“我笑，不是因为我死到临头。”

假猴子眼中光芒一闪，手中铁棒便举起砸向梵孟天。那铁棒落下之时，好像没有遇到任何阻碍一般，在地上砸出一个深深的棍印。

“不堪一击。”假猴子嗤笑道。

猪妖与大汉见状，心急之下冲杀过来，被假猴子一一打飞。而后，假猴子便转身走向水幕那里。

“我若是面对真正的齐天大圣，必然是不堪一击。奈何，你不是。”梵孟天的声音忽然又传到假猴子的耳朵里。那声音好像一根根针扎在他的耳朵中。梵孟天还在继续说着：“你知道这漫天神佛为何会投下目光吗？你真的认为是因为你这个假齐天大圣吗？你的法力确实强大，但只能做到一件事情。”

“什么事情？”

“解开封印。”

“你说什么！”假猴子猛然转过头，却被惊吓地退后了三步，好不容易才稳住身形，口中还喊道，“你！你！你！”

假猴子转过身后看到梵孟天虚弱地瘫坐在地上，他的身前，猴子站在那里。只是这时候猴子身上的袈裟变得破旧不堪，而且正不断变成灰烬，猴子的眼睛也慢慢变成金色。袈裟下面是一套金色的铠甲，脚下青云履，头上两根金翎在阳光下恍若透明。猴子在身前摊开手，一丝丝金芒在手上汇聚，最终变成一根金色的铁棒。

那铁棒通体金色，两边各有一个金色的箍。

此时，风起云涌，漫天乌云，雷雨大作。一道闪电劈下，将齐天大圣挥舞金箍棒的身姿映刻在半空中。

假猴子竟然连半刻都抵挡不住，就成了齐天大圣的棒下亡魂。

梵孟天坐在地上，看着眼前这个金光闪闪的身影，终于体力不支昏倒过去。最起码现在，性命无忧了。

假猴子死后，变成了一团黑气，盘旋在半空中。齐天大圣伸手将其吸进体内，发觉这团黑气竟然与自己同出一源。只是，这团黑气中的力量，自己好像曾经拥有过，只是在很长一段时间被剥夺了。

天空阴云散去，日月同辉，漫天洒下七彩光芒，隐约中，天上显露出两个巨大的身影。

一个在西方，一个在东方。

“斗战胜佛。”

那两个身影异口同声地说。

“我是齐天大圣。玉帝，如来，好久不见了。”齐天大圣将手中金箍棒插在地上，霎时间脚下的土地便抬升起来，变成一座高台，齐天大圣站在上面与整个天空中最强大的两个人对视。

“你与我们斗了许久，为何仍然执迷不悟？”

“你们与我斗了许久，为何还是执迷不悟？”

齐天大圣傲然地站在与天同高的位置上，手中的铁棒越抓越紧，迎着天空中两只大手砸去。

九天之上，光芒四溢，三界生灵都听到那响彻天穹的打斗声，看到了点亮寰宇的光。

白马驮着昏迷的梵孟天向着城外走去，猪妖和大汉法力已经恢复，虽然还有些伤势，但已经无碍。

是夜，梵孟天睡足之后醒来，发现已经在是非之地外。

猪妖与大汉躺在草地上睡得正香，白马卧在另一边。猴子又没了齐天大圣的装扮，披上了那身袈裟，他忽然睁开眼看向梵孟天这边。

“猴子，你看什么呢？”梵孟天笑着问道。

猴子摇摇头，好似盲人一般说：“我看不清。”

梵孟天皱起来眉头，仔细看去，发现猴子的眼中又多了一道八卦的图案。

第十一章　黑风山神佛辟易

自古人间就是嫌贫爱富的多，爱美嫌丑的更多。

梵孟天本来应该明白这个道理，可是在上一次伤得太重之后总是会忘掉。所以他才会一次一次地看着猪妖耷拉着脑袋回来。

“还是没化到缘？”梵孟天问道。

这时候猪妖的法力弱了一些，应该也是上一次的伤势造成的。只是猪妖的体质特殊，受了伤，虽然伤势会恢复，但是流失的法力却怎么也补充不回来了。现在的猪妖，人相与妖相面貌上的差距又渐渐变小了。

因为人与妖的界限变得接近，这时候猪妖便回答：“嗯。他……他们，不开门。”

“猴子，还是你去一趟吧，毕竟你长得像人。”梵孟天又对猴子说。

猴子从打坐中睁开眼，神色迷茫地看向梵孟天，眼神空空，好像一个盲人。

“算了。”

从是非之地出来之后，猴子的眼睛里就多了一道封印，那是来自天庭的封印，与袈裟不同。

“帘子，你不要乱走，走丢了我们还要去找你。”梵孟天决定自己去化缘，嘱咐一声之后便骑着白马离开了。

“小白，你是怎么确定这个方向有你主人的气息？你又感知不到距离，万一是在另一边呢？”梵孟天在路上无聊，荒郊野岭，只有几户散居人家，还都相距甚远，梵孟天只能和白马说话解解闷。

白马张张嘴，口吐人言：“主人的气息飘忽不定，但都是从这一个方向传来的。”

梵孟天点点头，愁容满面地看着天空，好像自言自语地说：“可是，这个方向，是西方啊。”如果白马的主人真的在这个方向，那么这几个人里面就只有梵孟天不愿走向那里了。毕竟，琉璃为了保护他才被佛重伤，散了魂魄。可是，如果说这世间只有一处能恢复琉璃的魂魄与身躯，那也一定是西方极乐。梵孟天想着，眉头也皱了起来，竟然不自觉地长长地叹了一口气。

山林间的路说长也长，说短也短，转过一个弯就是另一番景象。梵孟天在马背上看到山下炊烟袅袅，人声鼎沸，以为是个村落。再仔细一看，发现是一间寺庙，这时候正有人诵经，声音传出老远。只是，这经，梵孟天从来没听过。

之后，梵孟天便让白马回去报信，自己在这个地方等着。他也想下山看个究竟，但是法力还没恢复，要是这寺庙再有一些古怪，自己可能会有危险。毕竟，走在路上这么久了，遇到的古怪那么多，说是没有人安排，恐怕没有人会相信。

好在白马脚力快，没一会儿工夫便带着猴子三人过来，见到寺庙之后就要下山。这时候，寺庙里面的经早就念完了，梵孟天也没办法让猴子分辨一下是什么经。虽然猴子现在眼睛不好使了，但是耳朵还是能用的。梵孟天只好草草地说了一声，这个寺庙念的经自己从没听过，叮嘱了一下，几人就一同下山了。

到了寺庙，自然是梵孟天去敲门。

那开门的小和尚看看梵孟天，又看看梵孟天身后三个奇形怪状的人物，一溜烟跑回庙里叫住持去了。

住持请梵孟天等人到客堂，又拖拉了好长时间。

“各位游历各方，想必佛法造诣精深。”住持见梵孟天几人仪表不凡，请几人落座之后还送上来一些茶水。

“哪里，哪里。”梵孟天客气地应承着。

他们几个人，虽然的确游历各方，见识不凡，但要论佛法可能连这个寺庙里面的一个小沙弥都比不上。

梵孟天又说：“我们几人误入山林，不知退路，还望住持收留我们过一夜。”

住持显得很高兴，不假思索就答应下来，“好说，好说。我这就让人为几位安排房间与斋饭。”

“有劳住持了。”

梵孟天站起身行礼，住持也站起身回礼，只是动作看上去有些笨拙，而后还憨憨地笑了一下。

“这个寺庙看上去不怎么样，里面倒还不错。”猪妖躺到床上哼哼唧唧半天才说完一句话。这个房间确实很大，一个房间里有四个卧室，院子里面还有一个马棚，刚刚好够他们四个人住在这里。

这时候，大汉正在门旁边摆弄帘子，猴子又在床上打坐。梵孟天却在房间里面来回踱步，一副心事重重的样子。

“和尚，你觉得这里有古怪？”猴子忽然睁开眼睛问道。

梵孟天看一眼猴子，说：“你眼睛不是不好使吗？怎么看出来的？”

“听出来的，你走路的声音太大了。”

“我觉得这个住持不是凡人，倒像个妖怪。”梵孟天说出了自己的想法。

猪妖却不以为然，讥笑着说：“和尚，你……你看谁都像妖……妖怪。”

梵孟天没有理会猪妖的话，仍然问猴子：“你还记得你眼睛如何看不清的吗？”

“生来如此，怎么了？”猴子皱皱眉头，不知道梵孟天究竟为何问他这个事情，在他的记忆中，生下来的时候眼睛就看不到东西，修习了佛法之后才能慢慢看到一点光。

猴子回话后，梵孟天看着猪妖歪歪头，没有说话。猪妖却已经从床上坐起来，大汉也来到了附近。梵孟天话中的意思也很明白，如果这个住持是个妖怪，那么十有八九是朝着齐天大圣来的。

“你觉得可能吗？”大汉问猪妖。

猪妖点点头，虽然他觉得梵孟天做事过于小心，可是细细回想，他也发现了一些住持的异常之处。

此时，一旁的猴子听得云里雾里，他不懂自己生来便看不清的眼睛为什么会变成这几个人做出推断的原因。只是梵孟天又对他说：“你记错了一些事情，也忘记了一些事情，那些才是我们说的关键。”

猴子皱着眉头，他听不懂梵孟天的话。他由出生到现在的事情历历在目，记得清清楚楚。他说出来反驳梵孟天，却又被梵孟天反驳回去。

“你记忆中有人会记得所有事情？”

猴子发现，好像真的只有他一个人，能记住所有的事情，每一丝每一毫都清清楚楚。

“我天赋异禀。”

“可你却记不清自己的寿数。”

“我一百一十二岁。”

“你也是修行之人，自己好好内视一下再说。”

猴子疑惑内视一番，发现了一些怪异，但是没有说出来，不声不响地装作睡着了。梵孟天吩咐猪妖和大汉注意夜间寺庙里面的动静，便躺下了。猪妖和大汉相互看了一眼，施了法术在房间里，也安稳睡去。

到了夜晚，忽然风雷大作，就是看不见一滴雨。狂风卷折了不少半山腰上的树，枝叶都落到了寺庙附近。一夜过去之后，已经没有路能走出去。

住持在客堂里面提议让梵孟天几人多留一日，让和尚们把道路清理出来再离去。梵孟天几人只好答应。而后，住持又安排将梵孟天几人带到另一个房间，这间房子比之前的更大一些。这让梵孟天几人困惑不已。

住持还在梵孟天几人入住之后，亲自送来斋饭。他清瘦的身躯走起路来却总是摇摇晃晃的，好像是个胖子。

“不知几位可吃得惯我们这里的饭菜？”住持将斋饭放在桌子上问道，还四处打量了一番屋子，忽然指着猴子坐着的位置说，“这里原来是我们寺庙上一任住持住的地方，那个位置，是他最喜爱念经的地方。”

猴子这时候还在思索自己记忆的事情，随口问道：“你们这庙念哪家的经？”

“说来惭愧，我们小庙得不到秘传佛法，只能念一些杂经。”这住持表情黯然，说话间竟然有些歉意。

猴子倒是觉得平常，便说：“杂经也是经。”

住持听到猴子的话之后，忽然跪在地上，叩头说道：“请我佛赐经。”

梵孟天几人没想到住持这一番动作，原以为他要施展什么法术，却在听到请猴子赐经时面面相觑起来。而猴子却坐在那里看不出喜怒，说：“你先念念你们的经。”

那住持盘膝坐在地上，开始念经。经文不长，却十分拗口，不到十遍，汗珠已经从住持额头流了下来，猴子却没有让他停下来的意思。直到一百遍之后，那住持才体力不支瘫坐在地，大口喘着粗气说：“念不动了，实在念不动了。”

猴子眼睛微睁，看着住持模糊的身影，黑漆漆的一片。刚刚这个住持念的经自己很熟悉，但又好像全然没有听过，思索之下便自己念了起来。这一念不要紧，经文在猴子口中滔滔不绝，仅仅一遍就有住持念的上百遍长，惊得梵孟天三人说不出话来，而住持却在地上认真地记着。

等到猴子念完，那住持连连叩头感谢。

“谢我佛传经之恩。若我得道，必扬善除恶，保我一方太平。”说完便退出了房间，关上门的时候，住持的脸上终于忍不住笑意，无声地笑了起来。

房间里面，梵孟天询问：“猴子，你刚刚念的什么经？”

猴子摇头。

“不知，不知。那不是经，是个咒。不知是什么咒。”

“咒？”梵孟天低声说着。大汉忽然问道：“斗战胜佛，你可有什么法宝？”

“铁棒一根。”

大汉也不作声了。猪妖看看梵孟天，看看大汉，也不知道他们在思索什么，索性找了张床就睡下了。猪妖一睡，困意四散开来，梵孟天和大汉相继躺下，猴子也在打坐中休息。

这晚，不知道什么时候开始下起雨来，风也随着雨一起刮。寺庙中的和尚都躲在房间里，纷纷就寝了。所有人都睡熟的时候，忽然电闪雷鸣，一道闪电劈到山上，点燃了一棵老树。只是因为大雨，烧在外面的火很快就熄灭了，唯有中空的树干还在发光发热。

第二天早上，梵孟天几人被院子里忙碌的声音吵醒，走出去一看，发现是和尚们在搬柴火，便拦了一个和尚询问为什么清早将这些柴火搬来搬去。

那个和尚说，昨晚山上有雷劈下来，劈了几棵树，有几棵烧成了木炭，就要存起来。

梵孟天点点头，觉得这个寺庙生活还真是节俭，就连木炭都要等天公作美，也没多想就回到房间里收拾行囊。

“好了，在这里逗留了几天，我们也该走了。”梵孟天收拾好了行囊对着其他人说道。听到梵孟天的话，猪妖从床上翻下来，看着屋外还没有干透的地面，翻了翻白眼。

几人原本打算告别住持之后就启程，可是住持偏要留几人吃过午饭再走，无奈之下，梵孟天几人只得等到吃过午饭。之后，又被住持办了一场送别礼，等这些事情都做完了，时间也不早了。梵孟天先让猪妖、猴子还有大汉离开，自己留下来向住持讨些斋饭晚上吃。住持爽快地答应后，依依不舍地送梵孟天离开。只不过梵孟天觉得这个住持的目光总是放在远方，猴子几个人离开的方向。

出了寺庙，天又开始阴了起来。

“现在也不是梅雨时节，怎么总下雨？”梵孟天坐在山洞中的篝火旁，看着洞外的天气。

猴子这时候从洞外回来，手里拎着几个野果，说：“奇怪得很，这山林里面竟然连一只野兽都没有。”

“你是猴子，吃些果子就够了。”梵孟天打开了斋饭，自己吃起来。

大汉看着外面的天空，好像在想些什么，忽然开口说道：“今天的天有些怪。”

猪妖慢吞吞地说：“下……下了几天雨，你就今天看出来怪了？”猪妖说完还笑了笑大汉，自己走到梵孟天身边抢他的斋饭吃起来。梵孟天看到猪妖过来，也没多想大汉的话，把碗里面的斋饭和猪妖分了。

大汉摇摇头，又自言自语着说：“或许是我想多了。”

这天晚上的风依然很大，雷声也很大，但是没有雨。不间断的雷声吵得猪妖之外的人睡不着。梵孟天翻来覆去躺得不舒服，站到洞口看看外面的天气，目光转到寺庙的方向总觉得有些奇怪。

“帘子，你来看看。”

大汉走过来看着寺庙的方向，那里一片漆黑，看不到半点光亮。大汉没看出个所以然，问道：“怎么了？”

“这么大的雷声，怎么可能所有人都睡着，总该有些灯火的。”

“也许是白天太累了。”

梵孟天不置可否，只是心中有些忧虑，隐隐觉得今晚会有事情发生。

天幕的阴云越压越低，雷声也越来越近。本来吹卷着的狂风也不知何时停止。清醒着的几个人都觉得有些压抑。

“你们说，这天气会不会与那段咒语有关？”梵孟天躺在地上，忽然睁开眼问身边的猴子和大汉。

“我觉得有可能。”大汉睁开眼睛，侧着头看着洞外的天空。暗红色的阴云好像触手可及，一声声闷雷响得更加频繁。

猴子这时候却忽然开口，说：“那咒语来自西天，如果与这天气有关，我也应该能感受到。”猴子闭着眼睛侧耳聆听着外界的声音，忽然皱起眉头说：“天上确实有法术，但不属于天，是地上的妖怪作祟。”

“斗战胜佛要去降妖吗？”梵孟天忽然戏谑地问。

猴子摇头说：“与我无关。”

突如其来的沉默被突如其来的闪电划破。那道闪电一瞬间照亮了天空，照亮了山林，照亮了那些只敢在这样的夜里出来觅食的野兽，吓得它们连忙跑回洞里。随之而来的轰鸣声震得山林枝叶颤动，流水迸溅。

闪电的光芒也照进梵孟天几人休息的山洞里，一瞬间，恍若白昼。而后的巨响又把洞内充满，一亮一响之后，竟然把熟睡的猪妖惊醒了。

“妖怪？”猪妖直接从地面上蹦起来，手中端着钉耙，一张脸变化得有些俊俏，但还是没脱出猪的样子。

“这里最像妖怪的也就是你了。”梵孟天半睁着眼睛坐起来，拉了一下猪妖的衣角说。

猪妖晃晃耳朵，收了钉耙，变回人相，坐到地上说：“刚才哪来那么大声音？”

“天上打雷。”

“那也太大了。”

“再大的声音也不关我们的事情，赶紧休息，明天好赶路。再不走，白马就自己走了。”

猪妖看了一眼洞外，刚刚被照亮的山林又变得黑漆漆一片，其中隐隐约约有几只野兽战战兢兢地在山林中觅食。远处好像有人家点起灯火，看不到有几户，但是很亮。猪妖打了个哈欠就躺下了。可是还没有闭上眼多一会儿，天就亮了。

“怎么这么快就天亮了。”猪妖闭着眼睛慢吞吞地说着，却听见梵孟天说：“别睡了，来看篝火。”

“哈？”猪妖不愿意地翻起身，揉了揉眼睛，才看到梵孟天说的“篝火”有多么壮观。

那火光冲天，几乎快要烧到云里。山林被照得清清楚楚，林间野兽看着那火焰都不敢动弹，炙热的空气涌进山洞里面，猪妖甚至觉得自己的肺都被热气充满。原来刚刚自己看到的灯火不是哪里的人家，而是闪电击中寺庙的房屋烧起来的火。

猪妖看到寺庙失火，就要冲出去，却被身边的猴子一把拉住：“你干什么去？”

猪妖回过头，焦急地说：“救……救火。救……救人。”

“凭你这法力，去了也是成烤猪，没有用的。”

“那……那你去啊！”猪妖回过头，看着梵孟天几个人，却发现他们只是站在那里，没有半点要去救人的意思。

梵孟天走到猪妖身边，拍拍他肩膀，说：“没用的，我们几个人去也没有用。”

猪妖愣在那儿，他不懂为什么，便问为什么。

“火是噬嗑雷火，天道罚罪才会降下。没有佛祖或者玉帝的法力，站在那里面连活下来都难。”梵孟天解释道，也难怪猪妖看不透这火焰。这么长时间下来，猪妖的法力不断衰弱，早已经不像当年。

“你……你说那里面的人，都有罪，才会降下天罚？”猪妖呆呆地看着燃烧的寺庙，好像想到了过去的事情，一字一字地问梵孟天。

梵孟天摇摇头，又点点头。

“不知，与我们无关，又何必管。”

“如果有关呢？”

猪妖颓然坐在地上，不理会其他人。大汉冷漠地看着那火焰，神色中还有些许赞赏，他本就是天神，天道罚罪，他自然不会违抗。猴子听了猪妖的话，思索一番，觉得这火必然与自己无关，也打坐休息了。

梵孟天却眯着眼睛看着那些火焰。那火焰烧得极旺，热气扑面，可是旁边的树木却一点都没有被点燃。

“有关吗？”

梵孟天不这么觉得，那些和尚确实是和尚，他也是和尚。或许，真的有关吧。

火烧了不久，天就开始下起雨。雨下得很大，很快，就像天池漏了水，把火浇灭了，雨也就停了。

“和尚。”猴子听到雨停了，忽然叫了声梵孟天。

“啊？”

“等天亮我们回一趟那个寺庙。”

“你要超度他们？”

猴子没说话，梵孟天也没有继续说。猪妖和大汉都听到了，也都没有说话。几个人心照不宣地在沉默中等着天亮，等着去看一看那一片被烧焦的地方。

废墟一片焦黑，除了石块，看不出原来的人与木头的区别。猴子站在废墟中央念着经，大汉在寻找有没有天火残留下来，梵孟天拿出铜镜却看不到这里曾经存在过的灵魂，猪妖坐在一块石头上暗暗叹气。

“没想到，你们这群人中，竟然只有那个妖怪有点人性。”一个很耳熟的声音从地下传出来，梵孟天几人纷纷凝神。

“别紧张，我不是那些和尚的冤魂。”一块地面忽然裂开，一只黑漆漆的手伸出来，指甲抠在地面上，抠出来几道指印。“我是这里的住持。”地面上裂开得越来越大，一只黑熊爬出来，身上还挂着残破的袈裟，袈裟下是一套黑漆漆亮晶晶的盔甲。

“我就说住持有些古怪。”梵孟天眼神一凛，身影一晃便与这黑熊交起手来，动手之前还不忘吩咐大汉拉住猪妖，不让他参战伤了自己。

梵孟天交手中发现这黑熊法力高强，自己一人不能匹敌，最终败下阵来被打翻在地。黑熊轻飘飘地落在一旁看着梵孟天几人笑着说：“你们几人于我也算有功，我可以让你们死得痛快一点。”

“就像那些和尚？”梵孟天站起来擦去嘴角的血。

“不不不，那些和尚可是天火重要的燃料，没了他们，天火怎么能烧这么长时间。”黑熊大笑。这让梵孟天几人脸色都变得不好看。

黑熊又接着说：“怎么？才明白？那些雨才是上天降下的，你们几个人就一点都没发现？”

“你放火又为了什么？”梵孟天眯着眼睛，冷着脸问。

“因为这个。”黑熊手中忽然出现了一个金色的圆环，又一指猴子说，“斗战胜佛，你可还认得此物？”

梵孟天回过头看着猴子，猴子看着那个圆环有些茫然。在场的几人里面，不知道那圆环究竟是什么的，恐怕只有猴子一人。

梵孟天道：“这黑熊竟然炼了一个金箍出来。”

黑熊刚要说话，却被重重砸倒在地上，激起一阵尘埃。尘埃落定后，梵孟天惊愕得发现那个油头粉面的猪妖拿着钉耙站在黑熊身后。猪妖双眼变成了红色，身后的莲花更是红得快要滴下鲜血一般，妖气纵横，一出现就引得风云色变。

猪妖站在黑熊身后，举起钉耙又是狠狠一砸，这一下，砸得大地颤抖，狂风吹卷，将梵孟天吹翻到一旁。梵孟天挣扎着起来，发现旁边还倒着一个人，是刚刚被猪妖误伤的大汉。

梵孟天连忙检查大汉的伤势，发现没有大碍，这才回过头看向猪妖的方向，喉结上下滚动着，一句话都说不出来。

猪妖像发了疯一样砸着黑熊。他不能说话，但是从喉咙间发出的声音，谁听到，都不会会错意。

那是猪妖的愤怒。

猪妖砸了好一阵，发现黑熊已经不动了，就用钉耙把他挑起来。这时候，黑熊忽然跳起来偷袭猪妖，又被猪妖用钉耙挡住，两妖便在空中交手。

梵孟天担心猪妖法力不支斗不过黑熊，便向猴子喊："猴子，你还在等什么？"

猴子却好像没听见梵孟天的声音，走到另一边，弯腰捡起来那个掉在地上的金箍。他忽然问梵孟天："你说，这与我有关吗？"

梵孟天不知猴子是不是想起来什么，只是此时猪妖正与黑熊酣战，也顾不得太多，说道："这金箍本来就是戴在你头上，你觉得与你如何？"

猴子默然，收了金箍，腾空帮猪妖战黑熊去了。

黑熊虽然法力强大，却也只与现在的猪妖不相上下，此时猴子再加入进来，黑熊一时便处于下风，心生退意。他使了个障眼法就要逃走，却发现猪妖追得正紧，一时手足无措被猴子一棒砸落在地。

黑熊口中涌着血，却还是笑着说："你们几人，就算打败了我，也杀不死我。"

"这只有我，"猴子落到黑熊身边说，"而且，我们也不须杀你。"说完猴子手中金光一闪，就离开了。废墟之中，只能听到黑熊的惨叫声。

猪妖还没清醒过来的时候，几个人仍然在山洞中休息，还能看到那片废墟中黑熊在挣扎着，好像要逃离那里却怎么也逃不出去。

"帘子，你怎么样了？"梵孟天轻轻咳了一声问道。

“没事了，真没发现，这只猪法力竟然这么强大。”大汉半坐着靠着墙壁，看着昏迷的猪妖感叹道。

“这一次，是我们三人都错了。”猴子拎着野果从洞外回来，随手把果子扔到大汉的身边。大汉拿起来一个吃了两口说：“猴子，你挑果子的技术不如猪啊！”

“现在他是人了。”猴子冷冷地说。

猪妖的脸还是油头粉面的样子，只是干爽了许多，脸上也多了不少皱纹，仔细看过去还能看到一些猪妖的样子。重要的是，现在他的体内已经没有多少法力了。

梵孟天抢过来一个野果说：“这是暂时的，他自己消耗的法力会自己恢复。”说完，咬了一口果子，梵孟天皱着眉头说：“猴子，你这技术真不如猪。”

猴子伸手就要把果子拿回来，同时说：“别吃了。”

“开玩笑，开玩笑。”梵孟天笑着说。忽然，他又听见黑熊的惨叫，皱着眉头远远看过去，问猴子：“你没杀了他，只把那个金箍戴在他的头上，还真不是你的风格。”

猴子眼中八卦转了一圈，说：“戴上那个金箍，神佛不喜，妖魔不容，也算给猪一个说法。”

梵孟天眼底闪过一丝狡黠，说：“那如果我们容得下他，神佛会不会收了他真做个和尚。”

猴子愣了一下，只是轻轻地摇摇头，全然忘了之前梵孟天说的话。

那只金箍，原先就是戴在他的头上。

第十二章　金银童子痴生恨

山林里，猪妖迷了路，找不到梵孟天一行人的行踪。

今天，应该是他来化缘，只是在深山老林里面找不到半点炊烟，猪想着再往远处走走，结果就迷了路。

这山林寂静得很，就连飞鸟也没有几只。不过，从林间倒是埋伏了不少野兽，发现了猪妖之后便扑上来捕食，每一次都被猪妖一钉耙拍死，看着倒在地上的野兽，猪妖心想干脆不去管那和尚、猴子和大汉，自己先在这里饱餐一顿再说。

尴尬的是，猪妖会的法术虽然驳杂，但是竟然没有一个是能生起火的。虽说他本来是妖，生食血肉也很正常，可是他还是很想变成人，这样一来，茹毛饮血，他就干不了了。猪妖看着那些野兽，无奈地摇摇头，继续向着山林深处走去。

另一边，梵孟天几个人找了一个山洞休息，等着猪妖化缘吃食回来，等了好久也没见到猪妖的影子。梵孟天有些等不及了，就要出去寻找，却被一旁的大汉拦了下来。

“这深山老林，你上哪儿找去？”

“我找不到人，自己也能吃些果子，不用在这个地方陪着你们两个神佛挨饿。”梵孟天是人身入魔，虽然已经达到不用吃饭的境界，可是还是会感到饥饿。但是猴子和大汉就不同了，猴子本是天地之灵，生下来就不用吃饭。大汉也是天神被贬，吃与不吃对他毫无影响，可能少吃一些凡间的食物对他来说还是件好事。

猴子稍稍侧过头听两人说话，也没言语。一旁的白马吃得饱饱的，正趴着休息，发现梵孟天要去寻找猪妖，暗地里摇着头，心想梵孟天要是去找，自己去便好，千万不要拉上他。

梵孟天烦得很，这猪妖现在法力变弱之后，人相的时候不再是猪头猪脸，可是也没变成那个白面书生的样子，长得丑陋不堪，就像人脸和猪脸揉捏在一起。现在猪妖不仅丑得厉害，说话也不流利，想来，还不如开始就让猴子去化缘。

这么想着，梵孟天也不想多走，虽然饿是饿了一些，但总归不会影响到自己，多等等也没什么问题。

还在山林里面的猪妖自然是不会知道梵孟天的这些想法，他发现自己正在变化中的面貌还是很开心的。这说明他正在一点一点地变成人，而不是曾经的妖。

猪妖顺着溪流走着，趁着太阳的余晖发现溪流下游竟然有青烟升起。猪妖喜出望外，便向着那个方向跑了过去，没走两步，就发现了一个巨大的石府。

那石府上没有山石，而是一朵巨大的玉莲。莲花下方，龙飞凤舞地写着几个大字：平顶山莲花洞。

猪妖躲在一棵树后面，偷偷看着那洞府，左看看右看看，犹豫了许久还是放弃了上去敲门的想法。

又顺着水流走了一阵，猪妖终于发现了一户人家。他连蹦带跳地跑过去，到了门前，整了整衣服，轻轻敲了敲门。

开门的是个小孩子，长着一头金色的头发。

“你是谁？”小孩子看到猪妖竟然不怕，只是呆呆地问道。

猪妖见到是个小孩子，便问道：“小朋友，你家大人在不在？我是个来化缘的和尚，讨些斋饭。”

那小孩了便转过头向屋里喊道：“是个丑和尚，要些饭菜。”

猪妖听到这小孩子的话，有些郁闷，脸上的表情有些僵硬。但想到毕竟自己是来化缘的，还是带着笑站在那里，等着里面的人送些饭菜。

等了一会儿，一个银发青年走出来，手里拿着碗饭菜，递给了猪妖，还告诉猪妖吃得慢些。猪妖谢过之后端着碗走了。

等猪妖走后，那个金发的小孩对银发青年说：“弟弟，你说他身上有学院的气息，为什么我一点儿都感受不到。”

那小孩子说话的时候，身形慢慢变化成与银发青年相差无几的样子，金色的眼瞳盯着猪妖离开的方向。

银发青年坐在椅子上，笑着说：“大哥，你在学院里面就没好好学过感知的功法，这只猪身上的学院气息，是从另外一个人身上沾染到的。那么微弱的气息，你自然是感受不到，何况那个人还是最呆最傻最没存在感的卷帘一脉，你感觉不到很正常。”

“所以我才相信你，你这无所不查的法术啊。”金发青年笑着说，身影一晃便化成一道青烟不见了。银发青年也是手一挥，民屋凭空消失。银发青年向着溪水上游方向走着，来到平顶山莲花洞前，推开门走了进去。

洞府里面并不昏暗，因为正中位置有一个巨大的丹炉。丹炉下面烈火熊熊，却没有柴火。这火焰是金银二人用法力燃起。这时候，金发青年已经盘膝坐在丹炉旁施法，银发青年也盘膝坐下。两人神情严肃，恍惚间竟然与卷帘子时候的大汉有那么一丝神似。

说回猪妖，他自然不知道那两人是妖怪变化。他只想赶快回去，往回走的时候，山林之间的道路都清楚地出现在眼前，全然没有之前的样子。猪妖发觉虽然天色已黑，可道路却更清晰了。他自然高兴，脚下走起来也有劲了许多。原本还要走一个时辰的路程，仅仅用了半个时辰就走到了。

梵孟天见到猪妖回来，尤其开心，站起身就要去接过斋饭。没想到一旁的大汉却更加激动，竟然跑到猪妖身旁抢过了碗。

“喂！你不是不吃吗？”梵孟天看到大汉把碗抢走，总有一种到嘴边的饭被抢走的感觉。

可是大汉却只是捧着碗仔细地端详，一点儿吃的意思都没有。

梵孟天又说：“帘子，你要是不吃，就把饭给我。”

大汉根本不理会梵孟天，把碗向一旁一扔，然后死死地抓住猪妖。

这举动吓坏了猪妖，也让梵孟天倍觉心痛——他的饭啊！

猪妖从没见过大汉这么反常，梵孟天飞身救饭却还是差了一点。

大汉抓着猪妖，眼睛瞪得老大，焦急地问：“这个碗，你是哪里拿来的？快！快告诉我！”

猪妖被吓得一时间说不出话，梵孟天还在看着洒在地上的斋饭心痛不已，猴子一脸茫然地看着这边，天已经黑了下来，他什么都看不清。

“帘子！”梵孟天一声大吼让大汉身子一震，才缓缓松开了手。

猪妖惊魂未定地揉着自己的手，那里已经被大汉抓得青紫一片。他说话本来就不利索，还被大汉这么一吓，更是结巴了：“你……你……干……干……干什么？”

大汉虽然手松开了，但还是死死地盯着猪妖，一字一顿地问：“这个碗，你从哪里拿回来的？”

梵孟天这才捡起来那个饭碗，他又看了一眼洒了一地的斋饭，又一阵心痛。听过大汉的话，他仔细地端详着那碗，却什么都没看出来，于是扔给猴子，让猴子也看看。猴子接住之后，放在手里，过了一会儿也摇摇头。

梵孟天这才问大汉：“这个碗究竟怎么了？”

大汉撇撇嘴，看向一旁，却没有说话。

“你不说，我就扔了。”梵孟天说着就要扔掉那个碗，稍微侧过头看着大汉，却发现大汉一点都不在乎这个碗，还是盯着猪妖。梵孟天觉得无趣，随手把碗一扔，说：“猪妖你再去化缘一次罢，让帘子也跟着过去。”

猪妖气愤地看一眼大汉，一屁股坐在地上，也不说话，也不动弹，坐了一会儿觉得不舒服，干脆躺地上睡觉了。

大汉看着猪妖，想要动手叫他起来。可是一想到身边还有梵孟天和猴子，自己也装作睡觉的样子躺下来。

梵孟天看着猪妖和大汉叹了一声，心想会不会和天神学院有关。他刚刚注意到，猴子拿到那个碗的时候，有一股法力的波动从那碗里散出来，之后猴子眼睛里的八卦又转了一圈。

“猴子。”梵孟天叫一声猴子，猴子侧过头，眼神空洞洞的，没有焦点。

“怎么？”

“你现在还能看见吗？”

“月光强一些的时候还可以。”

梵孟天抬头看看天上皎洁的月亮。月光洒在地上，像是铺上了一层银霜。梵孟天心中便知道，那碗上面的力量与天庭无异，更是与猴子眼中的封印同出一源，自己将碗扔给猴子，却阴差阳错让他的封印吸收了法力变得更牢固。此时梵孟天百思不解，这一次的对手，是为了猴子来的，还是另一个来自天上的人？

大汉自然是睡不着，翻来覆去。等到夜深了，悄悄查看梵孟天几人都睡熟了，便一人偷偷溜走。他顺着猪妖之前回来的方向找过去，奈何天黑林深，再皎洁的月亮也照不清路，他很快就迷路了。

这时候，莲花洞里的两个青年也同样没睡。

“你说……那个人会不会来？”金发青年在火炉旁来回踱步，偶尔还送进去一点法力控制火焰。

银发青年拿着一把扇子扇着火，平静地说："来是一定会来，只是时间的问题。"

"那我们要等到什么时候？"

"你都在这儿等了五百多年，还差这么一个晚上吗？"

金发青年眉头皱得紧紧地说："如果不是当初那只猴子，害我们跑错了路，跌落凡间，我们现在已经在天上有了自己的丹炉，自己的丹房，无数的丹方……寿与天齐！"

金发青年说着忽然停了下来，紧张地问："弟弟，你说咱们两个这一次能不能回去？"

"不好说。"银发青年放下了扇子，炉火一下子扑过来，露出了炉内的一角，里面全都是森森白骨。

"这么多年，被贬下凡的学徒不少，想回去的也不少。最后还不是变成这些样子。"

"他们太弱，又太聪明，总是在关键时候出差错。"金发青年恨恨地说。

"这一次的，够强，也够傻。"

"果真如此，那你我二人定能回去！"金发青年听了弟弟的话之后大笑起来。

银发青年眯着眼睛，贪婪地看着丹炉，丹炉里面赫然全是聚在一起的森森白骨，这些白骨上面都散发出或多或少的法力，那些法力都拥有天神学院的气息。这些白骨都是一些被贬下凡间，又妄想回去的学徒。

金银二人跌落凡间，害了无数学徒，让他们纷纷变成了炉中枯骨。

第二天清晨，猴子醒过来，发现少了一人。于是叫醒了梵孟天和猪妖，两人也不知道大汉去了哪里。

"猪，你昨天化缘的地方离这里远不远？"梵孟天问。

猪妖点点头，又摇摇头。那地方说远也不远，说近也不近。梵孟天会意，三个人决定留下来等等大汉，他找到那里或者找不到那里都会回来的。

快到午时，梵孟天又让猪妖去化缘。猪妖虽说不情愿，但还是去了。

有了第一天的经验，这一次猪妖就轻松得多了。他直接找到了昨天的那条溪流，自己沿着溪流向下走去，果然没走多久就看到了莲花洞。猪妖本来想绕过这个莲花洞，却发现今天这个洞府，洞门大开，里面的样子看得清清楚楚。猪妖在外面想多偷看几眼，这一看不要紧，却被洞里面的金银二人发现。

那金银二人飞出洞府，就要抓猪妖回去。

“你这妖怪，胆敢私闯我二人洞府，我兄弟二人这就将你抓回去炼丹。”

说话的是那个金发青年，手中兵器幻化，向着猪妖杀来。而他一旁的银发青年也手中掐诀，杀向猪妖。

猪妖见大事不好，也拿出钉耙与二人缠斗起来。他见银发青年手中法诀有些眼熟，过了两招之后，想起来那与大汉掐诀的前几手一模一样，便打算让这银发青年多使几次法术，将大汉引来。

殊不知这正是金银二人的计划，不然凭借猪妖不断虚弱的法力，怎么可能与他们二人斗个旗鼓相当。

话说大汉在山林中迷路许久，找不到返程的路。这片山林古怪得厉害，处处相同，飞到天上看也看不出道路，落在山林里面更是摸不到头脑。

就在大汉心急时，忽然感受到一阵熟悉的法力，那便是银发青年掐诀施法时传出来的，随后那股法力传来得愈加频繁。大汉激动不已，连忙飞向法力传来的位置，还没等落地，就已经发现猪妖与金银二人打斗。大汉在空中停了半刻，发觉猪妖体力不支时才落下。

金银二人发现空中落下一人，身上正是天神学院的气息，心下大喜。两人停手之后，金发青年抱拳问道：“我二人金银二仙。不知阁下名讳？”

大汉却没理会那二人，而是问猪妖："这两个就是你昨天化缘的人吧？"

猪妖看着银发青年，点点头。

大汉又说："你要是昨天就告诉我，还用今天这样吗？"

猪妖白了一眼大汉，转身就要走，却被银发青年拦下。

"这位妖兄，你还不能走。"银发青年笑着拦住猪妖，又对大汉说，"我兄弟二人知道你是天神学院被贬下凡的人物，今天拦在这里只是请你帮个忙。"

大汉皱着眉头说："什么忙？"

"回天上的忙。"

大汉诧异地看着银发青年，又看看猪妖，说："让他走吧。"

银发青年摇头，说："放了他，恐怕就回不去了，怎么样？帮还是不帮？"

猪妖听着话锋不对，刚要出手却被金发青年打昏。大汉却站在原地一动不动，又问道："我能回去吗？"

"你能与我们一起回去。"

大汉内心挣扎了一下之后，轻轻地点点头。

金银二人看到之后，相视一笑，扛着猪妖，带着大汉回洞府了。到了洞府中，大汉见到中央摆放的丹炉，眼睛就亮了起来。他看得出来，那丹炉绝对是天神学院里面的东西，这两个人到凡间也能带着那里的物品，一定来头不小。

"你们说的回去的方法是什么？"大汉迫不及待地问道。

金银二人却只是让他先休息着，说他们安排好了，只要大汉稍稍出点力就好。说完，就带着大汉到了房间里面，让他休息。大汉虽然有些怀疑，但心中还是想要尝试一下，万一成了，自己的夙愿也就达成了。这时候，他全然忘了猪妖也被带到了洞府里面。

金银二人把猪妖扔进地牢，又施法将地牢隐藏起来，这样无论是谁都找不到猪妖的踪迹，猪妖也不能跑出去坏了他们的事情。

解决完猪妖之后，金银二人便回到丹炉旁盘膝打坐，调整气息。

丹炉的火已经熄灭，能看到里面白森森的一粒丹药，那是这么多年来金银二人用无数天神学院贬下凡间的人炼制而成。如今找到了大汉，金银二人发现大汉的法力与众不同，心想用大汉做桥梁把他们二人送回去。所需要的准备，就是这颗丹药。这丹药用了无数天神学院的人的骸骨炼制，其上怨念与法力已然无穷无尽，若是有天神吞下，定会引动体内所有法力在天地间形成一条连接天地的法力通道。到了那时，哪怕是个凡人都能一步登天。只是这吃了丹药的天神，怕是也活不成了。

只不过这粒丹药还没有完全炼制成，还需要一些时间。

金银二人调息之后，把丹药扔进丹炉中，掐诀施法又开始继续炼制。丹炉下的火焰越来越热，洞府里却丝毫不受影响。

时间流逝，就在金银二人认为丹药会顺利无阻地炼制成功时，丹炉忽然“砰”的一声炸了。

“这……这可怎么办？”金发青年看着丹炉的碎片不知所措，另一端房间里的大汉听到炸炉的声音也赶过来看发生了什么。他看到一地的碎片之后，也不知说什么才好。

银发青年也没预料到会发生这样的情况，只好对大汉说：“兄台，我二人准备丹药的时候炸了丹炉。等我们修好之后，丹药炼制出来，就能回去了。”

大汉点点头，看着碎片心有灵犀，便对银发青年说：“让我试试。”

说完，大汉便掐诀施法，地上的沙子混合着刚刚炸裂开的丹炉碎片纷纷聚在一起，成了一个丹炉的样子。这时候大汉又说：“快施火。”

金银二人会意，手一伸便有火焰喷出，将大汉刚刚用法术聚成的丹炉凝合成型。

“有劳了。”大汉见丹炉成型，便停了法术，对金银二人说。

“有劳，有劳。”银发青年笑眯着眼，看着大汉差点乐开了花，收了收表情，送大汉回了房间，才又回来继续炼制丹药。

“不愧是个卷帘子的，傻。”银发青年说着，把手中丹药向着丹炉随意一扔，又开始炼制。

这一次的炼制，金银二人都认真得很，手中的法诀不断变换，丹炉下的火焰也不断跳动着，变换着颜色。忽然，丹炉中冒出一阵五色的烟，那银发青年看准了时机，手一翻，赫然在手中出现了一颗金色的头骨，扔到了丹炉中。霎时间浓烈的天神法力充满了丹炉中。金发青年竟然一瞬间大汗淋漓，险些控制不住法力。

“弟弟，你怎么把师尊的骨头也扔进去了？”金发青年随口问道，语气中竟然有些谑弄。

“放着也是放着，杀了他就是为了现在这种时候。有了他老人家的骨头，我们这通天骨丹法力更胜。”银发青年舔了舔嘴唇，眼中尽是凶狠。

没用多长时间，那粒丹药就被炼制成功，仍然是白森森的丹药，上面布满了小孔，每个小孔中都有细丝飘出来，像触手一样在空气中摆动。

金银二人看着炼制成功的丹药，无声地笑着。随后，他们将丹药收好，又开始调息。其间，银发青年还去找过大汉，告诉他回去的时间近在咫尺，等到他们二人调息结束之后便可启程。

大汉听了之后激动万分，不断感谢银发青年。银发青年也只是笑笑，对大汉说注意休息，便离开了。

大汉自从被罚下凡之后，每时每刻都在想着如何回到天神学院。如今金银二人终于把这个希望拿到他面前，他几乎丧失了理智，全然没有想过金银二人究竟为什么要帮他回去。

第二天，大汉再见到金银二人，已经做好了返回天神学院的准备。

金银二人见到大汉如此精神奕奕，不由得相视一笑，随后将大汉带到他们炼丹的房间。路过地牢的时候，大汉忽然问了一句：“你们把那只猪怎么样了？”

“送他回去了，”银发青年笑着说，“你都要与我们一同回天神学院了，你的朋友也不好多说什么。”

金发青年也在一旁说着：“是啊，是啊。他还祝你归乡愉快。”

大汉听了之后若有所思，有些惆怅地说：“这样啊……归乡愉快。”

“好了，我们开始吧。”

银发青年打断了大汉的思绪，他担心大汉这时候不愿离开，这个丹药只有主动吃下去才会有效果。这么想着，银发青年拿出来丹药，虚托在手心上，解释说：“这个丹药能激发你体内的法力，吸引天神学院的法力，形成一座桥，让我们飞升回去。”说着，银发青年又从怀中拿出两粒一模一样的丹药，说：“我们三人一人一粒，吃下去之后各自掐诀运转法力，就可以了。”

说完，便将那粒炼制的丹药递给了大汉，自己与金发青年分别拿了另外两粒。

大汉把丹药拿在手中，看着那奇怪的样子，心中隐隐觉得不妥，便问：“为什么这一粒是单独拿出来的？”

银发青年早就料到大汉会这样问，解释道：“我们虽然都是天神学院下凡的，但是因为所炼功法不同，所以需要的丹药不同。”

“原来如此。”大汉忽然笑了，笑得有些惨然。他将手中的丹药扔到一旁，说：“你们两人要骗我多久，那丹药我如果吃了，就会法力耗尽而亡了吧！”

“兄台真是会开玩笑，我们都是真心实意帮你。”银发青年连忙捡起那丹药，仍然虚托在手中，要拿给大汉，却被大汉打掉在地上。这时候，银发青年的脸色已经变得不好看了，而金发青年却直接爆发，喊道：“敬酒不吃！”

降魔杖凭空出现在大汉手中，口中说道：“这丹药里的法力，分明就是学院中被两个徒弟杀害的老丹师。你们骗得了别人，可骗不过我。”

天道好轮回，善恶终有报。

金银二人错愕无比，他们从没想到这卷帘子的人会认得他们的师父。掉落凡间这么多年，他们二人全然不觉自己的罪过，杀了师父只为了他的一身金骨，那是多年丹气锻炼而成，入丹修炼都大有益处。有了这丹骨，他们就能练出绝世的仙丹，就能傲视天庭。他们万万没想到，谋害了自己师父，本是天衣无缝，却在逃走时碰到了一只发了疯的猴子，两人慌不择路，掉落凡间，却还想着回到天上，寿与天齐。

大汉凛声说道："你们真以为回到了天上就能寿与天齐了吗？"

大汉却没想到金发青年冷笑着说："你这卷帘子的真是傻得可怜，青天白日都是天上管的，我们杀个人取个骨又是多大的罪过？不过给他们炼一颗长生不老丹罢了。"

大汉被这话激得发怒，提起降魔杖就冲杀向两人。三个人瞬间打成一团，法术的震动将地牢也打破，猪妖从里面蹦出来看到三个人打在一起，嚎叫一声，端着钉耙也打了起来。

这四人在山腹中打斗，让整个山都震动起来。

梵孟天已经等了猪妖一夜，都没见到他的影子，忽然感到脚下有打斗的震动，便叫上猴子一探究竟。

这时候，莲花洞口大开，梵孟天与猴子轻松地找到那里，听见其中传出来的打斗声，便飞到洞中。

进到山腹中，就看到四人缠斗在一起。梵孟天正要出手，只听见金银二人两声惨叫，他们的身体齐齐炸裂开，变成金银两股法力流向猴子的双眼，之后消失不见了，而后又听到猴子的叫喊声："眼睛！我的眼睛！"

"不好！"梵孟天心下大惊，连忙抓住猴子飞出山腹。之后，他撑开猴子的眼睛，发现已经见不到黑白，只剩下一片金色。

梵孟天的拳头握得死死的，青筋暴起，筋骨作响，咬着牙，闭着眼强忍着体内的魔气涌动。如果这时候魔气涌出来，猴子身上的封印便会一齐爆发，之后猴子恐怕会五感尽失，与废人无异。

这金银二人都是天神学院的人，他们心狠手辣，他们的师父也好不到哪里去。多年的修行，他们的师父早就把这两人炼成了两股精纯的法丹，想必是留着给自己续命用的，没想到自己最后却被他们杀了。

“帘子，你去化缘吧，快点回来。”

“知道了。”

大汉低落地回应一声，却没有动弹。猪妖却笑呵呵地说：“我……我去。”

梵孟天眼皮也没抬一下，说：“也好，快去快回。”

猪妖走了两步，又折回来，偏要拉着大汉一起走，说两个人不容易迷路。大汉看着猪妖的脸，面无表情地跟着走了。两个人在路上一言不发，盯着山林中的小路，忽然猪妖问：“你……你是……是怎么知道……他们……骗你的。”

大汉的神情落寞了一些，嘴角却弯了一下。

“你什么时候那么会说话了。”

猪妖哼哼了两声，发现不远处有户人家，连忙跑过去。大汉看着已经塌了的莲花洞的方向，想着那颗丹药，深深地叹了一声。

另一边，梵孟天看着头上的太阳，觉得有些晃眼，忽然问道：“猴子，还能看到吗？”

猴子的眼睛里面一片金芒，那是眼中的八卦封印将金银二人吸收之后的样子。

“阳光足够强的话，能看到一些。”

第十三章　玉兔抛绣高台塔

这几天，阳光正好，梵孟天一行走在山中却晒不到。他们终于爬到了山顶，看到远处人来人往的城池，想必，又到了哪个国家的都城。

……

天竺国中，每天都有大批的人在街上寻找公主丢出的绣球，那是公主招亲时扔下来的。

国王想要招个驸马，可是无论是哪里来的，这个公主都看不上眼。万般无奈，只好听从公主的意愿——绣球招亲。

公主抛绣球招亲，这个消息传遍了天竺国，也传遍了天竺国周边的各个国家。其中有愤愤不平的，那些都是被退婚回来的；也有沾沾自喜的，那是觉得自己一定会抢到绣球的。他们纷纷来到天竺国。这可让天竺国的客栈赚得盆满钵满。

终于等到了招亲那天，公主蒙着脸站在专门搭建的高台上。她身姿窈窕，眼眸动人，却没有丝毫情绪起伏。这场招亲只是她为国王找到的借口，这个绣球扔出去，再回到她手中的时候，才是她嫁出去的时候。

绣球从公主手中脱落，跌落在高台上，又弹出到高台外。

下面的人抬着头，眯着眼，努力看清楚绣球的位置，好像一群蚂蚁簇拥着蠕动。

高台上有风，这绣球也轻，随着风四方摆动，引得人群也跟着四方蠕动。

最终绣球落进人群中，就像水珠落进海中，连声音都没有，就消失得无影无踪。

公主见到绣球落进人群中，竟然连结果也不看，就走下了高台，坐了轿子，回了王宫。国王欣喜地等着消息，公主坐在一旁面无表情，仿佛刚刚扔下去的不是绣球，只是一团没用的垃圾。

可是绣球的消息迟迟不来，国王的眉头越皱越紧，公主的脸上倒是慢慢带上了笑意。到了天黑，那绣球也没回来。国王的脸色难看得成了铁青色，站了一天的臣子们都不敢大声呼吸，只有公主在一旁摆弄着手指。

“父王，我告退了。”

等到入夜，绣球仿佛从人间消失，公主也不顾国王的脸色，回到自己的寝宫。她看着挂在墙上的佛像，祈祷着。

“你们都去给我把那个绣球找回来！找不回来你们都不用回来了！”

国王大发雷霆之后让大臣们都滚回了家，自己坐在龙椅上不断叹气。

“作孽啊。”

“陛下不须心忧，”一个和尚忽然出现在大殿之中，这和尚体格健硕，膀大腰圆，光秃秃的头上还戴着一个明晃晃的金箍，正站在大殿中说，“公主招亲，天神有感，便为公主挑选了一位驸马。陛下只需在这皇宫中静待。等天地异动时，绣球与驸马也就出现了。”

“你，你是谁？来人，把他抓起来！”国王被突然出现的和尚吓到，连忙喊人把他抓起来。那个和尚也不反抗，就被带走了。这时候国王才又坐下，心中思索着和尚说的话。不多时，便唤来了一个侍卫，吩咐了一些事情。

没过几日，这天地异动的传言便将天竺国搅得满城风雨。

……

梵孟天一行人刚刚走进天竺领土，正在远处的山林里休息。

“小白，你说你来过这里？”梵孟天坐在树下喂马，一边问着关于天竺国的事情。

白马嚼着草，口吐人言说：“很久之前和主人一起来过，天竺国是信仰月女神的国度，主人在这里留下了祭祀的方法。”

“祭祀？”梵孟天疑惑着问。

“月女神是天神中最冷淡的一个，但是她的仆人玉兔却是热心肠，主人教给他们的方法其实是祭祀玉兔的。之前天竺国的皇帝祭祀月女神都没什么效果，祭祀玉兔之后倒是风调雨顺了起来。”白马嚼着草，一边说着，好像还有些讥讽。

梵孟天听完笑了笑，拍了拍白马让他自己休息，自己便坐回到篝火旁。心想白马的主人也算是一方奇人，处理事情的方式也是这么别具一格。

此时夜已经深了，猪妖早已经响起了鼾声。大汉却看着天上的月亮发起呆来。这天竺国原本祭祀月女神是有原因的，这片土地本身是距离月女神最近的地方，受到月女神力量的庇护，只是，很久之前，天地一片震动之后，月女神的力量对这片土地的影响也慢慢减弱了。

梵孟天看时间不早，熄灭了篝火，忽然发现这天上月亮的光芒之亮，根本不用点篝火。他不由得想，这月女神长了一副什么样的容貌？

梵孟天这么想着，忽然觉得胸口一震，连忙解开衣裳，竟然是铜镜闪着光。这让梵孟天心中大喜。这铜镜自从上一次吸收了一部分琉璃的魂魄之后，一直处在休眠的状态，而现在终于开始复苏了。

“琉璃，我们就快相见了吗？”

梵孟天抱着铜镜喃喃自语。

就在此时，已经盘膝入睡的猴子忽然醒来，金色的双眼中八卦转动，透过黑夜看到了梵孟天怀中的铜镜。

猴子口中念着经，又将眼睛闭上了。

猴子的动作没有引起梵孟天的注意，他的全部精力都放在铜镜上，可是铜镜只震动了一下就再没了动静，就好像一个熟睡了很久的人翻了个身。梵孟天将铜镜收到怀中，低下头揉了揉自己的鼻子，自言自语地说："吃醋了吗？"

猪妖翻了个身，手砸到了睡在一旁的大汉。大汉被砸醒之后，皱着眉头换了一个地方就要睡，躺下的时候发现草丛里面有两个红点。于是，他悄悄地走过去，拨开草丛，发现那是一只兔子。那兔子胆子也大，见了人也不跑，就趴在那里看着大汉。大汉笑了笑，以为这兔子是冷了，就抱起来放在熄灭的篝火旁，自己去睡了。

那兔子趴在余烬堆旁边，红得发亮的眼睛盯着梵孟天，就这样过了一晚。

梵孟天醒来的时候，发现一只兔子趴在地上，他好奇地看看四周，笑着说："我们这里怎么还多了只兔子？"

梵孟天的声音太大，吵醒了大汉和猪妖。猪妖看到兔子揉揉眼睛，打了个哈欠慢吞吞地说："你又不能吃它，这么大声做什么？"

梵孟天白了一眼猪妖，没再说话，倒是大汉说："这只兔子是我昨天晚上捡到的，想来是怕冷，我就把它放在篝火旁边了。"

梵孟天叹了一声说："你要是把它扔在篝火里面，今天我就能捡到一只烧兔了。"

"你是和尚，不能吃肉。"猴子忽然说话。梵孟天转过身看着猴子，歪着眉毛说："酒肉穿肠过，佛祖心中坐。"

猴子抬了一下眉毛，笑着说："所以你现在进魔道了。"

"我进魔道又不是因为喝酒吃肉。"梵孟天撇撇嘴。

"那是因为什么？杀人吗？"猴子闭上眼睛，站起身笑着问道。

梵孟天把兔子向地上一扔，那兔子自己撒开腿跑了，只是跑的方向不太对，跑到了白马的身边。梵孟天又说："我杀人又不是没有原因。"

"有没有原因，都是杀人。"猴子冷笑着。

梵孟天也不说话，骑上马就向着天竺国走去。猴子闭着眼跟在后面，他现在几乎看不见了，更多的时候还是听声辨位。猪妖和大汉跟在后面，四人一马向着天竺国的方向走去。谁都没有注意到，那只红眼的兔子不见了。

还没到天竺国，城外的道路却挤满了人，这些都是从别的地方赶过来抢绣球的人。梵孟天一行见到这样的场面不知所以，便下马自己去询问。

"这和尚今天怎么这么勤快？"猪妖打趣着说，引得梵孟天回头做了一个噤声的手势。

"他是怕我们吓到人。"猴子闭着眼说，现在他的眼睛里面一片金芒，如果睁开的话，不知道会吓坏多少人。

"咳咳，"梵孟天走回来，轻轻咳了一声，看着猴子几人说，"你们刚刚说什么？"

猴子直接回道："你直接说什么事情，我们刚才没说你。"

梵孟天尴尬地抽抽嘴角，挠了挠鼻子说："这天竺国的公主前几个月高台抛绣球招亲，结果绣球扔下去之后，几个月都没找到。皇帝不甘心，让公主再扔一次，可是那公主说什么绣球拿回去的时候，就是她嫁人的时候。结果引来了周边国度的人，都来这里找绣球了。"

听梵孟天说完，大汉不解地问："那也应该是在城里找，怎么这外面这么多人。"

"在城里都找了几个月了，你想想，绣球可能还在里面吗？"梵孟天说。

大汉也点点，猪妖又问："会不会有人藏起来了？"

梵孟天狡黠地笑着说："我也问过了。那人告诉我皇帝搜了全城的百姓，男的女的都搜遍了，也没有。”

“除非那绣球是活的，”梵孟天笑着说，“还得会跑会跳会说话，像咱们小白一样。”

白马听了，向梵孟天甩了甩尾巴，表示不满。

猴子却眉头皱了起来，他觉得这梵孟天不知为何，有些反常。

“和尚。”猴子忽然说。

“啊？”

“没事了。”猴子又不确定梵孟天是不是真的反常，他又想起来昨晚自己感受到的异样，一种介乎于妖与神的气息。

“有毛病。”梵孟天白了猴子一眼，又想起来他根本看不到，竟然有些失望。随后，梵孟天也意识到自己这段时间有些反常，心中的情绪总是强烈波动着，这让他的背后一凉，下意识地摸了摸胸口，那铜镜的位置，没有任何回应。

等了好久才进了城，发觉城里的人没有希望得少，也没有想象得多。梵孟天倒是松了一口气：“今晚能找个舒服的地方了。”

到了客房，白马又变成白衣少年，看着窗外熙熙攘攘的人流，眉头紧锁。

“小白，怎么了？心事重重的。”梵孟天也来到窗边，看到少年的样子，担心地问道。

少年闭上眼睛，梵孟天感受到一股法力弥散，很快又被收了回来。而后少年睁开眼，看着梵孟天，有些失望地说：“我没找到主人。”

“或许他就在这，不让你找呢。”梵孟天安慰道。

“那他为什么要躲着我？”

梵孟天张张嘴，也说不出来什么。这时候他竟然有些想和少年开个玩笑，这时候梵孟天才意识到自己的功法出了一些问题。

“猪妖、小白，我要调整功法，你们为我护法。”梵孟天随即就要调整，不找大汉与猴子，是因为他们两个的法力与自己修炼的相克，怕是会出现意外。

就在梵孟天调整功法的时候，另外两间房里的大汉与猴子体内法力都在翻涌，就像遇到了天敌一般。而在猴子体内，更有另外一股法力隐隐流动着，在两片金芒中像毒虫一样蚕食着猴子体内翻涌的法力。

梵孟天这一修炼，让天竺国都城上空法力涌动，卷起厚厚的云层。

“公主，公主你快看。”

王宫里面，公主身旁的一个侍女兴奋地喊着。公主闻声走出来，说着：“和你们说了多少次，不要大惊小怪的，这……”

公主顺着侍女的手看向天空，瞧见卷起的云层，忽然说不出话来。一旁的侍女却还在说：“公主你看啊，天地出现异象，驸马来了，驸马来了。”

“驸马……来了吗？”公主的声音小到只有自己才能听到。

同时，王宫中另一个地方，国王也看着天上的异象，高兴地说：“快，把那个和尚放了！再赏一千两黄金。还有，把驸马直接带回来，那个和尚说绣球就在他身上。”

国王坐在龙椅上，看着天上的云层，不禁抚摸着扶手，说着：“终于是来了啊。”

王宫中的事情，梵孟天自然不知晓，他在修炼时发觉自己部分法力没有听从指引，涌向了另一个位置，他凝神看去，发现是铜镜正在吸收。

“琉璃？琉璃，是你吗？”梵孟天尝试传音给铜镜，却没有半点回音。

梵孟天有些黯然，也不再控制这股法力，慢慢调息之后，睁开了眼。

“和尚，怎么样？”少年笑眯眯地看着梵孟天问道。

梵孟天还是有些失望，黯然地说：“还好。”

“还好就好，不然真的有麻烦了。”

梵孟天疑惑地看着少年，发现猴子和大汉都在这个房间里，不由得问道："发生什么事了？"

"没什么，就是你练功的时候天地出现异象，现在他们找上门来了。"小白仍然笑着说。

梵孟天却面色一沉，问："来做什么？"

"找你成亲。"少年终于忍不住，哈哈地笑了出来。一旁的猪妖和大汉也笑着，只有猴子好一些，嘴角向上勾起，没笑出声。

梵孟天呆滞地愣在那，瞪大了眼睛看着正在笑的几个人，不明就里。等到少年笑够了，才又对梵孟天说："你赶快出去，一会儿侍卫该上来抓你过去了。"

梵孟天被这几人弄得一头雾水，只好跟着他们下了楼，出了客栈才发现街道上已经挤满了人，都是想来看看传说中的驸马长了一副什么样子。街道两旁都是皇宫里的侍卫，站满了街道两侧，看到梵孟天出来之后全部单膝跪在地上，一齐喊道："恭迎驸马进宫。"

梵孟天有些迷茫，不知所措，但很快就反应过来，坐上了准备好的轿子，对猴子几人说："你们在这儿稍等，我去去就回。"

猴子几人自然知道梵孟天不会在这个天竺国里做驸马，上一次梵孟天偏要做驸马的时候，那个国都亡了，只是一旁的侍卫听到这话就觉得怪怪的。

进到轿子里，梵孟天忽然发现座位下面有东西在动，他看过去发现是那只红眼睛的兔子。

"你怎么在这？"

梵孟天发现兔子的时候，猴子猛然睁开眼看向这边，说道："我们几个快走。"

"去哪？"少年问。

"救人。"猴子金色的眼睛让人看着心中发寒，他的话也让身边的几人心中一紧。如果猴子这么肯定地说了，那么一定会有事情发生。几个人纷纷向着王宫走去，可是刚走出两步，却发现被锁在了另一片空间里面。

“你是谁？”猴子问向半空中的虚无。

“斗战胜佛，好久不见。”这个声音，猴子有些熟悉，只是想不起来是谁。一旁的猪妖听到之后竟然激动起来。

“没想到你这只猪还在这里。”那人影从半空中露出来，是那个和尚。

“我还以为你早就死了。”猪妖作势要打，却被猴子拦了下来。

“黑熊，好久不见，没想到你竟然成了这般模样。”

那和尚冷哼一声：“这可多亏了你……我佛慈悲，让我随其座下。今日佛派我来惩妖除魔，你们谁也不能阻拦。”

“妖？哪里有妖？”大汉知道魔是梵孟天，可是那和尚说的妖却不知是谁。

和尚诡异一笑，看着大汉说：“昨天，你不是还救过他吗？”

大汉还想说话，却被猴子拦住。猴子睁开眼看向黑熊，说道：“你不让我们出去，我们也不会与你动手，因你现在不是精怪。只是我与你说清楚一些，你如果把梵孟天惹怒了，你的那些佛可不会帮你。”

“哼，不自量力。”那和尚嗤笑一声就消失在半空中，留下了猴子几人。

大汉焦急地问：“我们怎么出去？”

猴子这时候却不急了，盘膝坐在地上说：“等都死了，我们就出去了。”

几人听了之后，不由得生出一些寒意。

……

“参见陛下，参见公主。”梵孟天来到大殿，参拜国王与公主之后便站在那里。大殿里，只有国王的笑声，虽然站满了人，却还是觉得冷清。

梵孟天这时候先开口：“陛下，我并没有接到绣球，为何会成为驸马？”

“怎么？当驸马还不好？”国王听到梵孟天的话立刻瞪起了眼睛，说，“我说你是驸马，你就是驸马。而且，那个绣球，不就在你的轿子里嘛。来人，拿上来。”

梵孟天自觉刚刚做轿子时没见到有绣球，心中想着国王会不会自己动手脚。可是等那绣球被拿上来的时候，梵孟天神色就变得古怪起来。那个侍卫拿上来的的确是一个绣球，但是梵孟天却在那个绣球上面感受到了那只兔子的气息。

“玉兔精。”梵孟天咬着牙说道。

皇帝看着被拿上来的绣球，看看公主又看看梵孟天，问道：“你还有什么要说的？”

梵孟天张张嘴，又摇摇头。皇帝越看梵孟天越开心，越看越开心，笑了好久。之后他竟然就让梵孟天独自与公主去御花园见面。

到了御花园，梵孟天见到公主早已经等在那里，犹豫了一番，还是走了过去。

“参见公主。”

“驸马请起。”

“我叫梵孟天。”

“我知道。”

梵孟天不知该继续说什么，站在一旁，忽然觉得这御花园中的景色倒是别致。

“驸马觉得这御花园中景致如何？”

“不可多得。”

“听起来，驸马一定见过更别致的景色。”公主转过身，看向梵孟天，淡紫色的眼眸看着梵孟天的眼。梵孟天见到那双眼睛竟然失了神。公主又说：“不妨，与我说说，也好让我这个从小长在王宫里的人长长见识。”

梵孟天看得失神，听到公主的话便要开口，忽然觉得胸口一震，是铜镜在唤醒梵孟天。梵孟天感到胸前震动，忽然打了个冷战清醒过来，眼中杀机一闪，一把抓住公主的手腕，这时候再看公主的眼睛，已经不再是淡紫色了。

“你从哪里学来的这妖法？”

公主被吓得说不出话来，战战兢兢地向着园外一指，那边有个清瘦的和尚笑看着梵孟天。梵孟天见到那人便松开了公主的手，公主也瘫倒在地上，愣愣地好像失了魂。

“黑熊，你是做了谁的狗腿了，怎么这种手段都用上了？”梵孟天笑着说。

那和尚也不恼怒，笑着说：“我佛慈悲，你这种魔头恐怕永生永世都不会明白。今日就是你和你怀中妖物的死期。”

“那你就来试试！”

两人瞬间交手，巨大的冲击吹倒了御花园中的凉亭树木，一瞬间就将御花园变成了废墟。而后黑熊与梵孟天两人僵持了上百回合，不分上下，两人落在废墟上，凝神看着对方。

一阵清风吹过，两人的身影瞬间交错在一起。这时候黑熊忽然口中念出一串咒语，顿时头上的金箍金光大作，黑熊化成了本相，一爪将梵孟天打翻在地。

而后，黑熊追杀而来，打得梵孟天毫无还手之力，倒在地上，却还是护着怀中的铜镜。

“你如果不护着这个镜子，死得还能慢一些。不过现在，你们都要死。”黑熊咆哮一声，法力在爪上凝聚，狠狠向着梵孟天胸前一抓。

就在此时，异变突生，梵孟天胸口的铜镜变得滚烫，其上还有光芒闪烁。黑熊的爪子碰到那光芒就被弹开好远，还有一股肉烧焦的味道。

“哼，又是个妖怪。”黑熊看清那光芒中人之后，不屑一顾。

梵孟天看着那人，泪水却不自觉地流了下来。

“琉璃。”

光芒中的人影回过身，轻轻抚摸着梵孟天的脸，淡紫色的眼眸中尽是爱意。她将手轻轻放在梵孟天的胸口上，梵孟天只觉得全身一暖，身上的伤势便痊愈。他站起身，抱住了她，久久没有放手。

还是她轻轻地推了一下梵孟天之后，梵孟天才依依不舍地松开手，看向黑熊，却发现黑熊一脸疑惑。

三人又在半空中交手，仅仅刹那的工夫，回到地面之后，黑熊仰天笑了起来。

“我本就觉得奇怪，那琉璃妖的魂魄当年被打散得七零八落，怎么可能这么快就恢复。原来是个镜魂。”

梵孟天听见之后大惊，问道：“你说什么？”

这时候镜魂却拦住了梵孟天，看着他良久，才说：“对不起，我不是琉璃。我只是这个铜镜的镜魂，看到了你，也爱上了你。”

梵孟天忽然觉得没了力气，垂着头，说：“她呢？”

“我感觉不到她。这里只有一些她的残魂，剩下的都失去了联系，好像……好像不在凡间。”镜魂愧疚地说着，她的眼神一分一秒也没离开过梵孟天。

梵孟天绝望地闭上眼，眼前都是曾经的琉璃。就在这时，黑熊忽然冲过来向着梵孟天就是致命一爪，镜魂却挡在了梵孟天身前。梵孟天瞪大了眼睛，看着与琉璃一模一样的镜魂被黑熊打伤，一瞬间红了眼睛，周身法力一震，黑熊被震飞，倒在地上。

“琉璃，琉璃！”梵孟天抱着镜魂喊着琉璃的名字。

镜魂虽然挡了黑熊一爪，但只要回到铜镜中就能恢复。梵孟天拿出铜镜，对着镜魂说：“快！快进去。快进去啊，琉璃。”

镜魂惨然地笑着，歪着头看着梵孟天，淡紫色的眼眸中有浓浓的不舍。她看着梵孟天的眼说：“帮我另外取个名字，我不敢在你心里占据那么重的位置。”

梵孟天紧紧咬着嘴唇，说不出一句话来。这时候，皇宫里的侍卫纷纷涌进已经成了废墟的御花园，看到瘫倒在一旁的公主，还有被打昏的黑熊，满身是血的镜魂和惨笑的梵孟天。一根根长矛指着梵孟天，一声声呵斥冲击着梵孟天脑海中的记忆。

这时候，梵孟天彻底红了眼，他不顾镜魂的反抗把她收入铜镜中，侧过头看着这御花园中的侍卫，残忍地笑了起来。

黑熊已经清醒，他睁大眼睛看着梵孟天的头发一点点变长，直到拖在地上。他身上的衣服被魔气腐蚀，透体而出的魔气化成一件黑袍罩在身上，手中的铜镜在手腕处融化，变成一根细细的长剑。

此时此刻，梵孟天的魔气透体而出，在他的体内却还剩下另一种同样强大的法力。

“佛？”黑熊瞪大了双眼不敢相信，本应该是魔头的梵孟天，体内竟然有着与斗战胜佛不相上下的佛力。

梵孟天双眼红得发黑，已经失去理智，他最先感受到的就是黑熊身上的佛气。梵孟天缓缓地飘到半空中，又缓缓地转向黑熊。黑熊在梵孟天狂暴的法力之下难以支撑，心中不断念着佛给他的传送法诀却毫无用处。忽然，梵孟天妖邪一笑，黑熊发觉传送法诀被催动，惊喜之下连忙传送，消失之前，他还向着梵孟天挥了挥手。

只是……黑熊再出现的时候，他的笑容凝固在脸上，他的手还维持刚刚挥舞的姿势留在原地，可是他的身体却出现在梵孟天的身前。此时，梵孟天一只手抓着他的脖子，另一只手中的剑已染上了殷红的血迹。

一阵钻心之痛从手臂传来，黑熊这才发现自己的手臂已被削断。

可是，梵孟天掐着他的脖子，让他叫不出声音。

梵孟天魔气聚拢，佛气外散，一瞬间生生将黑熊碾压成了粉末，黑熊竟然连声音都没来得及发出就被杀死。

杀了黑熊之后，梵孟天的佛气收回体内，隐约还壮大了一分。体外的魔气感受到这份壮大，竟然又开始狂暴起来，梵孟天红着眼向下飞去。

无声无息间，梵孟天一人扫过了天竺国，也打破了猴子几人的禁锢。

“这，这是哪儿？”白衣少年刚被放出来，便被眼前景象震惊，忽然觉得有些反胃，扶着猴子就吐了起来。

天竺国被灭了国。举国上下，无论男女老少，都被一剑斩首，血流成河。

“你们看。”猪妖发现远处有两个人影，缓缓地向他们这边走来。

大汉仔细看过去，看清楚才说：“是梵孟天。”

公主扶着昏迷的梵孟天找到了猴子，猴子接过梵孟天扛在肩上。

“轻点，他刚昏过去。”公主连忙说道。

“他灭了你的国家。”

“他救了我。”

公主笑着说。

她看向梵孟天的眼神中全是爱意，淡紫色的眼眸中尽是梵孟天抱着她的样子。

第十四章　白马成医意难平

梵孟天昏迷了几日，被镜魂夺舍的公主一直照顾他。猴子几人见到有公主照顾，也不等他苏醒就启程了。过了几日，公主见到梵孟天醒过来，喜出望外。

梵孟天见到公主，淡淡地笑了笑，说：“谢谢你了。”

公主不知如何答复，只顾低着头红着脸。再抬起头的时候，却已经看不到了梵孟天的身影。

公主看着空空的山洞，兀自待了好久。

空中仿佛有什么，却又仿佛没什么。她想要说什么，却又不想说什么。情之一字，好像在，却又好像不在了。

梵孟天赶路，也叹了一声。

不多时，他见到猴子一行，又与几人一同走在路上。

日复一日，白马总说前方不远就是下一个目的地，可是餐风饮露、严寒酷暑都经历了，却还是没见到。

“小白，你说的那个国度究竟在哪儿？”梵孟天骑着马，看上去很疲惫，他回头看看其余人差不多的样子，又说道，“我们走了这么久，你看看，猪都累瘦了。”

走在后面的猪确实是瘦了不少，但不是累的。猪妖现在的法力还不到曾经的一半，而容貌已经变得越来越正常，只不过脸仍然是人和猪脸揉在一起，丑得吓人。可是他的身形却已经开始接近普通人了。

白马也走了很久，也觉得累了，只是听梵孟天一路上唠唠叨叨，自己竟然也习惯不去在乎了。

不得不说，一路上如果不是梵孟天一直在说话，这几个人可能还走不了这么长时间。终于在这个午后，四人一马在山顶看到了目光所极的地方——那里的城墙。

“你说的就是那里吧？”梵孟天问。

白马点点头，便继续走起来。能看到目标，这群人走着也觉得轻松了许多，不再像之前那么吃力。

或许是忽然太兴奋的原因，还没等进到城里，猪妖就病了。

他也不是犯了什么大病，就是头痛，痛起来怎么样也忍不住。若是原来，凭猪妖的法力倒也不会害上病，只是现在化人的过程中法力不断流失，竟然也和凡人一样生病了。

“猪，你说你万一变成人了，生一场大病死了怎么办？”

梵孟天坐在篝火旁看着猪妖说道。

猪妖躺在地上，看着星星，摇摇头。他只是希望能变成人，至于其他的实在没有想过。毕竟那些事情总要等他真正化人之后才去考虑。

人无远虑必有近忧，可是近的还没有影子，就去思虑远的，总会让人忘了现在要做什么。

“那就死了吧，只要是做人时候死的，就行了。”

梵孟天听了之后诧异地看了猪妖两眼，没再多说。

晚上，猪妖头痛欲裂，在地上打滚，大汉和梵孟天手足无措。猴子也只能帮着猪妖镇压一下法力，不让他变回妖——这也是猪妖的请求。

“不然，让我来试试吧。”白马忽然化成人形，看着猪妖的样子，不忍心地说。

“你会医术？”梵孟天问道。

少年坐在猪妖身边，手轻轻放在猪妖的额头上，说：“主人教过一些。”梵孟天便不作声了，在一旁看着少年给猪妖治病。

少年将手放在猪妖额头上之后，猪妖忽然觉得头便不痛了，睁开眼睛发现是少年。

“小白，你做什么呢？”猪妖刚刚没有听到少年的话，不知道此时少年正在为他治疗，疑惑地问道。

少年做了一个噤声的手势，没有说话，眉头微微皱起来，额头上渗出汗珠。表情严肃，好像在寻找着什么，忽然白衣少年眼睛一亮，抬起手，掐了一个法诀，一股淡青色的法力汇聚在少年的手指上，那团法力肉眼可见。

少年将汇聚了法力的那根手指点在猪妖的眉心，另一只手点在猪妖的胸口。

猪妖只觉得眉心一震，随后一股吸力从胸口传来，体内法力竟然不受控制地流转。猪妖惊慌地看着少年，少年也发现猪妖的法力被自己的法诀带动，连忙对一旁的猴子说：“斗战胜佛，快镇压他的法力。”

猴子闻言便使了法力镇压，猪妖感到体内的法力流转一回，便不再流动。少年的额头上却渗出了更多的汗。

因为猴子镇压猪妖法力，猪妖经络之内虽然充满了法力，却都像浓稠的油一样。少年用法力引走猪妖的病灶时，需要通过经络流动，但此时猪妖的经络里充满了阻力，让少年感到吃力很多。

不过，虽然阻力大，还是能够引动。过了一刻钟，少年终于从猪妖的胸口处抽出了病灶。一团紫红色的雾气绕在少年的手指上。那是刚刚淡青色的法力，混合了病灶之后变成了这个颜色。

“你先休息。”少年气喘着对猪妖说完，就到一旁打坐调息起来。

猴子见猪妖与少年都无碍，收回了法力，坐到篝火旁休息了。

大汉留在这边照顾猪妖，梵孟天拿了些水，递给了白衣少年。少年接过水，喝了一些，又还给了梵孟天。

“谢谢。”少年说着。

梵孟天笑着将水收起来，坐到少年身边问：“猪没有事情了吧？”

少年点点头：“没有事了，只是稍微严重一些的头痛，凭他的体质不要紧。”

“你的医术是跟你主人学的？”梵孟天对少年的医术好奇得很，这么长时间，他都不知道少年竟然还会医术。不过仔细想想也很正常，这几个人法力高强，如果不是猪妖正在散功，无论是谁都不可能染上病。

少年腼腆地点点头说：“偷学来的。主人不愿教。”

“偷学来的也很厉害了。”梵孟天感叹道。

“比主人还差得远呢。”少年抬头望着天，天上没有星星，没有月亮，也看不到云彩。少年惆怅地说：“主人说我意马难平，学不了这些救人的法术。”

“你主人真是个奇人。”梵孟天这样说着，心中也确实服气得很。只是这样的人如果真要躲起来，恐怕谁都找不到。

少年苦笑着点头，长长地叹了一声。此时此刻，他与梵孟天的想法相同，觉得主人如果真躲起来，那么无论自己怎么找，都是找不到的。

“早点休息吧，明天就到城里了。”梵孟天说。

少年答应了一声又看着天，梵孟天走到篝火旁熄灭了火。林间暗了下来，偶尔能听到夜里出来觅食的野兽，但都绕开了梵孟天几个人休息的位置。

天亮之后，猪妖也清醒过来。他摸了摸头，又晃了一晃，发觉不痛了之后兴奋无比。那种头痛欲裂的感觉，他真的是一刻都不想再体验了。

“猪，醒这么早？”梵孟天也醒过来，发现猪已经醒了，便问道，“头痛好了吧？”

猪点头回应，又找着少年的身影。他昨天看到是少年治好了他，但是却没有找到少年。询问之下才知道，原来少年守了一整夜，现在正化成云在天上休息。

“我们到了前面，小白也就该回来了。”梵孟天指着远处的城池说道。从这里看过去，那个国度城门大开，外面道路上来来往往的人络绎不绝。几人看到之后，纷纷收拾好了行囊向着那里走去。

快到城门的时候，白衣少年回到队伍里，四处寻觅着什么。

“你找什么呢？”梵孟天看少年总是在向着四周查看什么，便问道。

“有些怪啊。”少年看着一个个身边路过的人，不由得感叹着说，“你们没发现吗？”

“发现什么？”猪妖也跟着少年看着一个个过路的人，但却看不出个所以然，也看不出来有什么奇怪的地方。

少年指着城门，说：“你们看，这些人都是从那里面出来的，一个个都背着这么大的背囊，像是在逃难。”

“或许是在赶集呢。”大汉说。

“你们见过这么多大夫去赶集吗？”

听少年这么一说，梵孟天才发现这路上，出城的多，进城的少。出城的人各个都背着背囊，上面印着大大的“医”字，或者有结伴同行的，身边都还有个小童，背着药筐，好像带着全部的身家逃难出来。

“小白，你主人不会在这里放了什么幻境吧？”梵孟天忽然问道。

少年翻了下白眼说：“我主人在这里设下的是归气阵，能吸引天地灵气，让人延年益寿，百病不侵。”

“百病不侵？”梵孟天语气怪异地问道。

“是啊，百病……”少年的话还没说完，就发现不对劲的地方，如果这里的人真的百病不侵，又怎么会有这么多的大夫。

“所以说，你主人的阵法一定发生了什么变化。”梵孟天眯着眼睛看向那个国度的城墙，能隐约看到一些阵法的样子。说着，几人加快了脚步，快进城门的时候，猴子忽然说了一句：“好磅礴的灵气。”猴子现在看不见，平时都用法力感知外界，走到了这里就已经发现城里充满了灵力。

进了城之后，梵孟天几人才明白猴子说的“磅礴”究竟是种什么感觉，这阵法中充斥着的天地灵气压得人要喘不过气，就连体内的法力流转都变得迟缓。不仅仅是法力，在这样强大的灵力之下，就连行动都觉得不如外界轻松，虽然这种感觉不是很强烈，却真实存在。

感受最为明显的就是猪妖了，他刚刚走进这个阵法，几乎被这里的灵气压制得走不了路，适应了一番之后才能正常行走。

“小白，你这主人，可不简单啊。”梵孟天感慨道，心中却想，在这样的灵力之下，凡人的体质也会比其他地方人的体质好得多，可是怎么会有这么多医生，又为什么这些医生要逃离这里？

找了一间客栈，几人住进之后，梵孟天便独自出去打听消息。回来的时候，梵孟天脸上的表情异常精彩。猪妖看到梵孟天的样子，不由得笑了出来，问道：“这是听到了什么，让你这样？”

梵孟天倒了杯茶，喝了些，然后坐在桌子边把打听到的事情都说出来。

原来这里的国王生了病，这一病就是五年。五年间，大夫看了不少，药也吃了不少，但都不见好，国王就把那些给他看过病的大夫都杀了。而后他又贴出皇榜，寻医治病，可是国王每一服药都只喝一碗，自己觉得没有效果就杀了大夫。这一来，国中大夫人心惶惶，接二连三地逃走。于是国王大怒之下修了个监医楼，打算把全国的医生都关到这里，每个人都给国王看病，看不好的杀，说不出病的杀，说出来一样的也要杀。这样一来，全国的大大更是人心惶惶，趁着这监医楼还没有修好，纷纷逃命去了。

听梵孟天说完事情始末，大汉忽然笑着说：“这国王是不是做了什么事，遭了天谴？”

“该遭天谴的国王遍地都是，怎么就这个这么倒霉。”猪妖说，“要我看，这个国王就是想杀人取乐。”

梵孟天看着猴子，问道：“猴子，你怎么想？”

猴子没说话，只是摇头。梵孟天知道他正用法力查探那国王，等了片刻，猴子还是摇摇头说：“这国王身上看不出异样。”

“你看，我就说这国王只是爱杀人。”猪妖悻悻地说，“还好我们发现得早，趁早走了吧。”

“小白，找到你主人了吗？”梵孟天自然不是管别人死活的人，来到这里只是为了陪白马寻找他的主人，如果这里没有，那么离开这里便是。

可是少年却说：“皇宫之外没有，皇宫之内我感觉不到，我们要去皇宫里面。”

“怎么去？”猪妖问。

“给国王看病。”梵孟天看着白衣少年说。

少年也看着梵孟天点了点头。猪妖此时却是一副天快要塌了的样子说：“要去你们去，我才不去送死。”

“我和小白去，你们留在这里就好。”梵孟天又说。

猪妖听到之后连忙躺在了床上，打起呼噜来。大汉看到猪妖这个样子，不由得翻了个白眼。

梵孟天和小白出了客栈，沿着街道就找到了监医楼。这监医楼修建的样子与监狱别无二致，里面密密麻麻的房间关满了大夫。

少年看着这情景，心中不忍，想要出手打开这监医楼的门，却被梵孟天拦下来。

“你现在打开了这扇门，立刻就会有另一扇门等着他们。”

少年嘴唇颤抖，深吸了一口气，说：“他就不怕天谴吗？”

“他自作孽，自然有天理报应，只是时候未到。”梵孟天说，“这个国王，太平的时候想必也不怎么待见大夫，等到想活命的时候才想起来他们，恐怕寻医看病的时候，这国王一定许下不少好处，等最后发现自己无药可救之后又换了一副嘴脸。”

“世人都如此吗？”

“都如此。”

少年沉思了许久，不解地摇头。

梵孟天又说：“世人都惜命，又看不起命。自己家的锄头坏了都要花个几两银子，自己身体出问题了就舍不得了。到底说来，还是觉得自己连个锄头都不值。”

“他们是用锄头的。”

梵孟天被少年说得一愣，忽然笑了起来。两人这就走到了监医楼之下，被侍卫拦住。

“你是何人？”

梵孟天笑着说：“我们是外地来的大夫，听闻贵国国王生了疑难杂病，特意过来的。”

那侍卫一听是大夫，连忙低声对梵孟天二人说：“二位赶紧回去吧，国王的病已经五年了，没有一个大夫能治得好。你们二人不是来送死吗？”

“不碍事，不碍事，你去通报就好。”梵孟天笑着说。

那侍卫多看了两眼梵孟天，叹了一声，去通报了。不一会儿，就有一大批侍卫赶过来，把少年和梵孟天围架在中央，带到了大殿里面。

那国王坐在龙椅上，体态消瘦，看上去全身只剩下皮包骨头，好像没有了血肉一般。

大殿里，梵孟天悄悄问少年：“小白，你主人在吗？”

少年摇头说：“也不在这里。”

“那我们走吧。”

说完，梵孟天就要施法离开，少年却连忙说：“等等，我想试试治疗这个国王。”

“治他干吗？一看他就是被这个阵眼吸干了精力。”

梵孟天进到皇宫之中便猜测到这国王的病因。显然是因为这人贪心，想独占阵法中的灵气，不知听信了谁的谗言，把龙椅建在了阵眼之上。未曾想，这阵法如同一个旋涡，阵眼这位置上灵气虽然浓郁，但都是被吸收传到阵法内部所用。这个国王长年累月坐在这里，哪里吃得消。

少年看着国王，眼中闪着光，对梵孟天说：“主人说我行不了医，但我总要试试。”

梵孟天看着少年的样子，想起来他对自己说过的话。少年的主人说少年意马难平，果然不是假话。只是看着少年这时候的模样，梵孟天只好说：“你就算现在治好了他也没有用，只要他还坐在那里，迟早都会死掉。”

少年摇头说：“这国王坐在阵眼上太久了，自己也成了这个阵眼的一部分。如果不治好他，等他死去的那天，这个阵法会阻止他魂魄离去。到时候，这国王就变成僵尸了。我不仅是为了救他，还是为了救这里所有人。”

少年这么一说，梵孟天才注意到国王与阵眼的联系，思索一番之后，却又说道：“哪怕你救了他，这个国家也不会有人感激你，你要是现在杀了他，倒是能成一个英雄。”

少年听到梵孟天的话愣在那一瞬，却浅浅地笑了起来，说：“我本是匹意马，由主人心意化成。我成医意难平，便不平。人一定要救，只要他能活，被人记恨又算什么。”

梵孟天哑口无言，许久才问道：“我能帮你做什么？”

“阵法碎了之后带我出去。”

“好。”

那国王打量少年和梵孟天许久，才慢悠悠地说：“你们两个……谁是大夫啊？”

“我是。”少年向前走了半步说道。

皇帝眯着眼看了一看，又说：“来人啊，把那个和尚押起来。”话音刚落，便有一队侍卫上来押住梵孟天。梵孟天也不反抗，任由他们押着自己。之后，皇帝才慢悠悠地说：“你若是看不好孤，你们两个都要死。你要是选择现在离开，那只死他一个人。明白了吗？”

少年听了这话，皱起眉头，还是说道：“知晓。”

“好，”国王说，“那你来吧。”

少年拿出两条金线，让国王身边的内侍分别将金线系在他的左手小指与右手拇指上，随后单手掐诀，一股淡青色的法力便出现在指尖。少年捏住金线一段，那股法力便沿着金线流进国王手臂中。

少年的法力刚进到国王的手臂中，就受到一股强大的吸力干扰，险些不受控制，少年凝神屏息费了好大力气才将那些法力控制住。这时候少年后背已经被汗浸透，但是他完全没有注意到，仍然努力控制着那股法力在国王体内流转。

国王体内因为这阵眼的关系充满了灵力，但又因为这个阵眼的关系，所有的灵力都沿着同样的方向流动。少年现在做的，就是引导这些灵力。

时间慢慢流逝，梵孟天注意到这个阵法正在微微震动，那是少年的引导起了作用，国王体内的灵力正沿着经络运转，同时，这阵法的阵眼正在崩溃。

当最后一股法力回到少年手中时，少年松开了捏着金线的手指，其上法力绚丽缤纷，流光溢彩，那是天地间的灵力的颜色，将少年原本的灵力染得五彩缤纷。虽然这些灵力磅礴，可是少年却无力控制，长时间的引导法力让他精疲力竭。稍稍喘息一会儿，少年便说：“陛下，您尝试走动走动。”

那国王听到少年的话，先是慢慢抬起手，握了握拳，惊讶地发现竟然有了力气，之后便让身边的内侍搀扶自己站起来。

就在这国王刚刚站起来的一瞬，少年眼中惊慌一闪而过，他连忙伸出手一股法力散出正要保护国王。可是另一旁的梵孟天却已经挣开侍卫，化作一阵黑风卷走了少年，少年手上法力还没来得及散出来，就已经被梵孟天带走。有趣的是，这时，少年手上的天地灵力还没有完全消散，梵孟天化成的黑风碰触到少年时竟然变成了七彩，煞是好看。

这一变故让在场的侍卫惊吓不已，还没等到他们反应过来。刚刚站起来的皇帝就感受到了这大殿震动，身后的龙椅竟然开始碎裂，随着这龙椅的碎裂，笼罩在这个国家上方的阵法也开始碎裂。原本浓郁的天地灵力狂暴起来，在天地间震动，剧烈的震动传到地面，引起了一次次地震。

“快走。”梵孟天带着虚弱的少年回到客栈里，见到猴子几人也没有时间解释。

猴子几人知道情况不对，跟随梵孟天飞出了城。

几人刚刚落到地上，就听见一阵震天响动，又是一阵狂风吹来，风中尽是七彩光芒，狂风过后，尽是七彩丝线弥散空中。那些是压力忽变后凝聚成丝的天地灵气。

不远处，那个国家的城池已经成为废墟一片。

“你能不能轻点。”刚刚被摔在地上的猪妖对大汉说，“我肩膀都快被你捏碎了。”

大汉却没有搭理他，猪妖还要说话，却看到了那一片废墟。

“这……这……”猪妖张大了嘴，一句话都说不出来。忽然，他转身看向猴子，问道：“猴子，你有没有什么办法，救救那些人。”

猴子闭着眼点点头，他将手抬起来，那些废墟中的碎石也随着他的手飞起。猴子将手一甩，那些碎石也都被扔开，露出了被压在废墟下面的人。

“我只能做到如此。”

猪妖看着那些百姓，心中不忍，不忍看，也不忍离开。他突然发觉，做个凡人竟然如此无力。

“猪，别担心，这些人没事的。”少年刚刚能开口说话，便对猪妖说道。

猪妖看向少年，不知他为什么会这样说。少年和梵孟天相视一笑，说：“我与梵孟天之前到监医楼的时候，在那里布下了一个小阵，足够保护其中的大夫无碍，就算这些平民受了伤，也不会有事。”

猪妖听到这儿，也释怀了不少，可还是不忍心看向那一片废墟。他在心中长叹一声，说：“我们走吧。”

梵孟天几人不知猪妖为什么还是如此落寞，但既然这里的事情已经解决，少年还是没有找到主人，那也只好继续走在路上。

“和尚，你说那些医生真的会救人吗？”路上，变成白马的少年忽然问道。

“那要看那些人家里的锄头贵不贵了。”梵孟天心不在焉地说，却发现白马默默地叹了一声，说：“那些人，会不会也像那国王一样，记恨这些大夫。”

“你担心那些大夫受欺凌？”梵孟天说。

白马没有说话，只是点点头，又说：“那些大夫会不会见死不救？”

梵孟天在白马上晃晃悠悠地看风景，又听到白马这么问，笑了一下，却反问：“你真的想杀了那个国王吗？”

第十五章　分道扬镳通天河

自古以来，人们逐水而居，越是宽阔的河流旁人家越多。

梵孟天一行人穿过了大大小小几个村庄，终于看到了许多村民口中说的大河。

“小白，这就是你说的通天河？”梵孟天拍拍马背说。

白马点点头，口吐人言：“几百年不见，这河竟然又宽阔了许多。”

梵孟天感慨着说道：“到了这里，距离极西之地也就不远了。”

白马却长吁一声，说：“还远着呢，这河可不是那么好过的。”

“怎么？”梵孟天不解地问道。

“这条河远比我们所见宽阔得多，也奇异得多，我在这里，一点对岸的气息都感受不到。”

梵孟天有些惊讶，问道：“你在这里感受不到对岸的气息？”

白马甩甩尾巴，掉头向来的方向走着，说：“这通天河中有股奇异的力量，能够带走渡河人的气息，如果渡河人的法力不够强……”

“会被淹死吗？”

梵孟天问过之后白马没有再说话，他骑在马上，回过头远远地望着通天河的下游，那雾蒙蒙的一片不甚清楚。白马既然不说，梵孟天也不再询问，他此时想，如果有机会的话，自己会去一探究竟。

回到最近的村落，找到了正在民户中休息的猪妖几人。猴子还是在打坐念经，梵孟天仔细听过之后，发现这猴子每一次念的经都不一样。大汉刚刚帮他们把门帘卷起来，现在正在慢慢地放回去。而猪妖正躺在床上，熟睡着，像个凡人，此时此刻，猪妖的法力流失了一大半儿，面容也能看到衰老的痕迹。

梵孟天轻叹一声，又转身出去了。

他来到院子，坐在那里，抬头看着天上的云彩，呆呆地出神。猴子来到梵孟天身边，坐到一旁，沉默了一阵，忽然开口说：“和尚，怎么了？”

梵孟天深吸一口气，抿着嘴，看看猴子，又眯着眼睛看着天，说：“你听到那条河了吗？”

“通天河？”

“嗯，”梵孟天点点头，继续说，“小白今天没有说完，但是我却感受到了。通天河的上游是逆行归天的路，下游是黄泉阴魂的归处。”

“你要去下游？”猴子眉头微皱。

梵孟天只是点点头，没有说话。

猴子闭着眼睛，现在的他，即使在阳光强烈的时候，也看不到东西了。此时此刻，猴子好像在看梵孟天，忽然站起身就要回房。

进门之前，他对梵孟天说：“我佛慈悲。”

梵孟天笑着哼了一声，算是回应。猴子也轻笑一下，进了房间，又只留下梵孟天一个人对着白云发呆。看着天上忽聚忽散的白云，梵孟天忽然有些想笑。

又是一声轻叹。

坐的时间久了，梵孟天也觉得有些乏味，忽然一阵清风吹过，带着一些河水的腥味。梵孟天再抬头，发现天上的云已经散去，只剩下那晃眼的太阳。

猪妖虚弱之后，总是在睡觉，这一觉睡到了晚上吃饭的时候，四个人围在饭桌上。他们吃饭的时候倒是安静，只能听见猪妖吭哧吭哧的声音。吃完饭，梵孟天忽然说："我们明天去通天河。"

几人纷纷回应了一声，就毫不在乎地各做各的事情去了。

第二天天刚蒙蒙亮，梵孟天收拾好了行囊，牵着马准备出发。正准备向这户人家道别时，他却发现民户里面一个人都没有。梵孟天觉得他们应该是去赶早集了，也没在意便离开了。可是刚到街上，却发现全村的村民都聚在村子外面。嘈杂的声音从村外传来，听上去好不热闹。

"猪，你去问问他们在做什么？"梵孟天说。

猪妖点点头就挤到了人群中，过一会儿回来之后神色怪异地说："我问了个小孩，说他们在拜神。"

"拜神？"梵孟天几人都看着大汉。梵孟天问大汉："这附近有神吗？"

大汉摇头，如果这附近有神的话，他是不会没有察觉的。

"走，我们去看看。"梵孟天骑着马赶过去。

几个人走进人群中，村民们的"请神"还没进行到一半。梵孟天骑在马上，坐得高看得远，看到了中间人群"请神"时的样子。

原来所谓的请神，就是找了几个金匠造几个神像，那神像的身子部分已经做了出来，纯金的神像附近全都是散落在地上的金粉。梵孟天看在眼里，心中想着这村子里面的人还真是阔气，别的地方造神像都是纯铜镀金，这个地方竟然直接拉过来了这么三块金子。

猴子站在梵孟天身边，已经知道里面是什么情况。猪妖和大汉挤进人群里面，过了好一会儿才又出来。

"好家伙，这么大块金子！"猪妖感叹道。

大汉也是点点头说："确实。"

"这是他们村子的事情，我们就不要在这里凑热闹了。"梵孟天看了一会儿之后觉得没意思，掉头就要离开。

这时候，人群中忽然挤出来一个人，一个乞丐。

乞丐狐疑地盯着猪妖看了好久。猪妖也注意到了那个乞丐，也看过去，总觉得有那么一些眼熟，印象中，也有这么一个乞丐，但是没有眼前这人那么年轻。他随后恍然大悟一般喊道："是你？"

那个乞丐也笑着喊道："真的是你！"

猪妖连忙跑到乞丐身边，上下打量着他。乞丐也上下打量着猪妖，说："没想到才这么长时间，你竟然快要化人了。"

猪妖见到老朋友，格外地开心，说："你去了哪里，怎么变年轻了？"

"意外，意外而已。"乞丐又看看猪妖身后的梵孟天几人，点点头算是问好。大汉见到这乞丐皱起眉头，总觉得在哪里见过，但就是想不起来。梵孟天也点点头算是回应，心中却想，看猪妖的样子今天是走不了了。

果然，乞丐要猪妖多留几日的时候，神色紧张，他盯着猪妖，全然没有了刚刚的欣喜。猪妖觉得事情严重，便答应下来。猪妖准备留在这里几日，梵孟天几人自然也要留下来了。

他们跟随乞丐来到村子边缘乞丐住的地方，一个还不算破旧的木棚。和他们一起回来的还有出来请神的村民。他们各自回到家中，闭门不出。

梵孟天疑惑地看着村民的动作，觉得奇怪。

乞丐在一旁看到了梵孟天的表情，便解释说："请神要持续三天，第一天修身，第二天修面，第三天修神。"

"修神？"

乞丐点点头说："这是河神托梦说的。第一天要把身体修出来，第二天的时候就要把面容细细地修好。等到第三天，河神会卷起来河水，清洗神像和地面，等到河水退去，修神也就好了。"

猪妖听着这个过程总觉得有些耳熟，他看着乞丐，张口问道："为什么要请神？”

乞丐避开了猪妖的目光，看着另一边，过了一会儿才解释说：“因为山妖。”

猪妖目光一凝，盯着乞丐问：“什么山妖？”

“就是那时候的山妖。”

“他们怎么会在这里？”

“他们认得我身上的气味，跟着我来到了这里。”乞丐低落地说。

猪妖忽然冷笑道：“请神的办法也是你想的吧？”

乞丐惊讶地瞪着眼睛，看着猪妖慌忙解释：“不是，不是我！是河神，不信你去问这些村民，河神托梦给了每一个人。”

猪妖还要说话，却被猴子拦下来。猴子对猪妖说：“他说的是真的。”

“凭什么相信他？”

“他没有法力，做不到托梦。”猴子说。他刚刚查看了乞丐体内，一点法力都没有，甚至他的身体比普通凡人还要脆弱。

“那也不能说没有关系。”

“猴子可没说他没有关系，只是说托梦这个活计不是他做的。”梵孟天忽然说道，走到乞丐身前，蹲下来，盯着乞丐的眼睛，双眼微微发紫。乞丐一瞬间便像被摄了魂魄，神情呆滞地看着梵孟天。梵孟天忽然笑了一下，之后便散了法力，乞丐清醒过来，不知道刚刚发生了什么事情。

“我们先离开了，等明天请神的时候，我们会再回来。”梵孟天说着上了马，猪妖几人也跟着走了。

只不过梵孟天几人没有回到村落中，而是出了村子，来到了通天河旁。

“我们来这里做什么？”猪妖问。

梵孟天指着大汉的方向，让猪妖自己看。猪妖转过头，发现大汉正蹲在河边，双手放在水面上。

“他在做什么？”猪妖问。

“抓神。”这一次说话的是猴子，梵孟天骑在马上面看着通天河的风景，笑得很开心。他低下头，对猪妖说：“你现在的法力所剩不多，一会儿要是出了什么状况，记得逃跑。”

猪妖张开嘴想要说些什么，又觉得梵孟天说得确实有道理，只好闷声点点头。

大汉在河面上施法，却感到河水中充满了阻力。那阻力比流沙沙漠中的沙子还要强，不由得皱起眉头。梵孟天见状下了马，他刚一下来，白马身上便亮起白芒，变成了白衣少年。

梵孟天回头瞥了一眼，问他：“你变成这个样子做什么？”

少年耸着鼻子闻了闻，说：“有妖气。”

“猴子，有吗？”梵孟天表情一紧，问一旁的猴子。猴子却摇摇头。梵孟天放松下来，对少年说：“猴子都没有感觉到，你怎么闻到的？”

少年神色凝重地说：“我和你说过，这河水能洗净气息，猴子自然感觉不到。但这河水毕竟是水，什么东西在里面久了，也会染上一些味道。”

梵孟天刚要说话，水面忽然炸开了巨大的水花，其中蹦出一人。

“帘子快走！”梵孟天见状便叫大汉赶快离开。

等水花落下，才看清刚刚蹦出来的人。虽说他的长相与人相差不多，但是在脖子的两侧长着一对鳃。

“是个鲤鱼精。”白马见状说道。

梵孟天点点头，一群人站在河岸，看着站在水面上的鲤鱼精，蓄势待发。只见那鲤鱼精见到河岸上是梵孟天几人，也是一愣。旋即向着梵孟天大喊道：“可是几位搅乱的河水？”

“是我。”大汉向前跨了一步，竟然直接走到河边说道，“搅乱这河水就是为了抓你。”

“为何抓我？你们莫非与那些山妖是一伙的？”鲤鱼精大喝道。

“等等，”梵孟天听着觉得有些不对，拦下了大汉，问道，“你刚刚说什么？”

“你们几人一定与那山妖是一路的。”

那鲤鱼精说着，拿起兵器就杀来，梵孟天与大汉二人躲开，也不动手连忙说：“有人请我们除妖，只在这里发现了妖气，才查探了下河水，你就出来了。”

那鲤鱼精听了之后，又气又急，手上兵器更是凌厉，还大喊：“你才是妖！”

梵孟天见这妖怪不听解释，正要动手，却听到村子那边传来叫嚷声，而那鲤鱼精也停在半空不再动手。梵孟天回头看过去，远远地看到村子外的平原上一片片绿色的山妖正冲向村子。

“你刚刚说你们是来除妖的？”鲤鱼精忽然问道。

梵孟天神色凝重地点头，鲤鱼精又说：“妖就在那儿。”说完，伸手一指山妖的方向。

梵孟天说：“你也是妖。”

“我是神！”那鲤鱼精大喊着说了一声，就冲向山妖的方向。梵孟天看着那鲤鱼精一片一片地杀着山妖。只是山妖的数量太多，鲤鱼精一人也阻挡不过来。梵孟天看了好一会儿，才晃了晃身形，冲杀过去。

大汉和猴子发现梵孟天加入了战斗，两人也飞身过去。白衣少年走到猪妖身边，抓在他的肩膀上，见猪妖疑惑地看着他。少年笑着说：“梵孟天让我保护你。”

说完，还不等猪妖反应过来，少年就带着他腾空而起，飞到天上，坐在了白云上面。

“我成累赘了。”猪妖神情低落着说。

白衣少年盯着地上的战场，仍然笑着说：“你做得很好，比我们所有人都要好。”

猪妖不明白少年说的话，抬着眉毛看着他。

白衣少年发觉猪妖在看自己，转过头眼眉弯弯地说：“你证明了我们所追求的终究会得到。”

白衣少年看着近乎凡人的猪妖，眼中露出一种莫名的激动。他在猪妖的身上看到了找到主人的希望。

白云下，广阔的平原上，梵孟天几人正在不断击杀山妖。

“猴子，你说如果有一天我们两个人大打出手，谁会赢？”梵孟天挥手斩断了一个山妖的头颅，忽然想到了一些什么。

“我。”猴子站在地上，四周接近他的山妖都化成了灰烬。

“你就这么确定？”

“没错。”

“真不愧是斗战胜佛。”

猴子沉默片刻，才说：“邪不胜正。”

梵孟天大笑起来，身上魔气涌动，以他的身体为中心扩散开，碰触到的山妖纷纷化成了石像。

“斗战胜佛，等我梵孟天唤醒琉璃之后，一定要与你大战一场。”

猴子睁开眼，金色的眼睛里忽然有了一丝灵动，说：“一言为定。”

大汉正要扭断手中山妖的脖子，却发现山妖变成了一座石像，听到一旁梵孟天的笑声走过来问道：“你笑什么呢？”

梵孟天却笑着没有回答他，大汉摸了摸后脑勺，不明就里。正巧这时鲤鱼精走过来，抱拳道：“刚刚误会，还望见谅。”

梵孟天却问道：“既然你有这本事，为什么要让村民铸造金像？”

那鲤鱼精说：“你有所不知，这金像造成之后，我便能将法力灌入其中，之后这群山妖绝无半点可能进到村子里。”

梵孟天刚要说话，身旁白光一闪，是白衣少年与猪妖。猪妖走到梵孟天耳边与他说了句话，梵孟天沉吟片刻对鲤鱼精说："既然如此，我们也不便插手。"

"好，告辞。"鲤鱼精又一抱拳便不见了身影。

等确认鲤鱼精走了之后，梵孟天才问猪妖："你刚刚说，这鲤鱼精是假的？怎么看出来的？"

"你连山妖都感觉不到，怎么能确认这鲤鱼精不是妖怪？"在云上的时候，猪妖就对白衣少年说这鲤鱼精是个幌子，少年怎么也不相信。

猪妖认真地说："我和那些山妖生活那么长时间，他们身上那些味道我一闻就能闻出来。刚才这么多山妖出现，按理说那味道应该漫山遍野都是，这里却一点都闻不到，反而还有股腥气。"

"腥气？"梵孟天皱了皱眉头，看向通天河的方向。

猪妖点点头，说："就是腥气，这些妖怪身上有一股河里的腥味。"

"你是说，这些山妖都是那鲤鱼变出来的？"大汉问道。

猪妖"哼"地嗤笑一声："你果然不聪明，你在那鲤鱼精身上闻到腥味了吗？"

猪妖这么一说，梵孟天也意识到刚刚怪异在哪里。每一次动手都是这鲤鱼精先动手，梵孟天几人只顾着来回躲闪，没有碰到鲤鱼精的身体，他如果不是实体，这几人还真没办法在那么短的时间分辨出来，而且他的身上确实没有常在水中待着的味道。

梵孟天一挥手，将一个山妖的石像唤过来，用手一捏，那石像居然变成一团水洒了一地。

"这！"大汉惊愕不已。

这时候白衣少年却问道："如果不是鲤鱼精作怪会是谁？"

"解铃还须系铃人，谁把我们引到河边的，我们就去找谁。"梵孟天冷着脸说道。

大汉想了想，恍然大悟般说："那个乞丐！"一旁的猴子也点点头。

几人话不多说，连忙回到村子里面。果不其然，那乞丐还在那个村子的角落，只不过，这一次没有了障眼法，早就不见了破旧的木棚，这里本来是一间四合大院。这时候，那乞丐正坐在院子里面，看到梵孟天几人回来，笑了出来。

“几位，是什么意思？”乞丐躺在躺椅里面，看着天上的云彩，好不惬意地说，“我在这里等了好久，没想到你们用了这么久的时间才到这里。”

猪妖看他这样一副模样，就要动手。梵孟天拦住他问道：“你究竟是什么人？”

乞丐晃晃脑袋，一副吊儿郎当的样子，站起来向屋子里走过去，路过梵孟天几人的时候，梵孟天闻到一股很重的鱼腥味。

“你才是那条鲤鱼精？”梵孟天问。

乞丐咯咯地笑起来，说：“鼻子还挺灵，你知道我是哪里的鲤鱼吗？”乞丐见梵孟天几人没有接话，又自己说下去：“黄眉老祖死的时候，你们见过‘他’。”

众人正疑惑乞丐口中的“他”到底是谁时，乞丐继续说道：“当初也不知道为什么，‘他’就不让我在荷花池里修炼，偏要把我扔到山里面去……直到我看到了那只猪。”

“你做了什么？”梵孟天看猪妖的脸色有些不对，连忙问道。那乞丐大有深意地看了猪妖一眼，说：“你们也见过了‘他’，也见过了黄眉老祖，我便告诉你们。多亏了这只猪，让我骗来了不少的金子。那黄眉老祖也是个瞎鬼，只收黄金，就连‘他’的法器都不要。”

这时候，众人也明白了乞丐口中的“他”是谁了。

乞丐还在继续说着：“那些黄金又换来了不少的法器，都送到了……”

“花果山。”

梵孟天几乎是一个字一个字狠狠地说出来的，可是一旁的猴子却好像事不关己，全然没有反应。

乞丐忽然想起了什么，又回到刚刚的座位上，拿起来一根短短的手杖，摸着手杖说："后来'他'又让我去这条河的源头，却没告诉我要我做什么，只让我把那个人也带到你们几个人之中。"

乞丐这时候疑惑地看着大汉，试图在他的身上看出什么不同，却没有找到。

可是他的目光滑过白衣少年之后，却恍然一般："原来如此，原来如此。你们两人，竟是一脉。"乞丐笑了起来，就要笑出来了眼泪，却让大汉与少年一头雾水。

等乞丐笑累了，又从众人面前走过，还拍了拍猪妖的肩膀，之后坐到门槛上，眯着眼睛看着天空继续说："这么久，我总算想得透彻。在这世间，'他'遗落了一些因果，又不愿亲自动手。'他'看到这只猪不一般，天生就有鬼力，这样的怪物，'他'不会允许存在于世，却也能用来引导那些因果，所以就把我扔了下去，又扔下去了一只青蛤蟆。"

乞丐又咯咯地笑着，忽然咳嗽了起来，断断续续地说："我想你们也能猜出来，那些山妖究竟是些什么东西。"

"够了。"梵孟天看了猪妖的脸色，手一挥想要杀掉乞丐阻止他继续说下去，但却发现猪妖用剩余的法力阻止了自己，保护着乞丐。

乞丐也发觉到了，笑得更丑了一些，对猪妖说："你做得多么优秀，我们让你变成人，你就真的变成人。虽然就差那么一点点，不过没关系，很快就成功了。"

乞丐说着话，忽然一阵风吹过，仿佛还夹杂着无数的光。乞丐眼中露出惊恐，却还癫狂地仰天笑着，笑着笑着忽然就没了声音，仰着脖子倒在地上的样子，就像一条露出水面渴求氧气的鱼。

"他死了。"

猪妖走到乞丐身边，把他托起来，回头看着梵孟天说："带我去通天河。"

到了通天河旁，猪妖把乞丐的尸体扔回河中。乞丐的尸体慢慢沉到河底，猪妖就一直呆呆地看着河面。

“你们说，我……是不是特别可笑。”猪妖忽然说，“我一直追求的，只是他们拿给我的。”

“那是你自己的选择。”梵孟天说。

“那也是他们拿过来让我选择的。活着，或者，死。”猪妖抬头眯着眼看着天空，那朵云很厚，最下面透不过阳光，却是银色的。

“就是这样啊。”猪妖长长地叹了一声。他站起来，背对着梵孟天几个人，肩膀耸动着。

梵孟天走到猪妖身边说：“你现在还有选择的。”他向着河面一挥手，通天河被分成两半，露出躺在河底的乞丐的尸体，梵孟天把手一握，被分开的通天河向着中心坍塌，河水砸在乞丐的尸体上，生生把他的尸体砸得粉碎。

猪妖收回看向天空的目光，低下头，看着通天河，忽然笑了。

梵孟天神色变化，他被一股法力弹开跌倒在地。猪妖转过头看着他，说了声对不起，便一跃跳进通天河中，不见了踪影。

梵孟天看着猪妖消失的位置，恨恨地咬着牙，却把这恨意深深地埋进了心底。过了好久，他才往回走，来到猴子身边，忽然说一声：“我佛慈悲？”随后，冷哼了一声，回到了村子里。

第二天清晨，村子里面的人请神的时候忽然来了山妖，那群山妖通体漆黑，看不清眼睛，被他们伤到的人都化成了石像。

猴子坐在房间里，听到外面的惨叫，却只是叹了一声。

第三日，清晨。

梵孟天坐在院子里面喂马。

“小白，我准备去通天河的下游，寻找琉璃的魂魄，你呢？”

白马口吐人言，有些惆怅地说：“我要渡河去，那边或许有主人的消息。”

梵孟天点点头，翻身骑上马就要离开，出门的时候却看到了猴子在那里。

“这么早？”梵孟天说。

猴子牵起来马，闭着眼，慢慢地走着说：“有人要走，我来送送。”

“他去上游了？”

猴子点点头，没有多说话。

到了通天河边，梵孟天下了马。白衣少年与梵孟天还有猴子道别之后便化成一条黑龙渡了河。

梵孟天看黑龙渡河之后，坐在河岸，看着湍急的水流，不言不语。

过了许久，梵孟天才开口说：“当初你为什么要跟随我？”

“忘记了。”

“你这一路忘了不少事情。”

“成佛之后，记性就差了很多。”

梵孟天长呼一口气，笑着揉揉鼻子，站起身沿着通天河向下游走着。

没了白马，他走得有点慢。

没了大汉，说话时候少了个人。

没了猪妖，不知道该指使谁。

“猴子，等你想起一切之后，我们可要大战一场。”

第十六章　镜花水月梦生死

黑龙飞过通天河的时候，已经看不到猴子与梵孟天的身影，他浮在云上看着那条宽阔的通天河，心中不禁想着遇见梵孟天之后的日子。

这一次告别，几人心中都知晓，恐怕是再也见不到了。黑龙忽然想起过去在山涧中与主人一同修行的日子，主人在那时便对他说："悲欢离合皆为梦幻泡影，不须患得，不必患失。"

黑龙落了地，又变化成一身白衣的少年。

通天河岸边不远就是一片森林，林中树木枝叶茂盛，树干高大粗壮。正午的阳光照下来，只有点点光芒从树叶间隙落到地上。少年站在河边，忽然感受到了主人的气息，那气息比渡河之前任何一个地方都要强烈。他寻找着气息传来的方向，笃定地走进密林中。

少年走在密林里面，偶尔遇到野兽，也都会绕开他。毕竟少年的法相是龙，寻常野兽不敢靠近，只是这密林中还有不少非比寻常的怪物，暗伏在林间。

少年一路警觉，但还是差点遭了殃，刚刚一条巨蟒从地下钻出来卷住少年。少年费了好大力气才脱身，此时正藏在树上。

这么一来，少年也不敢在这个密林中疏忽，如果一不小心被林中野兽咬了一口，龙气散开，这里的野兽恐怕会发生不可预见的变化。密林之中，这样的野兽恐怕存在不少。少年藏在树上，调息之后收敛了法相的气息，这才悄悄蹦下树，继续在密林中寻找。

或许是心中所念，少年发觉这密林中主人气息浓郁的地方，野兽也会多一些。这让少年总是有一种不好的念头。但走到现在，还是没有发现半点主人的痕迹，也让少年心焦。

在少年躲过了不知多少野兽的袭击之后，忽然发现密林前方一片光明，好像有人居住，而且那个方向里主人的气息极其浓郁，这让少年振奋不已。

快走两步，到了密林边缘，少年躲在树后观察外面的情况，发现这里是在密林之中开辟出来的一处村落。村落里有不少人，还有耕地。少年再向其中看去，忽然睁大了眼睛，他看到村落中树立着一座石像，正是主人的样子。

少年连忙向着石像跑去。

刚跑出密林，少年耳边就听到一阵空气被划破的声音，他侧过头，发现是村落中人射来的箭矢。

少年连忙躲闪，差一点就被射中。而后，他听到密集的脚步声，正是村落的村民赶过来查看是否射中了野兽。村民发现那是个人之后，都很惊讶。

少年见到村民过来，最担心的就是不能与他们沟通。但是，少年很快就放心下来，因为村落语言与外界无异，少年便连忙解释自己没有恶意。但村民们还是把他围在中间，许久之后从人群中走出来一个看上去略年长的人，冷着脸讯问道："你说你没有恶意，那你为什么忽然从丛林里跑向我们恩人的雕像？"

少年一时没有理解村长的话，愣了一下，就是这么一瞬，村民们已经举起了弓箭指向少年。还没等少年张口，箭矢便射了过来。情急之下，少年连忙散出法力，挡住了那些箭矢，却也散出了一丝丝龙气，引得林中猛兽躁动起来。

村长见少年这副样子，忽然皱起了眉头，神色变换了几次之后，示意村民放下武器。这时，少年才有机会说明来意。

村长听过之后对少年说，石像是这个村子的恩人，如果没有恩人，他们村落的村民早就死于饥饿与天灾。

少年听过之后，连忙询问村长自己主人的下落。

可是村长却只是摇头。

最后，少年请求去石像附近看一看，村长便答应了，他带着少年来到石像附近。

少年越靠近石像，他的心便跳动得越快。他站到石像前，主人的气息几乎与真人无异，只是在眼前的只是一尊石像而已。

少年心情有些低落，伸手想要摸一摸石像，却被村长拦了下来。少年不解地看着村长，村长便解释这石像是村子中的圣物，不可以随便碰触。少年眉头微皱，旋即也释然了。

既然主人不在这里，那么自己再继续寻找便是，于是告别了村长，离开了村落。就在少年刚刚离开时，村长连忙召集了村落中所有人来到石像所在的场地上，低声说着一些事情，随后便有几个动作敏捷的村民悄悄地跟在少年的身后。

少年回到密林中，发觉主人的气息始终弥漫在密林之中。他想或许主人还在其他的地方，便寻着气息一路找过去。

近乎一个月的时间，少年走遍了密林，却再没有发现主人一丝一毫的踪迹。

密林的另外一侧是一望无际的荒漠，少年向着荒漠的中心走了三天，却发现主人的气息越来越淡。他回头看去，身后已经看不到那片密林，只有自己刚刚留下的脚印正被风沙掩盖。

这一日，少年还在荒漠中行走，这里主人的气息几乎不能被察觉。

他站在无边荒漠之中，忽然发觉自己竟然如此渺小。

看不透青天，走不尽大地。

“茫茫世间，主人，你究竟在哪里？”

少年迷茫着，忽然，在他身后一股浓烈的气息腾空而起，那正是少年主人的气息。

少年忽然想起那个存在于密林深处的村落。

“那个村子有问题。”

少年心想，那个村落里面看上去都是一些普通的人类，生活在主人气息那么浓郁的密林深处，竟然没有受到野兽的袭击。少年心中很清楚，主人的气息对于这些在密林中生存的野兽有多么大的诱惑力。

他决定重回密林一探究竟。

没想到，才过去短短时日，这片密林中主人的气息已经削弱不少，虽然那气息仍然磅礴，但是其中的变化少年却是一清二楚。此时密林外围已经没有多少凶猛的野兽，它们纷纷向中心方向移动。

这一次，少年进到密林之前就已经隐藏好了身形，遁在密林的阴影中向着村落的方向飞快移动。一路上看到不少已经死去的野兽尸体，那些尸体身上都没有伤口，只有眼睛变成了石头。

回到村子旁，少年发现那些村民正从石像那个方向回来，而身边有不少凶猛的野兽躲藏在密林与村子的边缘，瑟瑟发抖，不敢出去。见到这样的情况，少年更笃定村子里的人有问题。

是夜，村子最后一户人家熄灭了火。

少年从密林中蹿出来，身上是一袭黑衣，隐藏在夜色中，看不清身影。他来到石像之前，主人的气息在这里最为浓郁。少年闭上眼，放出一丝法力连接到那石像身上，忽然身体一震，泪水自双眼流下。

这石像，应当是主人亡故后变化而成。

少年的手颤抖着，放在石像身上。什么事情都没有发生，少年无力地跪在石像前，双眼失神，寻找了这么久，竟然是这样的结果。

少年心中悲痛，却又想起来曾经在鹰愁涧底的日子。那些与主人生活在涧底的一幕幕。少年记不得是什么时候来到的鹰愁涧，仿佛他出生便是在那里，他第一次睁开眼看到的便是主人，而后的日子里，他生活在山涧溪水处，他的主人便生活在木屋中。

最初主人总是在鹰愁涧下修炼法术，他的法术很奇特，每当修炼的时候总是会天地异变，刮起风沙，只是那些风沙进入了鹰愁涧底，就变了样子，变成虚无，看不清实体，就像主人之后练成的幻术一样。

记忆中，主人从没有衰老，眼前的石像也是主人离去时的样子。少年还记着主人在离开之后告诉他安心修炼，之后就杳无音讯。

少年沉浸在回忆中，全然没注意到身后出现那两个一直跟踪他的村民，还有早已经等在这里的村长。

黑暗中忽然出现的村长悄悄走到少年身边，抡起手中的木棍对着少年后脑打下去。少年没来得及哼一声就昏倒在地。少年倒地之后，村落中的人们忽然从黑暗中出现，聚在这里。

“我就知道你还会回来。”

村长放下了手中的棍子，抓住少年的衣领就拎起来。与此同时，村长的模样也发生变化，身上出现厚厚的毛发，身高也长到一丈多高，獠牙凸起，瞳孔变成一条细线。

这才是这个村长原本的样子。

随后，村子里其余的村民纷纷走出来，现出了原形。

他们一个比一个面目狰狞，妖气冲天。他们出现之后，原本围在村子周边的野兽纷纷逃走，没有一个愿意招惹这个全是妖怪的村子。

妖怪们出现之后，围着抓住少年的村长，一齐喊道：“吃了他！吃了他！吃了他！”

“他可是龙，这么吃了，效果不好。”村长眯着眼睛看着昏迷的少年，早在上一次少年施展法力的时候，他就察觉到了那一丝龙气。而后，少年询问雕像本人的下落时，村长便骗他说不知在哪儿，让少年离开村落，再派人跟踪，而后好在这里埋伏。

村长这时拎着少年，吩咐一旁的妖怪说：“赶快去把法源阵唤出来！”村长看着手中的少年嗤笑着说：“当年你主人来到这里，法力比你强得多，还不是白白被我们拿来做法源，供我们吸收，就凭你一条小小的龙，又能翻起什么大浪。”

少年此时昏迷不醒，好像死了一样，又好像只是睡熟过去，双眼紧闭着。

村中群妖点亮了灯火，围绕在石像四周，一齐念着咒语。地面开始震动，石像出现了裂缝，一股奇异的气息从石像中弥散开，充斥在这个群妖聚集的村子上空。随后，石像开始大面积碎裂，碎石落到地面上，而地面开始抬高，最终在原来石像的位置上，出现了一座祭坛。祭坛上有个人影正盘膝闭目，容貌与之前石像无异。

正是白马的主人。

当年白马主人渡河之后，立刻就被这密林中的猛兽围攻，这些猛兽都像疯了一样不要命地冲向他。纵使他神通广大，也经不起这一整片密林野兽的围攻。数月之后，白马主人筋疲力尽，为了不让自己的肉身被吞食，便坐化成石。

没想到这林中的猛兽吸收了石像散出来的灵气，开了灵智，便聚在一起成了这个村落。时光流逝，这群妖怪竟然也学会了些许法术。

此时群妖围在祭坛周围，妖怪村长正对着祭坛，手中拎着昏迷不醒的少年靠过去。群妖都兴奋地大叫起来，一时间密林中回荡着他们恐怖的声音。

就在群妖兴奋地准备打破祭坛时，全然没有注意到上空天幕的变化。

原本晴朗的夜空忽然不见了月亮，红色的阴云布满天际，在祭坛上方形成一个巨大的旋涡。空气开始变得潮湿，在密林的树叶上凝结成了水珠。

密林外，天空异变更加明显。通天河上弥漫的浓浓雾气，不断被引到天空的阴云里。

河边的梵孟天与猴子正盘膝休息，感受到这股异变，都睁开了眼睛。看着天空，他们感受到一股熟悉的气息。

“这是……小白？怎么又不太像？”梵孟天与少年接触最多，立即分辨出这股气息是谁的，却又有些疑惑。

猴子的眼睛已经变成暗金色，但仍然看向天空旋涡的中心，那里少年的气息最为浓郁，也最为狂暴。猴子忽然想到一些事情，兀自笑了起来。一旁的梵孟天看到猴子在笑，却不知道猴子在笑什么，便问起来原因。

猴子又把眼睛闭上，说：“小白找到他的主人了。”

“那不是很好吗？”

“他们两个之中，很快，就只会有一个活着了。”

梵孟天不明白猴子的这句话，愣了一下才问道：“什么意思？”

猴子却不说原因，只是卖了一个关子问道：“这一路上，你见过小白睡觉吗？”

梵孟天的嘴巴张了张，却没有说话。这时候，通天河上的雾气已经凝结成了水滴，却没有落下来，而是悬浮在半空中。密林之中已经充满了雾气，伸手不见五指。

群妖发现情况不妙时，为时已晚。

这时候，密林之中雾气弥漫，伸手不见五指，到处都是白茫茫的一片。围在四周的妖怪们只听到他们村长的一声惨叫，就没了声音，雾气越来越重，妖怪们背靠背站着的时候都看不到对方。

随后的很长一段时间，密林深处只能听到一声声短促的叫声，和尸体摔在地上发出来的沉闷声响。

两个妖怪背靠背站在浓雾中，神情紧张地看着四周苍白的雾气。其中一个妖怪忽然觉得背后一凉，再回头的时候只听见身后同伴叫喊了一声就消失在茫茫雾气中。而后，一具残破的尸体从天而降，砸在他身前。

此时，他只能从浓雾中看到一个黑影划过，甚至都看不到脚下同伴的尸体的样子。他慌张喊着：“是……是谁？你……你……你出来！”

浓雾中，他的声音根本不会传出去。

此时，所有还活着的妖怪都在喊着差不多的话，却都被这浓浓的雾气拦在自己的嘴边。他们甚至都听不到自己说的话。

有敢在这雾气中移动的妖怪，大部分都那么诡异地死去，而还有一小部分则是被神经紧绷的同伴杀死。

雾气持续了一夜，黎明时分才开始消散。直到正午时分，密林的大地终于接触到了阳光。

妖怪们没有被全部杀死，唯独剩下一只妖怪完好无损，站在全是同伴尸体的地面上。他看着曾经的村子，就像看着地狱。那无声的杀手没有出现，他此时此刻不敢动弹。忽然，他听见一个声音。

“醒来吧。”

那妖怪不知道这个声音是什么意思。但他身边忽然卷起一阵七彩的风，幻化成一个人影落在自己身边，那人影全身虚幻透明，却隐隐间有些熟悉。

那个幻影穿过妖怪，走向祭坛边。这妖怪被幻影穿过的时候，全身的法力与精气都被吸走，倒在地上，闭上眼之前它看到那幻影跪在祭坛前，双肩耸动，好像在哭泣。

“主人，我终于找到你了。”

“委屈你了，归来吧。”

祭坛上的人，缓缓抬起手。祭坛的屏障在那幻影面前露出了一个路口。见到那个路口，幻影站起身，走了进去。

祭坛之上看不到天空，反而是另一片景色。

这山涧水冰寒，砸在崖下溪石上面腾起一片片雾气，好像那些流水穿云而行。山涧之中还有平坦的地方，冰寒的水流聚成一片寒潭，不起波澜，那潭中倒映出来青天白日。走到山涧边就能感到寒气逼人，水流砸在石头上的声音在谷中幽幽回荡，久久不绝。等到正午时分，那日头高照，山涧中腾起来的水雾越发得多，竟然在山涧两侧显现出来一条淡淡的彩虹。

正是鹰愁涧。

幻影走在祭坛上，抬起头，看着那景色，双眼不禁泛起泪光。眼泪流下，幻影也渐渐化为实体，变成少年的样子。

少年跪在那人身前，看着他。少年知道，这是主人最后一股生命力。

“我知道你会来到这里，只是没想到会这样见面，没想到我终究也会死去。”

少年此刻说不出话来，眼泪不断地流下，他看着主人，却对此刻主人快速地衰老无能为力。

“你看过了幻象真假，已经能控制住法力。渡过通天河，终于化成了实体。我也没什么能够再给你的了。”那人说着，猛然剧烈地咳嗽了一阵，一声声让少年的泪水更多。那人稍缓一些，又看着少年，慈祥地笑着说：“现在，我最后教你一样假寐法术，让你能与普通人无异，哪怕只是看上去。”

那人将手放在少年的手上，闭上眼，一股玄青色的法力流进少年的体内。少年主人的身体也更快地衰老起来。

少年惊慌地想要松开手，却发现主人的法力将二人吸在一起，无论如何也甩不开。

等法力传完，少年被一股大力甩在一边，他又连忙跑到主人身旁，却发现主人已经没了气息。

“主人。”

少年跪在主人身前，无声地哭泣着。

一阵风吹过，主人的尸体化成了石像。

又是一阵清风，那石像散成了烟尘，飘散在天地间。

少年在密林中跪了半月，这半个月里。他身下的祭坛慢慢地化成了尘埃，掩埋了那些妖怪的尸体。曾经的村落，又住进了一些外围的野兽，它们看着祭坛上的人，举动中尽是恐惧。

少年的身上也发生了些许变化，此时在他体内流动的法力变成了青色，主人临终前传给他的假寐法术也已经炉火纯青。

“原来只是梦一场。”

少年苦笑着站起来，却一阵眩晕，站稳之后，他苦笑着看向头顶的鹰愁涧，叹了一声：“原来，我也只是一场梦。”

少年腾空而起，冲破了屏障，看到天空中的太阳觉得有些晃眼睛。他身影一转，化成一条龙，向着东方飞去。

这条龙通体金色，神采奕奕，每一片鳞片上，流光婉转，好像有万千世界，如梦如幻。金龙翱翔于天际，又仿佛是透明一般，看不清实体。

飞了两日，金龙落到一深谷边，化成人形。

这里是曾经的鹰愁涧，此时却没有了流水。

“我与主人离去之后，这里竟然也荒废了。”少年看向深谷，手一挥，一片雾气从袖间散出，在空中凝结成一粒粒水滴，又汇聚成雨，落在山谷中。

山中溪水流过，鹰愁涧渐渐变成曾经模样，少年一跃跳向谷底。

少年下坠时，他划过的地方都变成了过去的模样，那些水流植被，好似幻影，好似真实。

落到山涧底，少年找到了曾经的木屋，看着稍稍添了些风雨尘土的木屋，想起来过去在这里生活的样子。

又是一声轻叹。

物是人非。

少年走到木屋里面，背影看上去竟然有些蹒跚。他的手指在家具上划过，那些家具都变成了主人离开时的模样。

少年站在木屋里，对着曾经主人坐过的椅子说了一句：“我回来了。”

少年走向那椅子。

木屋外，山涧里的雾气越来越浓，快要结成水滴，终于聚在一起成了一片溪流。

木屋中，少年的容貌一点一点地变化，终于变成了主人的样子。

他坐到那把椅子上，看着刚刚少年站着的位置，眼角抖动一下，笑了笑，说：“好久不见。”

鹰愁涧中尽是雾气，白茫茫的一片让人看不清这里究竟有些什么。屋外的雾气在屋檐上聚成水滴，一滴一滴落在地上。充满节奏的细小声音遍布了鹰愁涧底，在空荡的山涧中一声声回荡。

他靠坐在椅子上，忽然觉得有些困意。

想起来那假寐的法术，沉沉地睡了去。

鹰愁涧上忽然飞过一只鹰，唳声穿透了雾气，响彻山涧，久久未散。

阳光照在山谷里，却穿不透厚厚的雾气。鹰在山涧上空盘旋，仿佛在嘲笑鹰愁涧的名字。这么长时间过去，几乎没有人记得这里。

鹰愁涧，鹰愁涧，雄鹰也愁不过涧。

忽然，山涧之中雾气涌动，聚成一片旋涡，一条白龙从山涧中一跃而出，吞下了那只鹰，在空中盘旋一圈之后又回到了山涧底。

他还在沉睡着，屋外忽然有了动静，那是水流的声音、树叶的声音、石头的声音，还有马蹄的声音。

那匹黑马回到了木屋外，看着里面沉睡的人，觉得身体充满活力，仿佛如果自己不愿意，就永远都不需要休息。

第十七章　月在山中人有影

通天河，河面水流奔涌，滔滔千里，震荡之声灌耳不息。但是，河内水流极慢，好似静止一般。

猪妖跳入水中，只觉得身体一震，便被一片清凉包围，悬浮在河水中。渐渐地，他沉入水中，很快就失去了意识。法力稀薄的他无力在水中支撑，心灰意冷的猪妖也只想着尽快死去。猪妖的目的达到了，他很快就感受到濒死的那种感觉。他闭着眼睛，忽然觉得世界五彩缤纷，尽是光芒。四周也不见了河水，他仿佛回到了当初的村庄，躺在一张柔软的床上，看着窗外忽明忽暗的景色，准备沉沉地睡去。

随后，他闭上眼就是一片黑暗。

什么都看不到，什么都听不到，什么都闻不到，也什么都感受不到。

于是，他不再思考，不再有情绪，什么都没有，就像自己还没存在时的样子。

可是，猪妖的意识又忽然出现，他很享受这种感觉，舒服得他想在这片光芒中翻个身，就像那些他曾经美梦无数的夜晚一样。终于，他找到了一个舒服的姿势。但是，河水的冰冷又从四面八方传到意识中。他不断改变姿势来躲避这些寒冷，忽然在一瞬间，仅仅是两个并不怎么连贯的动作的过渡态的时候，那些冰冷的感觉消失了，剩下的只有温暖。五彩缤纷的光芒又从四面八方涌过来，甚至从他自己的身体里面散发出来。他的意识又一次体验到如此舒适的感觉，但是他的躯体正怪异地扭曲着，哪怕是在水中，在梦中，在光芒中，也是那样的扭曲，他觉得不舒服，又不舍得，不敢离开这片温暖。最后，猪妖只好选择失去意识，离开这温暖，这光芒，也离开了那种冰冷。

猪妖的身体终于在深水中不再扭动，终于缓缓地向河底沉去，终于落到了河底。

猪妖躺在水中，就像睡着了。他仰着鼻子张着嘴，法力开始从体内跟随河底的暗流流动，散到体外。

法力在他身体表面流动的时候，每每流动到一个位置，那个位置就变成了猪的模样。法力离开之后，那个位置又变回人的模样。循环往复，周而复始。

猪妖躺在河底，妖相与人相不断变换。这时候，已经失去意识的他无法发现，自己竟然没有死去，甚至没有正在死去。

他的身体竟然开始复苏。

妖相时候的猪妖，唇红齿白，油头粉面。

人相时候的猪妖，长嘴獠牙，鬃毛满身。

随着人妖两相交互变换，猪妖体内的河水已经被流转的法力引走，他的身体正恢复到鼎盛时期。这时候，如果猪妖清醒着，他一定会用尽全力阻止法力运转，可是，此时此刻，他正处在昏迷中，接近死亡，但还没有死去，被他体内的他痛恨的法力救了下来。

通天河河水深不见底，阳光与月光都照不到底部。

此时，猪妖一动不动地躺在黑暗的河底，忽然在水中扭动了一下，好像睡觉时候打了个哈欠。他就睡在河底，随着暗流无意识地漂流，终于被冲到了岸上，被一群人带回了部落里面。这个部落很大，建立在一片森林的深处，他们砍树开垦出一片空地，用来建造房屋作为自己的根据地。

也不知道从什么时候开始，这个部落开始在晚上祭拜月亮。尤其是每月十五的时候，洁白的月光洒在地上，部落中人沐浴在月光里，看着远处迟疑不敢进犯的山妖，在心中感谢月女神的庇护。

这个部落逐水而居。很久很久之前，他们还在祭拜河神的时候，河水忽然决堤，淹没了整个部落。之后，他们便决心不再祭拜任何神祇，在漫长的岁月中，他们仍然逐水而居，却对河水敬而远之。他们生活的地方距离河水越来越远，距离山林越来越近。

部落里面的人，认为山林中茂密的枝叶能够为他们提供保护，他们也终于在山林之中建造起自己的房子。

山林中定居的第一代人出现之后，他们的后代也在山林中生活。这样的生活太过安逸，让他们忘记了曾经河水倒灌淹没部落的伤痛。他们开始觉得现在的生活是山神的赠予。他们开始猎杀野兽供奉那些看不见的山神，每一次供奉之后，所有人都会远离那些被供奉的野兽。

那是祭品，是神的食物，他们这些渺小的凡人不可以看到神吃饭时候的样子。

就这样，山林之中的野兽也因为这些愚昧无知的部落人得以饱餐，而这些部落人也见到了所谓的神吃过之后的祭品。

他们开始了狩猎和祭祀的生活。

直到那个雷雨大作的夜晚，从天而降的雨里带着一种泥土的腥气。那个夜晚，声音嘈杂，这个部落好像又回到了千百年前的河边，他们躲在房子里面，瑟瑟发抖地听着那些叫声、喊声、水浪声。

部落里面开始有人跪地祈祷，而后所有人都在跪地祈祷，他们祈祷的声音连成一片，竟然和天上降下的大雨一样响亮。第二天清晨，林间刚刚亮了起来，部落里的人走出房子，看到密林中大量野兽的尸体，他们忽然觉得昨晚的雨是山神的赠予，帮助他们将山间的野兽杀死。

可是，一声惨叫传来，所有感恩的人都停止了思绪。他们看到，一只青绿色的妖怪，在他们眼前吞吃了一个人之后，悠然离去。

部落中的人开始怀疑，昨晚杀死野兽的究竟是山神还是这山妖。当他们对山神的敬畏消失的时候，他们与山妖的对抗也正式开始。

但毕竟山妖是妖，部落中的人只是人，他们不断逃跑，反抗，逃跑，反抗，可是，人还是越来越少。

终于，在一个月圆夜。

部落的最后几人聚在一起，绝望地看着天，看着山，看着远方的河，更绝望地看着冲下山来的山妖群，闭上了眼睛。

可是死亡并没有来临，山妖群冲出森林，碰触到月光的一刻，立刻发出痛苦的哀嚎，纷纷倒退开，看着地面上的月光仿若上古凶神，逃回山里了。

部落得以幸存，开始生存在河与山的中间，空旷的，能够让月光笼罩的地方。他们的部落中央有一个房间，或者说是一座楼阁，部落中人对那里既尊敬，又惧怕，甚至都不敢看向那里。

猪妖恢复了意识，很沮丧，却又发现自己身下软软的，并不是在水中。他连忙睁开眼睛，发现在一间房间里。

檀香木制成的床雕刻着飞舞嬉戏的蝶与怒放娇艳的牡丹。床上还挂着玫红色的纱幔，一缕风吹来，纱幔随之舞动，妖娆瑰丽。床头摆放着苏绣的莲花枕头，一床被子粉红清新，绣着栀子花，倒是说不出的和谐。房间正中央放了一张也是檀香木的桌子，摆着些精致小食，一边窗台上熏香袅袅，一股淡淡的香气弥散在房间中。

猪妖就要翻身下地，忽然见到摆在床边的镜子。他在镜子里面看到个长嘴獠牙、鬃毛满身的怪物，吓了自己一跳。这时候，他身上一点法力都没有，就是个凡人，怎么会变成这副样子？可是他低头看到自己肚子上的鬃毛，又摸到了自己的獠牙，愣在那里。

若是从前，他一定会用法力掩藏自己，变成妖相。可是，此时他在自己的体内找不到半点法力。

房间的门被推开，“吱呀”一声，惊了猪妖。他连忙翻身上床，胡乱找了被子盖在身上、脸上、头上，整个人躲在被子里，不敢出声。

过了好久，他也没听到外面有动静，于是偷偷掀起一点被角，看向房间里面。

梳妆台前有一个曼妙的背影，长发飘飘，散在地上。一个女子，身上穿着水蓝色长裙，坐在那里，却那么不真实，仿佛下一刻就会消失。猪妖擦了擦眼睛，发现那女子身上的衣服竟然换了一个颜色，变成了翠绿。

那身影回过头，似笑非笑地看着猪妖。猪妖心里一虚，连忙把被子放了下来，放下来之后猪妖又笑骂自己此地无银三百两，但又不知道这个被子到底该不该掀开。

“既然都醒了，就不用躲起来了。”

就在猪妖纠结的时候，那女子的声音传过来。这声音若即若离，像山风吹过从竹叶上滴落的水滴，清清冷冷的，淡淡的。

猪妖哼哼地坐起来，忽然张开嘴发出了声音。这一声让他自己也觉得惊讶，要知道在从前，猪妖变成猪的时候一句话都说不出来。

“我见你嗓子有些奇异，便治好了。”

女子又清清淡淡地说着，连头都没有回，坐在梳妆台前描眉。

“谢……谢。”猪妖还不习惯用这一副面貌说话，说得结结巴巴。

“你虽然是人身，竟然长了一副妖怪的相。”女子说话顿了一顿，好像在措辞，随后又说，“我也是第一次遇到。”

“天底下，只有我一人是这副模样。”猪妖说着，有些苦恼，虽然他举世无双，独一无二，可是这种事情却不是他想要的。

“是啊，只有你一人。”

女子向着镜面摇摇头，好像在看刚刚画成的眉毛，也好像摇给猪妖。

她说："这样可不好，天下只有一人这样，到了哪里都会被人认出来，叫出来，在哪里都躲不了，在哪里都逃不掉。"

女子的声音有些幽怨，还有些凄婉，猪妖听了不禁有些不忍心，便开口问："姑娘，又因何事伤心？"

那女子摇摇头，看向窗外，就像一只看向笼子外面的鸟儿。

她对猪妖说："你伤势痊愈，也该走了。"

猪妖心中暗暗地叹了一声，便告辞了。

猪妖走后，女子又坐在梳妆台前看着窗外的天空。

此时，还是白天，那里一片光亮，没有云彩。只是，淡蓝色天幕后，却有一轮浅淡的月亮与太阳一同悬在天上。

走出阁楼，猪妖发现自己正在一个部落之中。部落中人正在劳作，有的正要外出打猎，看到猪妖走出阁楼后，都有些敬畏地向猪妖问好。

他们没有被猪妖的样子吓到，但是猪妖却被他们的模样吓坏了。

这些部落里面的人虽然外形与常人差不多，可是却长着狼虫虎豹的嘴脸，虎背熊腰，龇牙咧嘴。如果他们出现在其他村庄里，一定会被叫作妖怪，就像当年的猪妖一样。可是，他们现在生活在自己的部落中，便没有人称呼他们是妖怪。

"看到了吗？"女子的声音忽然从猪妖身后传来。猪妖身上一颤，回过头，心中又是一惊。见过女子之后，猪妖忽然觉得自己那颗丑陋的心脏正回到那种虚幻的、温暖的感觉中，眼睛不由自主地看着她，看着她，一刻也不能移开。

女子一直都以本来容貌示人，却从来没有被人如此赤裸裸地注视，她忽然脸上一红。

这一红不要紧，只是红得猪妖的心都跟着颤了。

这些人的容貌都与猪妖相差不多，见到猪妖这样的人，觉不出来什么，只会觉得丑与美。可是见到了外界的"正常人"，他们也会惊呼妖怪，吓得跑开。

如果当初不是这女子救了这些人，之后，又用很长时间来保护这个部落，恐怕这些人早就不见了踪影。

“月女神。”一个比较年长的人看到女子之后，放下了手中的工作，站出来向她行礼问好。

月女神也点头回应，之后那个人便去工作了。

“他们与你一样，你以后也可以生活在这里。”月女神对猪妖说，话语间竟然有些羡慕。

猪妖却对月女神不解地摇摇头，随后，猪妖看着月女神淡蓝色的眼睛，尽力温柔地说：“我与他们不同，我们才是一样的。”

猪妖此时多么希望自己的法力恢复，哪怕再变成妖，也要变成那个唇红齿白的青年，用人类的样子，与月女神相同的样子，告诉月女神他与那些部落人不同。

可是猪妖无能为力。

月女神看着猪妖认真的样子，忽然笑了，她挽了挽垂在耳边的头发，说：“那你就离开吧，这里只需要一个与众不同的人。”

猪妖深深地吸了一口气，却没有说出话来。他决然地转过身，不敢去看月女神的样子，离开了部落。

月女神站在阁楼下面，看着猪妖走进森林，忽然觉得猪妖走路的样子，好像一个人。

森林中有两种猪妖熟悉的味道，一种是通天河的，一种是山妖的。

猪妖闻到山妖的味道时，忽然想到了鲤鱼精的话，这些山妖都是天上来的。他忽然有种强烈的不好的预感，有关自己，有关那个部落，更有关月女神。

猪妖加快了脚步，他要回到通天河中，回到那个自己失去了所有法力又找回了性命的地方。他不知道自己究竟为什么要去那里，或许只是为了向月女神证明自己曾经说过的话。

通天河水流湍急，也只是表面。

猪妖看上去像个妖怪，也只是表面。

或许这一人一河，注定会第二次拥抱在一起。

猪妖看到了通天河河底那个白色的影子，那是自己的法力，凝聚成猪妖的样子，迷茫地走在漆黑的河底，寻找着自己的本体。

猪妖忽然发觉自己好残忍，哪怕陪伴了自己这么久的法力，竟然都没有与它交流过。这一次，猪妖站在那白色影子面前，看着他。那个影子也看着猪妖，缓缓伸出手掌。

掌心相对，猪妖和白色影子的脸上一齐露出了笑容。

漆黑的通天河河底亮如白昼，光华散尽之后，只剩下了青面獠牙的猪妖。他看着河面，一跃而起。

刚刚跃出通天河，猪妖就闻到了一股熟悉的味道，那是山妖群的味道。

此时此刻，山妖群正集结在一起攻打那个部落。部落在月女神的光芒下苦苦支撑着，那些山妖就像疯了一般冲进月亮的光芒中，任由被灼烧成灰烬也冲向部落中。

“快走！”月女神对着部落中人喊道，“这群山妖全部都疯魔了。”

部落里的人知道大事不好，纷纷向着另一面逃跑，月女神也不断地退后。这样一来，山妖的劲头更盛，不断冲向部落的人群。终于，有一只山妖抓住了一个部落人，吞吃起来。这血腥的一幕被月女神看到，不禁头晕目眩。就在她用手扶着额头的时候，光幕一下削弱不少，又有山妖冲进其中吞吃部落里的人。

一时间，月女神也无力阻止，但还是强忍着头痛散开月光。忽然，她惊愕地看到，就在一只山妖抓住一个虎头人咬下去时，突然被砸向地面，脑浆迸裂。月女神看向那边，却没看清砸过来的究竟是什么东西。

随后，一庞然大物从森林中站起来，正是找回了法力的猪妖，他一脚踩下去就踩死了一片山妖。

部落人纷纷躲到猪妖身后，就像当初他们躲进月光中。

猪妖看到半空中惊讶的月女神，哈哈一笑，说：“来，站在我身后。”

月女神看着那张巨大的丑脸，忽然笑了出来。猪妖看着她的笑，忽然间痴了。她轻飘飘地飞向猪妖，绕着他的脸飞了一圈，又落到他的肩膀上，说：“我还是没看出来，我们有什么相同的，在彼此眼中一样的丑？”

猪妖傲然一笑，更奋力地踩着成群的山妖。他对这些山妖恨之入骨，此刻就要把他们赶尽杀绝。

当最后一个山妖被踩死之后，猪妖变回了原先的大小，与月女神一齐落在森林中。这里距离那些需要保护的部落人很远，他们找不到这里，也过不来。

“我们哪里不一样？”

猪妖说着，面容身形发生变化，变成了那唇红齿白的翩翩书生。

月女神惊讶地看着他，说：“你……你有法力？”

“我的法力本应属于那副样子，只是……”他忽然自嘲般笑了一下，笑他自己。

“我自己都没有正视过他。”

“所以，你才会那副模样？”月女神说。

他点点头，正要说话，忽然眉头皱起来，看向森林深处。森林深处腾起一股妖气，强横无匹，那气息腾起的地方，树木都被压弯了下去。月女神不知道发生了什么，但也知道大事不好，连忙运转法力，身上月光散出。她正要说与猪妖两人一同去战那妖怪，却被猪妖一掌打飞，不见了踪影。

月女神落地之后看向猪妖离去的方向。猪妖刚刚与她传音，说那妖气是山妖王发出的，就是这天下第一只山妖。他与猪妖必定有一战，如果月女神也要插手，怕是会受到牵连。

……

部落里又修起来一座阁楼，比之前的更大了一些，据说那里面生活了两个人。只是，这些人始终只见过月女神在那里进出。

更多的时候，月女神面色惨白地看着那片森林深处——那天传来哀嚎的地方。这些人以为那哀嚎是猪妖发出的，可月女神知道，那声音不是猪妖的，是另一个怪物的。

她在等着猪妖回来，等着他回来，等着他向她证明他们是一类人。

一天夜里，月女神忽然惊醒。

她连忙跑到阁楼外，看到部落竟然也灯火通明，部落人惊呼着看到一只妖怪，脸上全是褶皱，穿着白色的衣服。

月女神连忙跑出去，看到被部落人围着的妖怪。

苍老又虚弱的他看着她，就像那个丑陋的样子。

“我说过，我们是一样的。”

第十八章　路到尽头始为终

大汉沿着通天河走了很久，还没有见到河水的源头。他坐在河边休息，看着通天河水，忽然发现这一段的河水与下游那里竟然不是一个颜色。这里的河水有些泛黄，好像混着不少黄沙。

大汉看着那些黄沙，忽然抬起手，将那些沙子都聚在一起，变化成各种样子。那些黄沙在大汉的控制之下形状百变，最终变成了一条鱼，在河水中游动。

它仿佛一条真正的鱼。

看着这条灵动的鱼，再看看一旁呆滞的大汉，很难想象这条鱼是大汉刚刚用黄沙捏出来的。

大汉呆呆地看着那条进了通天河的鱼，发现那条鱼就算十分灵动，却和他一样，不知道在这条宽阔的河水中应该做什么，去哪里，只好在自己手掌中乱转。

大汉忽然有些不忍心将这条鱼驱散，便对着这条他自己创造出来的鱼说：“既然你不知道自己应该去哪里，不如就跟随我去寻找通天河的源头。”

说完，大汉便拖着那条鱼逆着河流走了。

大汉在路上走，鱼在河里游。

虽然逆流而上艰难险阻，可是有大汉的帮助，这条鱼都轻轻松松地越过了。它更是在这条逆流而上的旅途中，找到了一群一样逆流而上的鱼。大汉休息的时候，就看着他们聚在一起，在水面上卷起一团一团的水花，看着那些水花散尽，又回归到水中。

大汉已经忘了自己走了多久，他只知道自己已经很久很久都没有卷过帘子了。

越是靠近上游的地方，水流越是湍急，水中的黄沙也越来越多。

这个时候，这条鱼的队伍已经换了一批。之前的那些鱼因为河水太急，瘦弱的身体没办法支撑它们逆流而上。

大汉在河畔走着，偶尔看看大了一些的鲨鱼，它吸收着水中的黄沙壮大自己。它仿佛有了灵智，时不时跃出水面，看看河畔上的大汉。或许它在想，这个在陆地上的鱼的目的地是哪里，会不会陪着自己一起到达再也无法逆流而上的位置。

大汉也看到了那条跃出水面的鱼，看着它。

大汉想，自己的目的地在这条通天河的源头，可是这条跟随自己的鱼的目的地在哪里？

鱼还在向着通天河源头奋力游着，它不知疲惫，不懂单调，身边的鱼群换了一群又一群，它的样子也大了一圈又一圈。

那一天它从水面跃起，挡住了太阳的光芒，它的影子把大汉罩在里面。大汉抬起头，眯着眼看向它。

它忽然有些莫名其妙的感觉，觉得这个陆地上的鱼在羡慕自己，羡慕自己的身姿，羡慕自己的自由，可以在水中自由自在地不断逆流前进。

大汉看着那挡住太阳的影子，眯着眼睛，仿佛看到了一扇门凭空出现在通天河上，那些在鱼身上滴落下来的水滴就是那门上的帘子。

大汉看得忘了那只是一条鱼，手上停止了控制。那条鱼一下变成了一片黄沙落回水里。扑通扑通的声音惊醒大汉，他呆呆地看着那些黄沙掉落的位置久久不语。

河水中的黄沙越来越多，河水的流动也越发得慢。整条河滚起来就像一个巨大的泥潭。

又是一天太阳落下，大汉忽然睁开眼睛，发现太阳那边的天空下，有一个黑色的、细长的影子连接着地面。大汉虽然不知道那是什么，但如果是连接着天的，那或许就是自己要去的地方。

大汉沿着通天河走着，忽然发现前方的道路上有几个旅人。大汉没有理睬他们，超过他们的时候甚至都没有看他们一眼。

可是这些旅人却叫住了大汉。

“这位朋友，可是也要去那通天梯？”

大汉本来不想搭理这群人，可是听到通天梯三个字，还是不由自主地停下了脚步，说：“什么通天梯？”

那人先是惊愕，旋即一副恍然大悟的表情，解释道：“这位朋友真的不知道这条河源头的通天梯？”

“我只知道通天河通天。”大汉说。

那人又说：“通天河的源头当然通天，只不过通天的不是河，是源头那里的一条通天梯。”

大汉点点头，便向着通天河源头走去，也不理会身后那群旅人。

那群人中的一个说：“这人想登天想疯了？”

“不能这么说，登天成神是每个人都想的。只是这天，不是那么好登的。”另一年纪稍长的人看着大汉的背影叹息着。

自从通天梯出现以来，无数人都向那里走去，都想一举登天，成神成仙。可是凡人之躯登天岂是易事，无数人倒在去往通天梯的路上，又有无数人到了那里，却连通天梯都没有碰到，就被同样是凡人的人打死。最后那些碰到了通天梯的，都变成了这通天河中的滚滚黄沙。

那通天梯就像一个魔咒，吸引着无数人像蚂蚁一样赶向这里，又将他们真的像蝼蚁一样碾碎。碾碎了他们的幻想，还有他们的生命。

大汉又在通天河旁休息，这里的通天河仿佛已经不再流动，全部都是黄沙沉积，只有细小的水流在上面流动。

大汉看着那些黄沙，心中忽然想起来那条鱼。

他又张开手，拿起来一小撮黄沙，捏出来一条一模一样的小鱼。

可是，这条鱼太小了，小到还没有办法在这样的河水里生存。大汉一松手，那条鱼落到泥里，不见了踪影，就算大汉也感觉不到那条小鱼在哪里。大汉轻轻地叹了一声，觉得自己已经没有了多余的力气。

寻找通天河源头的漫漫长路，终于快要到达终点。

只是此时，大汉感觉不到半点喜悦，反而笼罩了更多愁绪。

当通天河里面只能看到黄沙再也看不到水流的时候，大汉发现自己竟然已经走到了通天河尽头。可是这通天河的尽头，却还是没有那个传说中的通天梯。

又是一天日落，夕阳的余晖照亮了大汉的眼，他眯着眼睛远远地看过去，又看到了那条连接在天地之间的细线，还有那条线下方喧闹的人们。

大汉向前走着，忽然愣在那里又哭了出来。

他的泪混着黄沙落到地上，混着黄沙滚到地底深处。

大汉哭着哭着，忽然笑了起来，笑得痴，笑得狂。他笑这天地间的造化，笑自己的痴傻，笑自己兜兜转转走了那么久，最后竟然又回到了这个地方。

当年他的心脏在这里被一片一片割下，又被他自己一片一片吞吃回去。

他在这里想要聚沙成墙。

他刚刚来到凡间，就是在这个地方。

当年这里的黄沙还不会流动，现在大汉又一次踏足这里，黄沙仍然不会流动。

这里已经因为通天梯与通天河的出现换了好多次名字，可是大汉知道这里，在他还没有离开这里的时候，有一个响彻三界的名字。

流沙沙漠。

“通天梯，你为何会在这里？”

大汉看着那条通向天上的沙梯喃喃自语。

当他踏入流沙沙漠的范围，沉寂许久的沙漠忽然一震，好像一个沉睡了很久的人刚刚苏醒，缓缓地流动起来。

流沙沙漠的中心就是那通天梯，也是大汉曾经不断堆积沙子的地方。此刻，那里还有不少人在争抢爬通天梯的资格，全然没人注意到脚下沙漠正在缓缓流动，也不会有人注意到很远的地方，有一个刚刚踏入流沙沙漠的人。

大汉踩在沙子上，觉得脚下的黄沙就是自己肢体的延伸，他甚至都不用迈步，脚下的流沙就带着他向通天梯的方向不断行进。那通天梯也好像受到了主人的召唤，缓慢地移向大汉。

流沙沙漠的黄沙流动得越来越快，争抢登天资格的人发现时已经晚了，他们瞬间就被卷进黄沙中，又被黄沙刮去血肉，紧接着仅剩下的白骨也被流沙打磨得光滑无比，之后消失在黄沙中。

他们带着不切实际的幻想来，带着不切实际的幻想消失，变成了好像本来就存在的黄沙，等着他们的主人，迎接着主人实现他的梦想。

大汉来到通天梯旁，看着那直入天空的沙梯，忽然哭了起来。

黄沙吹起，又落下，已经看不到大汉的影子，也不见了通天梯，只有沙地上几滴浮在那里的泪，证明大汉来过这里。

大汉站在沙梯的顶端，看着天神学院距离自己越来越近，越来越近，心中的激动和期待忽然变成了惶恐和不安。他不知道这么长时间过去了，是不是已经有人在那里卷起来帘子。师父还会不会记得自己，小五儿学没学会这门秘法。

想着想着，大汉抬起头，发现已经到了天神学院的门口。

空荡荡的大门就那么敞开着，没有门，也没有帘子。

大汉走到天神学院中，发现正是上课的时间，便想要回到自己曾经学习法术的地方去看一看。

老三儿走在天神学院的路上，四周都是些新鲜的景致，可是到了老三儿的眼中，这些又变回了自己离开前的样子。他看着那些曾经挂着帘子的地方都换上了门，门的旁边竟然没有人控制开关门。

偶尔有一些人进出，竟然都是自己用手推开门。老三儿觉得这简直不可理喻，这简直不可思议。

天神学院里的学员竟然要自己动手推门，这简直是一件天理不容、大逆不道的事情。

老三儿气愤地在天神学院中走了很久，也找了很久，却没有找到曾经学习法术的地方。

那个位置好像凭空消失了，又好像从来没有存在过。

老三儿拦住了一个正要去学习的学员，问他知不知道那个地方。

那个学员摇摇头跑开了。

老三儿不相信，又拦住一个。

那个学员摇摇头跑开了。

老三儿拦住了第三个。

那个学员摇摇头跑开了。

老三儿一个又一个地拦住询问，终于被一个脾气火爆的学员打翻在地。

直到那个学员离去，老三儿仍然不肯相信这个地方真的消失了。曾经他学习法术的地方，竟然不见了，就像消失在水中的水，却出现过，在他的记忆中。

老三儿忽然觉得自己老了，走不动了，也爬不起来了。他挣扎着想从地上爬起来，却只能多摔几下。过路人对着他指指点点，但是没有一个人理睬他这个可怜的人。

老三儿终于爬起来，他扶着墙，手指紧紧地抠住墙壁支撑着自己的身体，艰难地走着。他忽然发觉自己的眼睛出了问题，眼前的景致他一点都看不到。他看到的全然都是过去的事情。

他看到自己因为放错了帘子被罚出天神学院。

他看到自己教导小四儿的时候，小四儿一副呆呆的样子。

他看到了老二告诫自己要诀时，激动得红了脖子。

他看到了老大看着他时慈爱的神情。

老三儿眯着眼睛，沿着他看到的路走去，走到了曾经学习的地方，那里现在已经变成了一间废弃的仓库。

“这……这是……三儿？”

老二看到老三儿双眼失神地站在仓库门前，声音不禁颤抖起来。这么多年过去，他最担心的还是自己这个唯一的弟子。

老三儿看到了师父，跪在地上，磕了不知道多少个响头，却一句话也说不出来。老二在那里只顾泪眼婆娑，竟然连上前阻止都想不起来。

也不知道老三儿磕了多久，磕了多少，老二才急急忙忙地把老三儿扶起来，看着他，两个人便在沉默中回忆起过去的事情。

老三儿和老二还是老样子，说话的时候都呆呆的，木讷得很。他们说了一句之后，过了很久才能接上下一句。可就是这样，两个人还是没日没夜地说着，说着天神学院里面的变化，说着老三儿在凡间的经历。

天神学院已经不再是曾经的天神学院了，这里不需要卷帘子的神了。小七儿被赶出门旁边的时候，他们还不知道发生了什么，只是发现那门框上既没有了帘子，旁边也没站上人。门框里面安了两扇门，被推开之后一晃一晃，看上去好像要把人扇走。

学员们一开始很不喜欢这种需要自己用手推开的门，他们联名抗议的时候，老二和小五儿都觉得自己是那么重要，那么不可或缺，竟然呆傻地走在最前面。结果，小五儿就被赶下凡间。

老二因为年纪太大了，下凡这种事情对他来说如同让他去死没有什么不同。天神学院便把他们曾经修习法术的地方改成了一个不大不小的仓库，让老二在这里看着。

老二来这的第一天，看到那个光秃秃的门框，颤颤巍巍地对着押解他的侍卫说："能不能……能不能在那里，帮我把这个挂上。"说着，瘦骨嶙峋的手攥着一个门帘从怀中拿出来，那侍卫看看老二的脸，又看看那帘子，冷哼了一声就走了。

老二儿叹了一声，颤颤巍巍地要去挂那个帘子。

谁知道这门框被施了法术，什么也挂不上去。老二拿着那个帘子站在门框下面看着，时间久了，门帘子也被风化了，可是老二还是站在那里看着门框。

终于有一天，他觉得累了，厌了，倦了，不愿再去看了，才走进了屋子里面。坐在仓库正中央的一把藤椅上，呆呆地看着窗外，可是看着看着，还是看回了那空空的门框，就这么一直看着。直到老三儿出现。

听完了老二的话，老三儿的嘴张着，不知道应该说些什么。

这时候，老二眯着眼睛，好像在笑着问老三儿："你在凡间那么久，那里是不是有很多帘子要我们去卷？"

老二的表情虽然演得很认真，却像那些装作满不在乎的小孩子一样，让人一眼就能看穿。他眼中的希冀刺痛着老三儿，他皱了皱眉头，狠狠地点了点头。

老二忽然笑了起来，一声一声地抽着，不好听。

老三儿听着这个声音，自己忽然哭了出来，浑浊的眼泪混着几粒还没来得及褪去的黄沙，滚落在地面上。

老二忽然不出声了，看着门框，呆呆的，痴痴的。

……

"这河水怎么变得湍急了这么多？"月女神扶着一个白衣老人坐在河边，看着忽然湍急的水流问道。

那老人虽然年迈，可是眉宇间能看到一些过去的样子，他眯着眼睛，鼻子忽然变成了猪鼻子，闻了两下又变了回去。一旁的月女神看得咯咯直笑。那老人看着月女神在笑，自己也跟着笑起来，可是笑的声音越来越小。

“是他，回去了。”

老人说着，又好像在叹息。

月女神若有所思地看着那老人，将他搀扶起来，向着森林深处走去。

……

梵孟天也注意到通天河的水流变得湍急起来，可是猴子却丝毫都没有看到，他的视力已经衰弱到了极致。猴子闭着眼听着河水的声音，忽然叹了一声。

梵孟天皱着眉头看着通天河水流来的方向，好像能看到遥远的通天河源头，原来的流沙沙漠那里。

此时的流沙沙漠已经变成了另外一副样子，那些沙子不再流动，却像海浪一样上下浮动。

有从其中死里逃生的人跑出来，惊慌地喊着那里有鱼，有一条天大的鱼。

这样的话只能被当作疯子的胡话。

又是一个月圆夜，被贬下凡间的小五儿也终于走到了通天河源头，看着如同海洋的沙漠，寻找着通天梯的踪迹。

一阵风起，沙浪拍在沙子上，溅起浪花，一条天大的鱼从沙海中跃起，又落回到沙海中，在半空中留下一道沙子组成的轨迹。

那轨迹遥遥看去，好像一张挂在门框上的帘子。

第十九章　神佛妖魔皆虚妄

佛笑你痴，神笑你醉，妖魔笑你敢怒不敢为。

在猴子还是猴子的时候，他有一群又一群的弟兄。

他们一起喝酒，喝酒，喝酒，喝到昏天黑地。只要有一个人没有尽兴，他们都会继续喝下去。

那时候，猴子这么一群人，都很喜欢称兄道弟，义结金兰。于是，猴子就与那些每天一起喝酒的人结拜成了兄弟。只是，与那些兄弟们一比较，猴子的身材太矮小了，只好排在末位。那时候这几个兄弟谁都没有想到，这个最小的兄弟，真的兑现了他酒醉之后的承诺。

“天若拘我，我便翻了这天。”

当猴子在瑶池里面闹得痛痛快快的时候，他的兄弟们纷纷招兵买马，准备帮着这个最小的兄弟一起闹上天。

可是后来，猴子上了天，成了个不知道做什么的官。一众兄弟觉得他也开始了拘人的勾当。见到这样的情景，他们纷纷散了兵马，归乡去了。

后来，他们听说猴子在天上做的是齐天大圣，找了几个妖怪继续到天上喝酒，一群妖怪聚在一起把天上闹了个天翻地覆。

再后来，他们就听不到猴子的消息了。

过了不知道多长时间，他们听说有个斗战胜佛落到了哪个山头里面，养了不少的小猴子，吓坏了那里的人。他们觉得这斗战胜佛的名号听起来有些耳熟，可是他们记忆中的猴子，只是他们记忆中的猴子，却不会做出这样的事情。

又过了不知道多久，斗战胜佛也没了消息。有几个小妖怪见到有一群奇怪的人总是在走着，为首的是个长着头发的和尚，骑着白马。后面跟着一只猪，一个神，还有一个披着袈裟的猴子。

他们想要去见见这只猴子，突然又听到天庭和西天开始围剿他们这些妖怪。这两方下手的动作快得很，不到月余，凡间的妖怪就死伤了一半。他们只好相互联系聚在一起，奇怪的是，天庭与西天派下来的人把他们赶到这通天河旁，就不再追杀他们，只是把他们一层层围起来，就像牧场里的羊群一样，被驱赶着聚成一团。

群妖聚首，在通天河旁建起来一个国，其中没有人，只有妖怪。

他们称呼这里为万妖国。

这万妖国的天上总是阴阴的，看不到太阳。旁人以为是因为这万妖国中妖怪太多，妖气挡住了太阳。若是有大法力的明眼人看过去，便知道这万妖国的天空上面，盘踞着来自天庭和西天的神佛。他们一直注视着万妖国的一举一动，好像一把利剑悬在万妖国的头上，随时都有可能斩下。

万妖国中，几个兄弟又聚首，却没有了当年的激情。他们的眼睛已经变得浑浊，身体也不似当初那么健壮，但是都更加精明起来。几兄弟促膝长谈，一夜过后，他们抬头看着天空，看着通天河的方向，心中已经有了答案。

通天河旁，梵孟天和猴子还在沿着河走着。梵孟天的目的与大汉不同，大汉要回到通天河的源头寻找通天梯。梵孟天却要走到通天河尽头，去往黄泉中寻找琉璃的魂魄。猴子跟随着梵孟天，在他的记忆中，有一个人让他紧紧跟随梵孟天，不要让他消失在自己的眼前。

“猴子，你与我说的那人，究竟是谁？”

记忆中的事情，在梵孟天询问猴子究竟为何跟随自己之后，猴子也对梵孟天讲过。在那之后，梵孟天总是会问这个问题。猴子也总是摇头，他不知道那人究竟是谁，那个声音好像从出生就回荡在他的脑海中。

可是猴子连自己什么时候出生的，都想不起来，自然也想不起来那个声音是谁。

“猴子，现在还能看到吗？”

“闭上眼睛的时候，会有金芒出现。”

猴子眼中的八卦会缓慢吸收天地间游离的天神力量，日复一日强大的封印让猴子的眼睛已经看不到任何东西。梵孟天问过猴子还记不记得这个八卦是怎么来的，猴子却告诉他是自己练功失败之后印在眼睛里的。

梵孟天听过之后便沉默不语，一阵阳光掠过，猴子毫无知觉，梵孟天抬起头，看到了远处冲天的妖气。那里是万妖国的天空，此时天上的阴云竟然裂开了一道缝隙。

梵孟天眯着眼看向天空，他知道这是一个指引，指引他与猴子向着万妖国中的方向走过去。

“猴子。”

猴子偏过头，等着梵孟天继续说下去。

梵孟天看着猴子这副样子，无声地摇头叹气，只说了一句。

“走吧。”

他们越靠近万妖国，猴子眉头皱得越紧，手臂上隐隐露出青筋，他体内的法力控制不住地涌动。不知为何，猴子忽然觉得体内每一段法力都好像有千斤重，压得他走得越来越慢，每走一步都要用上好大力气。

梵孟天体内的法力却是另一番模样。

他体内魔气翻涌，不受控制地散出体外，吞噬一些弥漫在空中的妖气之后又收回体内炼化。这样一来一回之间，梵孟天倒是觉得身体越发轻盈。只是这时候，猴子身上的袈裟散出的金光让他觉得很不舒服，有一种被烈日炙烤的感觉。

梵孟天自然也察觉到了猴子体内法力的诡异变化，伸出手想要帮猴子化解一些。可是他的手刚刚碰到猴子的肩膀，就被另一股法力弹飞，倒在草地中。他的右手在一瞬间被烧成了焦炭。梵孟天体内的经脉也被那股法力灼烧，魔气运转一滞，梵孟天昏迷过去。

猴子此时并不知道发生了什么，他的心神全部都放在法力上面，刚刚只觉得眼睛一痛，眼中的金芒竟然消散了一些。他睁开眼睛发现，竟然能看到一些白茫茫的光，而法力也开始缓慢流动，正要催动法力却觉得脑中刺痛，失去了意识。

此时，天上阴云又散开了一些，一缕阳光照在猴子身上，那光芒与他身上的袈裟别无二致。猴子的身边，围绕着一圈八卦。

猴子再睁开眼后，发现自己的眼睛能看见了。可是梵孟天却不见了。他的身边有一圈被烧焦的野草，组成了八卦的图案。不远处还有一片被烧焦的草地，那是一个人的轮廓。还没等猴子去查探，万妖国中忽然魔气冲天，遮天蔽日，竟然压制住了其中的妖气。

猴子觉得这魔气熟悉，却不能确定就是梵孟天，只是万妖国近在眼前，就要去查看一番。

此时，万妖国中几位大妖都慌忙赶到大殿中，他们也不知道刚刚那股魔气究竟为何会从万妖国中爆发。

只是那魔气出现只有几个呼吸的时间，根本追踪不到本源，又消散得极快，不再爆发之后就消失得无影无踪。

魔气爆发之后，天上的阴云似乎又压低了一些。几个大妖纷纷抬头，看到一个金色的光点正在空中急速靠近这里。

“他来了。”为首的一个大妖忽然说道。

“谁？”

“猴子。”

气氛忽然沉默。

随后，又有人说道：“他是齐天大圣，还是斗战胜佛？”

这一次没有人回答，那金色的光芒说明了一切。

斗战胜佛站在半空中，声音传遍万妖国上下。

“你们谁人掳走了梵孟天，快快交出来，饶你们不死！”

那声音如同天雷滚滚，好似天威。万妖国中法力低下的妖怪，承受不住这声音，竟然七窍流血而亡。

猴子看到万妖国的街道上那些还没有暴毙的妖怪纷纷逃回房间里面，紧紧地闭上门窗，不敢出来。但就是没有妖怪把梵孟天送出来，更没有半个妖怪说出来梵孟天的下落。猴子怒从心中起，又是一声大吼。

他的吼声在空中形成了一圈音浪，所到之处，摧枯拉朽。万妖国中的建筑在眨眼间就被毁了一半。数不尽的受伤的妖怪倒在废墟中，哀嚎声却传不出万妖国的城墙。

猴子手中忽然金光一闪，拿出来一根铁棒，在空中挥舞了一下之后举在头顶，狠狠地向着万妖国中一砸。这铁棒砸下去的时候，一端不断变大，砸到地面上的时候，那铁棒已经与小山无异。

铁棒抬起之后，地面上只剩下一个大坑，其中就连血肉都看不见。那些被砸死的妖怪，一个个全都尸骨无存。

猴子手中的铁棒变成寻常大小，俯身冲到万妖国中，铁棒挥舞，所到之处血如雨下。

大殿之中几个大妖见此情景，都红了眼要冲杀出去，却被一股法力困在大殿之中。他们看着猴子在城中屠杀那些小妖，竟然流下泪来。

其中一个大妖不甘心地吼着，唤出法器疯狂地破坏大殿四周的光幕，那光幕却毫发无损，他手中的法器已经一片焦黑。这大妖红了眼睛，右手狠狠插入自己的胸口，从中扯出来一块被血肉包裹的晶石。

其他的大妖看到之后就要出手阻止，却被挡在一旁。那大妖回过头，看着他们，惨然地笑着。他身上燃烧起灰绿色的火焰，化成一缕缕灰绿色的法力涌入那晶石之中，顷刻间那大妖的身型全部都化成法力涌进晶石，晶石已经变成了灰绿色，在半空中稍稍停顿一下，毅然决然地撞在那光幕上。

巨大的震动和响声将大殿震成灰烬，尘埃落定之后，那光幕竟然只出现了一个小小的裂缝。尘埃都能飞出光幕，可是，这几个法力滔天的大妖却不能。

天上的阴云好像纷纷都围过来看着热闹，让这片天空更暗了一些。

斗战胜佛几乎杀光了万妖国中所有的妖怪，他看着鲜血淋漓的街道，还有一片片废墟，双手忽然发抖。他惊恐地看着手中的铁棒，那根乖巧的铁棒此时在他的眼中好像一只上古猛兽。他把那根铁棒扔出好远，可是那铁棒又自己飞回到猴子的手中，这一次无论怎么甩，这根铁棒都紧紧黏在他的手上。

斗战胜佛眼前忽然出现了幻觉，那是他洞府之中炼狱的样子。

人脑袋骷髅头堆积成了一座山在左边。

人尸体骸骨摆放得像一片树林在右侧。

人的毛发粘在一起成了毡毛毯被踩在脚下。

人皮撑开了晾在树枝上风干。

人肉烂在地上都变得色如泥浆。

人筋缠在树上晒干了晃亮如银。

这情景在他的脑海中不断出现，让他头痛欲裂。斗战胜佛抱着头跪在地上，用自己的头砸向地面。

他不断想起那洞府中的人，还有另一座山。

他看到另一座山中竟然漫山遍野都是妖怪，自己也在其中。这画面一闪而过，便出现了另外一幅画面。另一幅画面中，万妖国原先只是一个凡人的国度，有一天忽然阴云密布，天黑得好像要掉下来。忽然天上出现一群群妖怪，为首有六只大妖。在他们的带领之下，群妖屠杀了这个国度里所有的凡人，占据了这个国度，改名为万妖国。

斗战胜佛的眼中忽然金光一闪，他握紧了手中的铁棒，站了起来。眼神中看不到一丝痛苦，仿佛刚刚头痛欲裂的，是另外一个人。

“你们，都要死。”

斗战胜佛看着光幕中的五个大妖，狰狞地笑起来。

那五个大妖看到自己的子民被斗战胜佛屠杀，也都红了眼，听到他说这话，再也忍不住，纷纷施展出最强的法术要打破光幕。那些法术混在一起，就要接触到光幕时，光幕忽然消失。那些法术却仍旧向着斗战胜佛飞过去，撞到他的身上，却连一丝声响都没有发出。法术掀起了巨大的风，斗战胜佛站在风暴的中心纹丝不动。

“你们几人一起上，免得有人说我斗战胜佛胜之不武。”

斗战胜佛桀骜不驯的声音响彻天际，地上的五个大妖看着斗战胜佛，仿佛看到了曾经那个喝一点酒就醉了的小猴子。

天上的神佛们听到这声音竟然浑身发抖，仿佛站在地上的，又是那个踏碎凌霄的齐天大圣。

可是，他们又看到了斗战胜佛身上的袈裟，放肆地笑了起来。

就在天上那些神佛正要看地上的好戏上演时，忽然一片黑云飘过来，挡住了他们的视线。又是一阵黑风扫过，半数的神佛变成了石像，纷纷从云端坠下，落到黑云之中，消失不见了。

“这就是你们这些高高在上的嘴脸。”

梵孟天凌空虚踏，傲然地看着那些神佛，周身黑气围绕。

漫天神佛都被吓得不敢动弹。

此时的凡间，黑云之上魔气凛冽，黑云之下妖气纵横。

斗战胜佛与五个大妖打斗正酣，在他的脑海中，过去的一幕幕飞快闪过，可是他却不能停下手中的铁棒。

他身上的袈裟是他的枷锁，是他的魔咒，只要那件袈裟在他身上，他便不能反抗。只要他还披着那件袈裟，他就只能看着他曾经的兄弟死在他的棒下。

五个大妖仿佛好久都没有打得这样酣畅淋漓，又这样撕心裂肺。

上一次，几人这样聚在一起，还是在那个叫作花果山的地方。

山林之中到处都是会说人语的小猴子，那只与他们称兄道弟的猴子每天每日与他们切磋，总是输在他们手里。那猴子输了之后，还会赌气地摔几个桃子，兄弟们看他摔了桃子都会大笑起来，拉着他一起喝酒去。“我生来举世无双，谁敢高高在上！”

那只猴子的醉相非常不好，总是要跳到桌子上疯言疯语。

每到这样的时候，一群兄弟们总要面面相觑。

五大妖越战越少，斗战胜佛越杀气焰越盛。

梵孟天看着天上两个出现的巨大虚影，声音冷冷地说：“他要回来了。”

其中一个虚影仿佛凝神看去，地面上只剩下两只大妖还在苦苦支撑。斗战胜佛手中本来丈尺长的铁棒已经断开，袈裟也已经破破烂烂。

斗战胜佛面无表情，可是他的法力却在体内狂暴着。

那个虚影又看了梵孟天一眼，隐去了。

“他不会回来了。”

天空中另一个巨大的虚影看着梵孟天说道，这个虚影身上金光万丈，却独独绕过了梵孟天。

“他一直都在那儿。”

梵孟天手一挥，那些化成石像的佛都恢复过来，对着金色的虚影做了一个“请”的手势。那虚影也大有深意地看了梵孟天一眼，将那些佛带走了。

梵孟天正要回到凡间，忽然听到斗战胜佛狂傲的声音。

“现在，轮到你死了。”

斗战胜佛手中的铁棒已经全部碎裂，手中只剩下一些残渣，他指着那大妖的头，冷冷地说。

那大妖忽然仰天大笑，问道："是哪个杀的我？"

猴子眼中金芒本已暗淡，可是此时却是一闪，正要出手却停在了半空中。

那个大妖一点点变成了一尊石像，正一点点随风消散。

"杀你者，梵孟天。不是猴子，也不是齐天大圣，更不是斗战胜佛。听清楚了吗？"

梵孟天拍了拍那石像的肩膀，声音轻轻的，好像在安慰一个丢了玩具的小孩子。那石像原本消散得极慢，等梵孟天说完，却"哗"的一声，彻底化尘了。

猴子看着那消散的石像，眼中的金芒也随着石像的消散，消失不见了。

他身上的袈裟变得破旧不堪，滑落在地上，变成尘埃。

猴子抬起头，梵孟天看到他的眼睛里尽是泪水，却没有流下来。

猴子的喉结上下滚动，想张开嘴说话，又张不开。

他想笑，却做不出那个表情。

他想哭，却还是办不到。

齐天大圣就是齐天大圣，就算全世界只剩下他一人，他也必须是齐天大圣。

"我们说过，等你找回记忆，要好好打一架。"梵孟天淡然地说。

"你赢不了我。"

齐天大圣从耳朵里面慢慢拿出金箍棒。这根举世无双的铁棒已经沉睡了太久，再一次被齐天大圣握在手中，天空中竟然有雷光闪烁。

"放弃吧，你斗不赢的。"梵孟天不知为何，自己会说出这样的一句话。

猴子摇摇头，看着梵孟天，垂下头摇了摇，又从怀中拿出一本书，扔给了梵孟天。

“我想起来过去在阴曹地府拿出来过这个东西，送你了，当作朋友一场的纪念。”

梵孟天接住那本书，看也没看就放入怀中，笑着说：“要让我帮你还回去吗？”

“你会去吗？”

猴子和梵孟天两人相视而笑，齐天大圣妖气纵横，梵孟天魔气冲天，两人在人世间，在神佛眼下狂傲地笑着。

他们的笑声响彻寰宇，卷帘人听得见，月女神听得见，猪妖听得见，就连神佛也都能听得见。

这一刻，世间除了这两人的笑声，再没有其他的声音。

笑声渐小，两人同时出手。

……

阴云早就散去，黑云也消失不见。

梵孟天沿着通天河走着，形单影只。

多少年后，曾经的万妖国，有人发现了这个地方，却看到了废墟正中立着一块巨石，怎么都不能移动。

第二十章　具是凡心恨西游

我本在人间穿行。

这一路上走了太久，见过了太多的事情。

最开始的时候，只有我一个人走在路上。晚上一个人的时候，我只好看看月亮，看看星星，回过头看看曾经的灯火阑珊。

想起来琉璃的时候，就会把铜镜拿出来看一看。

后来，我路过了一座山。那座山很奇怪，长得像个佛像，我不喜欢。那座山上又很有趣，没有人家，却有一个庙宇，里面供奉的佛像竟然是只猴子。

后来，我见到了那只猴子。

我才想起来，他很久之前的名字，也知道了他穿上袈裟之后的名字。他说他要一直跟着我，直到我悔悟。当初我不懂他的意思，却也因为一个人的路途总是太孤寂，便让他走在我的身边。

路上的人忽然多了一倍，变成了两个。

可是，那时候的晚上，我还是一个人看月亮，看星星，看过去的灯火，想着琉璃。

那只猴子总是在打坐、念经、参禅。有时候，他打坐、念经、参禅的时候，我也会偷着去听一听，可是我根本不知道他念的究竟是什么经。

也许是我太长时间不念经，忘记了。

虽然我曾经是个和尚。

不。

其实我现在也还是个和尚。

两个和尚走在路上，路过庙宇的时候总要去拜一下，遇见了一个建在废墟上的庙宇更要去拜一下。

谁知道，那个庙里面，还有一个人，或者说，一个妖。

他说他在等我们，猴子完全不在乎眼前这个长成猪的人的话。他每天只知道打坐、念经、参禅。我也不在乎，只是想着如果路上多一个人，我就能少听到一些经。

于是，我们三人一同走在路上了。

我们因为没有领路的人，便都在选择那些没有走过的路，甚至有一些是我从来都没有听过的。

走着走着，我们走到一片沙漠前面。眼前流动的沙漠可真的有些惊异到我，那翻滚的流沙好像吹卷在地面之下的沙尘暴，那么壮观、美丽。流沙沙漠的中心竟然还有一个大汉，看着他满脸是血地看着我们，眼睛的光芒让我想到遇见猎物的狼。

可是，他竟然是一个天神。

于是，我们的队伍，有了回不去天上的神。

有了佛。

有了魔。

还有个不愿做妖的人。

再后来，我们的队伍又多了一匹马，我总是看不清他的颜色，一会儿白，一会儿黑。我觉得他是一匹年轻的马，可是他却认得许多路，于是我们便跟着他走了。这匹马的性格怪得厉害，他高兴了就会变成人，他不高兴了也会变成人。

不过没关系，我们几个人都是奇怪的东西。

奇怪的东西又总会遇到其他奇怪的东西，见得多了，我们也就不觉得稀奇了。

我们走得太久了，走得太快了，也就散了。

很久之后，我听说那个神终于回到了天上，那个妖终于变成了人。

我坐在莲花宝座上，不喜不悲。

只是偶尔想到猴子变成的那块石头，始终觉得有些可惜。这只顽劣的猴子，还是太想要自由了。

不知道过了多久，或许是一百年。凡间改朝换代，终于不再战乱。佛令我看那下界，看那人情冷暖。

佛说：“你可愿下凡间。”

我问：“去是为何？”

佛只是笑了笑，没说话。

这样的动作和表情，我在过去见到过，而且，经常会见到。那是我和猴子说话的时候，他总是这样回答我。

佛祖将我送到一处凡人的国度，我身上的袈裟变成了一件破旧的百衲衣。街上来来往往的人偶尔看看我，大多都在忙着自己的事情。我想，那些事情一定很重要，能够让他们忙碌起来。

我想去看看自己的老朋友，却只能找到猴子。

过去的他只是看不见，现在的他连动都动不了。

我来到那块巨石旁边，伸出手拍了拍。就像当初拍在他的肩膀上，之后他会转过头，双眼无神地看着我，然后又转过头去。这样的动作，他现在是做不到了。

我很感激猴子，如果没有他扔给我的那本书，我也不会是现在这个样子。或许，会比现在更加疯狂。

成佛与我来说，算不上是惩罚。

毕竟佛说，我很早之前就是佛，无欲无求的佛。而我现在因为有欲有求，才无欲无求。

倒也圆满。

猴子扔给我的那本书是阎王殿的《生死簿》，当年他拿出来，就没再还回去。我将它还回去了，因为那《生死簿》对我已经没有任何作用。

那上面记载了三界生灵的归属，却独独没有琉璃。

琉璃的魂魄不在天上，也不在地下，更不在凡间。

那时候，我忽然迷茫起来，不知道该做什么，该去哪里，像一只鬼魂一样独自一人游荡在世间。

就在通天河水枯竭的那天，我走到了一片森林中。

那片森林在夜晚的时候很美丽，月光笼罩在森林上方，好像仙子遮住了脸。失魂落魄的我靠在一棵树旁，忽然听到不远处竟然有人声，我走过去，发现是一个所有人都长得很奇怪的部落在举行葬礼，我看不见埋葬的人，但是我看到了那个人的妻子。

我忽然想到了那只猪，我记得，我还问过他，如果真的变成人之后就要死去会如何，他那时候对我说："那便死去。"

那时候我还不明白，看到那个部落的时候我也不明白，其实，现在我还有些不明白。

佛让我来这凡间的国度传教，他说这个国度刚刚诞生，这里的人没有信仰，都愚昧不堪。我们把教义传给他们，是在救他们。

其实我不相信他的话，但是出家人不打妄语，我佛更不会。

我便带着佛经来到这里。

这个国度的公主刚刚成年，皇帝开始着急招个驸马，竟然在城中建了一个硕大的比武场，比武招亲。

真是儿戏。

我笑着，摇摇头。就像当初的斗战胜佛。我就像那些凡人一样站在比武场旁边，等着公主出现，看一看这么随意的公主究竟是什么样子。

只是当公主出现之后，她淡紫色的眼眸在我身上扫过，我古井无波的心竟然泛起一丝涟漪。

琉璃。

没想到，最终我们还是在这里相见。

当年我失魂落魄地回到这里，靠在那块巨石旁喝着酒，笑着，哭着，失望着。我自导自演了这样一场闹剧。

我本就是佛，我本就在人间行走，我本就要见这世间百态，我本就要入魔，我本就要再变成佛。

佛出现在我面前，不再是天空上金色光芒组成的巨大幻影，他看着我，就像在看一个迷途知返的孩子。

我颤抖着手拿出铜镜，看着他。

佛自然知道我是什么意思。

他也伸出手，接过铜镜，又挥挥手，把我身上的魔气全部抽出去，一干二净。那些魔气涌进铜镜中，铜镜忽然泛起光芒，随后在半空中变成了一个巨大的茧。我感受到其中属于琉璃的气息。

我看着佛，等着他降下惩罚。

佛却又对我笑一笑，摇摇头，离开了。

我守着那个黑色的茧，等着琉璃出现。

日复一日。

直到那个茧忽然裂开，里面散发出柔和的光芒。

只是，最终从茧中走出来的，是琉璃的魂魄，不是本体。

我叫出她的名字，她淡紫色的眼眸疑惑地看着我，充满胆怯，也充满好奇。

那一刻，我便明白，琉璃已经忘记了一切，忘记了我，也忘记了她自己。

随后，她的身后出现了一个彩色的旋涡，那是轮回转世的通道。那旋涡完全展开之后，琉璃转过身就要踏进去，她顿了一下，转过身，偏着头向我笑了一下。

眼眉弯弯，一如当初的模样。

可是，她还是离去了。

之后，很长的一段时间，我都坐在那里，看着半空，仿佛琉璃还在那儿。

直到佛又出现。

“该走了。”

“去哪里？”

“极西以西。”

我并不知道那里是哪里，可是佛指引我到了那里。

那是我第一世之前的样子。

我褪去了魔衣，体内属于佛的法力又一次充盈，我想起来成佛时的种种，我明白了这一切不过是过去的佛埋下的局。

公主的目光扫过围在比武场外的所有人，没有为任何人停顿。随后，比武招亲便开始了。

我看着比武场上那些热闹的小丑，忽然觉得这些痴傻的人为何要我去拯救。

我为何要去拯救他们？

……

回到巨石旁，我忽然想和这个老朋友说说话。

当年他也是佛。

现在我是佛。

我们或许会有一些共同的语言。

可是我现在却怎么也不明白，为什么当初他没有躲开我的那一掌，却收回了砸下来的金箍棒。

变成石像的他看着我，眼神中是明悟，是惋惜，还有同情。

我不懂，真的不懂。

回到佛的身边，我不言不语。

在这极西以西的地方，我们都是这样不言不语。

我们什么都不用说，我们什么也不再去想，不需要思考，也不需要倾听。我们的呼吸漫长，好像从来都没有呼吸，我们不存在三界之间，就像从来都没有出现过，也像从来都没有消失。

我们偶尔会睁开眼睛，看看还有没有像我一样迷途知返的孩子。

又或者像那齐天大圣一样不听话的猴子。

再或者如同那妖怪一样痴心妄想的傻子。

有时候也会笑笑东方天上那些愚昧痴傻的呆子。

还有一种，他们从不在乎，我却会不自觉地将目光放在他的身上，那追求梦幻的浪子。

我是旃檀功德佛。

梵孟天。

番外一　月女神

每夜都看着相同的月亮，又有什么乐趣呢？

月女神这样想着。

当她第一次睁开眼睛，就看到了天上灰白色的月亮。

这月亮灰白，但洒下来的光却是淡蓝色的。

这月光淡蓝，可铺在森林树木的枝叶上，却是黑色的。

每一个夜晚，都在这黑漆漆、蓝盈盈、灰惨惨的颜色里，看着天上永不变化的月亮，又有什么乐趣呢？

天上的那一轮月亮，月女神已经看了好久。尘世间所说的阴晴圆缺，在这里只会出现一种。

这里的月亮，永远是缺了一块的。

但缺的这一部分极为细小，仿佛只占了整个玉盘的百分之一，甚至千分之一。如果不是每天都细细观察的话，是绝对不会发现的。所以，后来在这片森林中生活的兽首人身的人们，也没有发觉每晚挂在头上的月亮，不是圆的。

这些人大约出现在一百年前，月女神出现在五百年前。

她忘记了第一个人是怎样出现的，仿佛是一觉醒来那个人就出现在了森林之中。她本以为，过去的四百年中，那样独自一人看不变的月亮的日子结束了。但是紧接着，这些人接连不断的出现，第二个、第三个、第四个……

月女神仍然还是独自一人看着天上的月亮。

她坐在高高的阁楼上方，手边是清冷的风，身上是清冷的光，眼前是清冷的月。

在阁楼的下方，是一团团篝火，一群群兽首人身的人，他们欢笑，他们高歌。

他们的笑声鼓动着篝火，零散的火星飞向月亮，消失在清冷的月光中。但是，清冷的只有月光，篝火是炙热的，是热烈的，是被这群兽首人身的人的热情保护着的。

月女神是他们的女神，是月光送来的仙子。

不然，她怎么会一直也是清清冷冷的。

兽首人身的人们建起了高台楼阁，那里只让月女神进入。

他们是虔诚的。

在楼阁中向下看去，篝火还是红黄色的。月光的清清冷冷，月亮的灰白，月亮的淡蓝，月亮的黑暗，都不能盖在那上面。人们围在篝火旁，身后是长长的影子，身前是被围成一圈的光芒。

月女神忽然发现了一个熟悉的东西。

她站了起来。

她走到了窗边。

篝火上飘起的火星飘到了眼前，被一道月光熄灭。

一缕青烟消散在月色之中，那是朦胧的残缺。

月女神看到了，人群中的残缺，就像月亮上亘古不变的残缺。

人们围成了一圈，把火光挡在身前。有一条狭长的光带从缝隙中流出，缝隙的里面也染上了些许黑暗。

天上挂着的是一轮灰白色的月亮，地面上点起火是黄红色的月。

月女神灵光一闪，细白的手向着窗外一点，一道月光便落在了所指的位置。见此情景，月女神忽然起了玩心，又伸出手指点了几处，月光便落了几处。月女神伸出手指，指向了阁楼下的篝火。

一道月光落下，篝火仿佛遇到了流水，便熄灭了。

万籁俱寂。

人们面面相觑，月女神连忙收回了手指。

但是篝火没有燃起。

那些木柴已经被灼烧成了一堆灰尘，这时冷冷清清的风吹过，让寂静更寂静。

今夜的欢乐被熄灭了。

月女神忽然感到自己正无限地接近天上的月亮，无限地远离地面的世界。

她被困于这月光覆盖的高台楼阁之中，只能看着天上永不圆满的月。

一夜又一夜。

忽然有一天。

流过森林的通天河发出巨响，仿佛一阵咆哮的声音。人们颤抖着向河边走去，却看到一个站在河边的书生，还有一个躺在河边的人。

月女神来到这里的时候，书生已经不见了。

她看到眼前这个猪脸人身的人胸口红湿了一片，是一处刀伤。

玉指轻点，月光落下，却是一阵清凉。

月女神惊愕地抬头。

天上，是轮满月。

番外二　骨头妹

敷白粉，擦胭脂，描黛眉，贴花钿。

生在世间的女子，都是要懂得的。

这白骨美人在没有变成白骨的时候，也是个生在世间的美丽女子。于是这敷白粉、擦胭脂、描黛眉、贴花钿就成了她每一次醒来之后都要做的事情。

毕竟这白骨洞中无日月，她一个白骨妖精也不用在乎什么甲子。仔细想想，不用在乎这日月星辰，不用在乎这甲子流年，对于凡尘之中的女子们，是一件多么幸福的事情。

可是白骨美女不这么觉得。

那些凡尘间的女子们，脸上都有细嫩的皮肉，滑嫩的肌肤，一双眼含情脉脉闪着粼粼波光。

可她呢？

只有枯白的一块骨头，鼻梁两侧只有两个空洞的黑洞。

但白骨美女心里也有些安慰。

这白骨洞中，无日月，无甲子，没有光，也没有其他人。但是有胭脂水粉，能让这白骨美人在这黑漆漆的洞中，梳妆一番。

毕竟，她也是个生在人世间的女子。

凡尘女子梳妆先敷白粉，白骨美人也敷。

凡尘女子的香粉分为两种，一种是将粱米或粟米磨成细粉沉于凉水发酵腐烂，再洗去酸气，然后用一个圆形的粉钵盛以米汁，使其沉淀，制成一种洁白粉腻的“粉英”，然后放在日中曝晒，加上一些香料制成的“香粉”。另一种是，“洗尽铅华”的铅粉，经过醋化的铅粉变得和米粉一样细腻，与豆粉、蛤粉相调使用，涂在脸上，就显得淡淡的白。

白骨美人敷的白粉就不同了。她没有凡尘女子的肌肤，那些凡尘的香粉在她的脸上留不住。她也不喜欢那些味道，香是香，却是刺鼻的香。

她更喜欢那些长眠于地下的惨白白骨，骨髓已经空了，骨身是灰白色的。将这些灰白色的骨骼，放在青红色的岩石下细细摩擦，就会有带着一点点淡淡红色的骨粉落下。自然也不用混合香料，那些青红色的岩石，本身就带着一丝丝淡淡的香气。

香，而不刺鼻。

白骨美人敷粉之后，便要擦胭脂。

她的胭脂自然不会像凡尘女子的胭脂一样，她不喜欢那些凡尘的胭脂的染料。尤其是杜红花，这花开得艳丽，让凡人极为喜爱。也正因为它开得艳丽，让白骨美人极为不喜爱。

但凡尘女子用来做胭脂的原料中，有一款是白骨美人会常常用到的，那就是紫胶虫。这些虫子的分泌物颜色十分鲜艳，用来做胭脂再合适不过了。

但白骨美人最最喜欢的原料，还是那些美艳的凡尘女子的血液，而且是由脖颈处喷出，未曾落地的艳红色的血液。血液在黑暗中喷出，在黑暗中将做好的胭脂装在金玉陶瓷等材料的器皿中。在白骨洞中，只需要一夜，血液就变成了棉胭脂。

白骨美人在面部擦拭腮红，仿佛有了些许血色。

而后便是描黛眉了。

凡间的《西京杂记》中写道："司马相如妻文君，眉色如望远山，时人效画远山眉。"这是说把眉毛画成长长弯弯青青的，像远山一样秀丽。凡间的女子也是这样画的，她们用兰草染色的苏方木，在眼眉处画出青绿色的两片眉毛。

白骨美人也画眉，在空洞洞的眼眶上方的位置，用一根烧成焦炭的断指，在自己的眉毛上指指点点。

两条眉毛画出来，一双眼睛便睁开了。

该贴花钿了。

凡尘女子的花钿就是面部的装饰。

白骨美人也是如此。

可是她左右寻找，翻遍了白骨洞中的每一根白骨，却都没有找到自己的花钿。

究竟放到哪里去了？

那朵，猴子送给她的花，去哪了？

番外三　灯芯

天宫里面，尽是一些神仙，每天都跟在时辰的后面，按时来上朝，按时下朝。下朝之后，每个神仙都回到自己的府邸，或者回到自己的岗位上等待下班。

我，作为琉璃盏心中的灯芯也是如此。

每天在寅时燃起，在酉时熄灭。

当火光跳动的时候，我总是能听到一声叹息。这个声音很好听，只是我并不知道这个声音是在哪里传出来的。

不过我明白，听到这个声音在我的耳边响起之后，我一天的工作就要开始了。

就像天宫里面的神仙一样，天宫里面的每一个物件也有自己的工作。东边和西边的喜鹊就要每天中午在天上搭一座桥。住在东边的三脚鸟每天都要飞到西边，然后再偷偷摸摸地飞回来。月亮上面长着一棵树，它每天需要被一个天神砍来砍去，还不能把腰弯下。离它不远的地方有一只兔子，每天都要跑来撞一撞它。

虽然他们的工作看上去很无趣，但我还是很羡慕他们的工作。

因为我不知道自己的工作究竟是什么？

不知道自己的工作是为了什么？

每天，在寅时的时候，我便奋力地燃烧起来。

作为一根灯芯，我燃烧的时候全然不需要消耗任何法力，可是我的身下也没有灯油让我用来燃烧。我的身下，只有一个晶莹剔透的琉璃盏，她的样子很美，可是她从来都没和我说过话。

或许，在我开始燃烧的时候，听到的那个很好听、很美丽的叹息声，就是她发出的。

我作为灯芯，在寅时于安平殿燃起。

这时候，安平殿的守卫要去上朝，但是琉璃盏不能无人看管，于是守卫便捧着点燃的琉璃盏走向玉清宫。这路上倒是有不少的天宫山水，通幽小径。只不过，日复一日地看，我也看腻了。

但这一日却略有不同。

路上那个卷帘子的天神又换了一个，原来的那个呆头呆脑的天神不见了，新来的这个模样更傻、更呆了一些。

在酉时的时候，灯芯于平安殿熄灭。

我熄灭的时候，与凡人入眠无异。只会在第二日寅时发现，自己又在安平殿醒来。

醒来后，便能听到那声美丽的叹息。

你知道做一个灯芯有多无趣吗？

我知道。

一直都很无趣。

但今天不同。

那个更呆更傻的卷帘人把帘子放下来的早了一点，我还没等到平安殿的桌子上，就离开了那个守卫的手心。

还有那个琉璃盏。

我们一起落在地上，我看到晶莹剔透的琉璃盏中，涌出了滚滚黑云。那些黑云涌出的越多，我的火焰便越黯淡。

后来，我不做灯芯了，因为那个声音很好听的琉璃盏，离开了。

后记

罗素先生在他的《西方的智慧》一书中曾经引述了这样一段话：一本大书就是一个大灾难！我同意这句话，更同意王小波先生对其的评价，书不管大小，都可以成为灾难，而且主要是作者和编辑的灾难。

对于作者来说，尤其是像我这样的作者，一本小说能扯开写个三四年。从高中写到大学毕业，对于我的记忆是一个非常严峻的考验。并且，我有个很差的习惯。我会先做一篇大纲，然后把它细化两到三遍——一般这个时候一篇小说的雏形就出现了。之后，我就把它忘记了。可能是出现了新的灵感，可能是出现了其他的事情。等我再想起来这篇小说的时候，已经忘记了自己最初想写一些什么，于是便随着大纲的脉络向下延伸，直到忽然灵感喷发。但往往到了这个时候，这篇小说已经变成了另外一种样子。

像我这样的作者，总是能把小说写成一篇篇千丝万缕的灾难，然后把它交给编辑。

这本小说是我曾经的幻想，我自然知道在真正的历史上，在文学的历史中，西行的路不是这副模样。但是在我一个又一个辗转反侧的夜晚，在屏幕上的字符跳动的时候，在我的意识里它就又变成了这个模样。

现在唯一的遗憾和抱歉，就是我没能让它变成我幻想中最完美的样子。不过也没有关系，最完美的事物永远得不到，差一些我倒也是心甘情愿。

但满足永远是存在于过去的，就在那些我完成它们的瞬间。

写这本小说的时间很分散。尤其是第一章，那是在我马上就要告别的高中完成的，最后一章是在大三的时候写完的，而写这篇后记的时候，我已经毕业一年零三个月了。而再读前文的时候，身为作者的我，总是怀有一种奇怪的感受。

我喜欢它，我也害怕它。

如果我未来准备成为一名职业作家，那么我便能理解为什么会有这样的感觉。这就是对自己虚无缥缈的未来的期待，这些期待是基于过去所完成的事情。如果我未来准备成为一名职业作家，那么这本小说就成了我的起点，我理当喜欢它。

但世界上总是有那么多人，起点即是终点，而自己还如同猪八戒吃人参果，吃到肚里，却没尝出味道。巅峰岁月已经过去，被远远地抛在身后，还觉得“那些事情还不错，但是明天会更好”。

也许最好的还在未来，也许最好的已经过去。

写小说这种事情，写的时候在与自己拔河，写完了还在和自己较劲；麻烦了自己，麻烦了编辑，还麻烦了读者要一页页翻看。

我却是越来越同意那句话了。

一本书就是一个灾难！